DREAMBOOKS

FUSION FANTASY STORY & ADVENTURE

사도연 퓨전판타지 장편소설

신세기전

dream
books
드림북스

신세기전 4 신위를 노리는 자들

초판 1쇄 인쇄 2016년 10월 18일
초판 1쇄 발행 2016년 10월 28일

지은이 사도연
발행인 오영배
기획 박성인
책임편집 김다슬
표지 · 내지 디자인 공간42
제작 조하늬

펴낸 곳 (주)삼양출판사 · 드림북스
주소 서울시 강북구 도봉로 173
대표 전화 02-980-2112 팩스 02-983-0660
편집부 전화 02-980-2116 팩스 02-983-8201
블로그 blog.naver.com/dreambookss
출판등록 1999년 3월 11일 제9-00046호

ISBN 979-11-313-0652-9 (04810) / 979-11-313-0648-2 (세트)

+ 이 도서의 국립중앙도서관 출판시도서목록(CIP)은 서지정보유통지원시스템홈페이지(http://seoji.nl.go.kr)와 국가자료공동목록시스템(http://www.nl.go.kr/kolisnet)에서 이용하실 수 있습니다. (CIP제어번호: 2016021748)

FUSION FANTASY STORY & ADVENTURE

사도연 퓨전판타지 장편소설

신세기전

신위를 노리는 자들

4

dream books
드림북스

신세기전

목차

22장

금오도

지호가 흑왕의 예지안을 통해서 엿본 것은 두 가지다.

첫째는 절교의 전력이 생각 외로 강하다는 것.

이미 지호는 흑왕이 죽은 사도를 부활시키는 것을 예지로 본 적이 있다. 하지만 흑왕이 부활시킨 존재는 여태껏 사도를 역임했던 모든 존재들이다.

그 숫자만 물경 일백.

그뿐만이 아니다.

여태 자신이 절교 소속이라는 것을 숨기고 살았던 악선들이 모습을 드러냈다. 여태 동주칠마왕의 기에 눌려 살아야 했던 이들이 이 기회를 노린 것이다.

여기까지만 해도 대단할 테지만, 정작 이중에서도 가장 무서운 존재는 따로 있다.

교주.

흑왕은 교주를 가리켜 이렇게 설명한다.

'신이었으나, 신이 아니게 된 자.'

그게 무슨 뜻인지는 알 수 없다.

하지만 짐작건대, 교주는 나후와 같은 마신이었으나 모종의 이유로 인해 그 격이 떨어진 존재인 듯싶었다.

그만한 자가 어째서 나후를 떠받드는 건지는 모르지만, 그 정도라면 지호가 나후와 묘성의 권능을 깨우쳐 가는 중이라 해도, 상대하기는 매우 위험하다.

아니, 부딪치면 십중팔구 죽는다.

지금의 절교는 교주를 비롯해 수많은 마귀가 우글대는 복마전이니.

'차라리 흩어진 동주칠마왕을 모아서 역공을 하는 게 낫지 않을까?'

하지만 곧 지호는 고개를 털었다.

'아냐. 당장 시간이 너무 촉박해.'

이유는 아주 간단했다.

흑왕을 통해 알아낸 사실, 두 번째.

'손오공의 목숨이 얼마 남지 않았다.'

*　*　*

대륙에서 한참이나 떨어진 동쪽 바다 한가운데.

인근 뱃사람들 사이엔 귀신이 산다느니, 저승으로 통하는 관문이니 하는 소문이 퍼지는 장소가 있다.

사시사철 진한 안개가 끼고 간간히 귀곡성이 울려 퍼져 으스스한 분위기가 감도는 외딴 섬, 금오도.

그 위로 공간이 열렸다.

지호는 축지를 벌어 나타나서 발아래 안개가 무성한 금오도를 내려다봤다.

겉으로 봐서는 그저 다가가기 어려운 섬으로만 보인다.

하지만 화안금정은 그 속에 우글대는 짙은 마기를 비추고, 그 너머에 있는 것까지 꿰뚫었다.

"신이시여! 저희 굽어 살피시옵소서!"

"신이시여! 이들을 가져가 분노를 삭이시옵소서!"

"부디 갸륵한 저희들을 굽어 살피시옵소서!"

"신이시여!"

안개에 둘러싸여 빛 한 점 내리지 않는 곳.

일천에 가까운 자들이 화롯불을 앞에 두고, 이 세상에 없는 신들을 향해 제물을 바치며, 축문을 외운다. 조용히 웅얼대는 이들의 눈은 광기로 번들거렸다.

악선들이다.

감히 오랜 세월에 걸쳐 신을 배척하던 자들을 잡아들였으니 한데 모이라는 교주의 엄명에 따라, 본단으로 모여들었다.

그리고 지금.

제천대성이라는 교의 오랜 숙적을 처단할 기회가 찾아왔다.

"당신들의 뜻을 거스르던 이 자를 일벌백계하시어, 본을 바로 세우시고, 이 땅에 새로운 가르침을 내려 주시옵소서!"

손오공을 죽이라는 어느 악선의 외침에 맞춰 다른 악선들이 일제히 함성을 지른다.

지호는 이대로 두어서는 안 되겠다는 생각에 공력을 있

는 힘껏 끌어 올렸다.

우우우우우우웅!

몸을 따라 감도는 공간이 길게 떨린다. 파직, 파지직, 샛노란 뇌전이 위로 튀어 오른다. 다른 어느 때보다 뜨거운 열기를 잔뜩 품은 채 대기가 끓어오른다.

동시에 심연 속에서 청룡이 용틀임을 시작하면서 여의봉이 깨어났다.

모공이 열리며 그 위로 용의 비늘이 돋아났다.

좌륵. 좌르르륵.

기분 좋은 소리와 함께 반룡반인이 된 지호는 주먹을 꽉 쥐고 아래쪽으로 전력을 다해 내리쳤다.

"내려라!"

콰르르르르르르릉!

이대로 세상이 무너져 내리는 것이 아닐까 싶을 정도로 대단한 뇌성벽력과 함께 뇌벽세가 내려친다. 동시에 마른 하늘에서 수십 개의 뇌전이 잇달아 금오도로 떨어졌다.

수십 개의 뇌전이 소나기처럼 떨어지면서 방패처럼 금오도를 둘러싸고 있던 안개에 구멍을 숭숭 뚫었다.

엄청난 열기는 단숨에 수분을 증발시키며 천 년을 넘게 베일에 싸여 있던 금오도를 단숨에 드러나게 만들었다.

금오도는 이미 손오공에게 기습을 받아 한 차례 붕괴되

다시피 했던 바.

그래도 곳곳에 화려한 건물의 잔재들이 남아 있고, 조금이나마 재건되던 것들이 있어 얼추 사람 사는 환경을 만들어 가던 중이었다.

하지만 벼락은 그 모든 환경을 초토화시켰다.

화려한 장식을 자랑하던 건물은 기둥이 부러져 옆으로 우르르 쓰러지고, 매끄러운 대리석 바닥은 거북이 등껍질처럼 죄다 갈라진다. 탑은 밑동만 드러낸 채 부서지고, 곳곳으로 잔해며 조각들이 쉴 새 없이 튀었다.

그리고 이어지는 여진은 그나마 남아 있던 것들을 모두 뒤집어 버렸다.

금오도에 있는 것이라고는 쉴 새 없이 번쩍이는 샛노란 섬광과 뭔가가 터지는 소리, 그리고 큰 충격과 함께 엄습하는 여진이었다.

이대로 세상에 종말이 내려앉는 게 아닐까 싶을 정도로 큰 충격.

그 뒤에 드러난 것은, 철저하게 폐허가 된 금오도였다.

덕분에 놀란 건 금오도에서 대기하고 있던 악선들이었다.

그들은 갑자기 들이닥친 공격에 당황하다가 뒤늦게 정신을 차렸다. 일제히 화가 잔뜩 난 얼굴로 땅을 세게 박차 하늘로 날아오른다.

감히 성지를 더럽히려는 역적을 찢어 죽이기 위해서!

벼락이 여전히 쉴 새 없이 내려치며 그들을 막아서려 한다지만, 눈썹 하나 꿈틀거리지 않는다.

쾅! 콰콰콰콰쾅!

일천에 달하는 악선들은 일제히 손을 흔들어 벼락을 옆으로 물리치면서 지호에게로 쇄도했다.

하지만 지호 역시 가만히 있지 않았다.

근두운을 온몸에 휘감은 채 하늘을 세게 박찬다.

콰아아아아아아앙!

땅이 있는 곳까지 수직으로 빠르게 하강했다. 음속으로 돌파하면서 마찰로 뜨겁게 달궈진 대기가 찢어지는 비명소리를 냈다.

근두운 때문인지, 지호가 지난 자리에는 새하얗고 은색으로 반짝이는 궤적이 아주 길게 남았다.

반면에 맞은편에서 부딪쳐 오는 악선들이 흘리는 기운은 아주 까매서, 마치 검은 해일이 일어나는 것 같은 착각을 불러일으켰다.

떨어지는 지호, 솟구치는 악선들.

두 개가 부딪친다.

쿠르르르르르르르르!

첫 충돌과 함께 대기가 크게 진동한다.

검은 해일이 단숨에 지호를 삼킬 것처럼 일렁인다. 워낙에 범위가 넓은 데다가 살벌한 기세를 자랑했다.

하지만 결과는,

차차차차차차차차창!

살짝 엎치락뒤치락한다 싶더니, 은빛 화살이 단숨에 검은 해일을 뚫었다. 마치 넓게 펼친 까만 천을 마구 찢은 것처럼 해일이 샅샅이 흩어진다.

지호를 잡으려다 튕겨난 악선들의 얼굴에 경악이 잔뜩 어린다. 충격파 때문에 전신이 피투성이가 된 몸은 공포로 덜덜 떨린다.

개중 목이 몸뚱이에서 떨어져 나가거나, 사지가 기괴하게 뒤틀려 절명한 자도 상당수였다.

"어, 어떻게……!"

"이럴 수가!"

내뱉을 수 있는 말은 그게 전부다.

그만큼 지호가 보인 신위는 압도적이었다. 마치 흥분한 황소처럼 돌진하는 그를 제지할 수 있는 것은 어디에도 없었다.

상대가 주먹을 날린다 싶으면 아주 가볍게 흘리면서 팔꿈치로 목을 쳐서 머리통을 바수고, 힘으로 찍어 누르려 하면 도리어 압도적으로 힘을 사용해 찍어 누르며, 다수가 합공을 펼치려 하면 손날을 세워 한꺼번에 몸을 잘라 버린다.

지호는 한 사람을 상대하는 데 있어 절대 세 번 이상의 손을 섞지 않았다.

처음엔 공격을 읽고, 다음엔 막거나 흘리며, 마지막엔 반격을 꾀해 숨통을 끊는다.

공격을 하는 단 일수(一手)에 실패란 절대 없다.

손을 휘두르는 족족 머리통이 떨어지고 사지가 잘려 나간다. 마기는 마치 거울처럼 박살이 나서 허공에 흩어져 사라진다.

찰나에 가까운 시간동안 최단의 루트를 판단해 적을 사살하는 것이다.

"대체 어떻게! 대체 어떻게 이런 것이 가능하단 말이냐……!"

"어찌 우리의 공격을 모두 알 수 있는가!"

악선들은 경악을 내질렀다.

정면으로 부딪쳐서는 승산이 없으니 측면으로 돌아서 공세를 가하려 해도, 지호는 아주 당연하다는 듯이 몸을 틀어 손날로 공격을 부수고 반격까지 꾀한다. 분명 시야가 닿지 않는데도 불구하고.

그들의 공격은 모두 '읽히고' 있었다.

아주 간단하게.

마치 지호의 손바닥 위에 놀아나는 것처럼.

아마 사도들은 끝까지 알 수 없으리라.

지호의 왼쪽 눈에 담긴 달이 다른 어느 때보다 찬란하게 빛나고 있음을.

—마가사장. 마예청, 마예홍, 마예해, 마예수.

금령성모의 밑에서 수학한 마씨의 성을 지닌 사형제 선인으로, 서로 다른 특징을 자랑하는 보패를 바탕으로 뛰어난 합공 실력을 자랑한다.

바로 눈앞에 맞닥뜨린 네 악선에 대한 정보가 머릿속으로 들어온다. 이름, 성격, 특징, 보패에 대한 모든 것들이 마치 검색을 해서 자료를 찾은 것처럼 생생하게 각인된다.

지호의 눈은 분명 악선들을 보고 있으면서도 단순히 그들의 겉모습만 보는 게 아니다.

그들을 둘러싼 모든 것을 보고 있다.

그들이 가지는 성격, 감정, 특징, 환경. 모든 것을 엿보고, 이를 바탕으로 생각을 읽고, 나아가서 행동을 예측한다.

예지다.

아니, 정확하게는 전지(全知)의 한쪽 단면이다.

해와 달의 주인으로서 한 가지를 얻게 되니 일부나마 전지의 권능을 여는 데 성공한 것이다. 그리고 그것은 절교와 전쟁을 치르는 지금 확실하게 와 닿고 있었다.

한 녀석이 등에 매달고 있던 검 세 자루를 뽑아 하늘로 던진다. 마가사장 중 둘째인 마예홍. 보패는 의지대로 움직이는 세 자루의 검, 심령검.

쉉! 쉉! 쉉!

검들은 단체로 하늘 위를 날아다니며 칼끝을 지호 쪽으로 잔뜩 겨누었다. 대기를 길게 할퀴면서 지호를 단숨에 찢어 버릴 것처럼 군다.

하지만,

쾅!

검 세 자루가 지난 자리에는 지호 대신에 허상만이 남아 있었다. 지호는 눈 깜짝할 새에 마예홍 앞에 나타나 손으로 녀석의 안면을 틀어쥐었다.

"안……!"

두 눈을 부릅뜬 마예홍이 뭐라고 말하기도 전에 손에 악력을 잔뜩 준다. 퍼걱 하는 소리와 함께 머리가 부서진다.

뒤늦게 심령검이 선회를 해서 등을 노렸지만, 이마저도 가볍게 낚아챈다.

"물러서라!"

맏이 마예청의 외침과 함께 남은 세 녀석은 다급하게 몸을 물렸다.

하지만 지호는 빼앗은 심령검을 세게 날렸다.

퍽! 퍽! 퍽!

저마다 가슴에 검을 한 자루씩 박은 채 별다른 공격도 하지 못하고 추락한다. 먼저 죽은 다른 악선들과 마찬가지로 얼굴에는 믿기지 않는다는 표정만 가득하다.

한때 동승신주를 주름잡던 마가사장의 몰락치고는 너무나 허망했다.

—신환.

뜨거운 바람을 일으키는 보패, 황풍모를 가졌다. 하늘을 마음대로 날아다닐 줄 안다.

그 뒤에 닥친 녀석은 뇌벽세에 맞아 보패와 함께 통째로 몸이 타 버리고,

—화령성모. 투선.

보패 삼락편은 표면을 따라 자그마한 갈고리가 있어 닿는 것들을 모두 찢어 버린다. 하지만 상대적으로 방

어가 약해 절대 근거리를 내주지 않는다.

그 뒤에 이어지는 녀석들은 그대로 박살이 나 지상으로 곤두박질을 친다.

수많은 정보가 지호의 뇌리에 박히기도 전에 언뜻 나타났다가 사라졌다. 예전에는 겨우겨우 상대했던 규목랑이나 독각시, 혼세 등도 지금의 지호 앞에서는 무력하기만 했다.

결국 지호가 지면에 착지했을 때,

쿠르르르르르르르—

지면이 단숨에 내려앉으면서 모래 기둥이 십여 미터나 높게 치솟았다.

뿌연 먼지가 하늘을 가득 메우다가 차차 가라앉는다.

지면에는 쓰러진 사도들로 가득했다. 대부분이 죽거나, 살았어도 숨만 겨우 헐떡이는 자들이었다.

이 자리에 오롯이 서 있는 것은 지호밖에 없었다.

그야말로 무쌍(無雙).

이곳에서 지호와 견줄 수 있는 자는 아무도 없었다.

그동안 나후를 쓰러뜨리고 삼킨 핵을 조금씩 녹이며 신으로서의 길에 서서히 들었던 지호였기에, 달을 얻은 지금은 급격한 신격의 상승을 이룰 수 있었다.

"어떻게 이런 일이 가능한 거지……?"

제천대성의 후예, 광마에 대한 소문은 일찍이 다른 악선들도 들은 적이 있었지만, 절대 이 정도라는 말은 듣지 못했다.

제아무리 단 한순간의 깨달음만으로 경지의 등락이 아주 큰 것이 선인들의 세계라 할지라도, 이 짧은 시간 동안 이런 월등한 성취를 이룬 자는 없었다.

아니, 꼽으라면 딱 한 명 있었다.

'제천대성!'

수보리조사의 한낱 어린 제자로 나타나 눈 깜짝할 사이에 동승신주를 평정하는 것은 물론, 나아가 단신으로 세상과 전쟁까지 벌였던 자.

그의 모습이 자연스레 지호와 겹쳐졌다.

악선들은 제천대성에게 느꼈던 공포를, 그 후예에게서도 고스란히, 똑같이 느끼고 말았다.

하지만 지호는 자신이 쓰러뜨린 자들에 대해 관심이 전혀 없었다.

"교주와 사도는…… 어디로 간 거지?"

쭉정이들만 있을 뿐, 정작 중요한 알맹이가 없었다.

전지의 문을 살짝 열고 있다지만, 모든 걸 볼 수 있는 것은 아니다.

이 자리에 없는 교주와 사도의 위치, 손오공의 행방을 보려 해도 이상하게 비치지가 않는다. 마치 그 자체에 결계가 쳐진 것처럼.

지호는 직접 찾아야겠다는 생각에 재빨리 주변을 크게 둘러본다. 손오공이 갇혀 있을 만한 곳을 찾는다. 파장이 강한 곳을 물색하다가 문득 발밑을 확인했다.

'여기다!'

지호는 주먹을 세게 말아 쥐더니 딛고 있던 땅을 다시 한 번 세게 내리쳤다.

콰아아아아앙!

엄청난 굉음과 함께 겨우 지탱하고 있던 지면이 그대로 무너지면서 지하에 설치되어 있던 공동(空洞)을 훤하게 드러냈다.

쇠창살이 가득한 지하 감옥.

탁!

지호는 그곳으로 천천히 내려섰다.

공동에 착지하자마자 인상을 잔뜩 찡그렸다.

"흡!"

기다렸다는 듯이 확 하고 풍기는 악취.

맡는 것만으로도 머리가 띵 하고 울린다.

물컹거리는 발아래를 살피다 공포에 잔뜩 일그러진 어떤 사람의 눈과 시선을 마주쳤다. 흰 동공에 핏대가 잔뜩 일어난 채로 죽은 시신의 눈가와 쩍 벌린 입에선 구더기가 들끓었다.

"이건……?"

지호는 헛바람을 들이키면서 한 발자국 물러섰다.

문제는 그런 시신이 한두 개가 아니라는 것이었다.

대체 뭐에 쫓기고 있었던 건지 다친 다리를 질질 끌며 바닥을 기어가다 죽은 남자, 달팽이처럼 몸을 잔뜩 웅크린 아이, 자식을 보호하려다 죽은 여자, 바닥에 아무렇게나 누운 채 멍한 표정으로 죽은 노인.

끝을 모르게 이어진 기다란 복도를 따라 설치된 감옥 안에는 공통점이라고는 하나도 찾아볼 수 없는 시신들이 가득했다.

하지만 그들은 대부분 겁에 질려 있거나, 생을 포기한 듯 보였다.

살짝 열린 전지의 문틈 사이를 따라, 예지를 활발히 띠고 있는 왼쪽 눈은 불과 며칠 전까지만 해도 이곳에서 벌어진 참혹한 광경을 생생히 비췄다.

"으아아아악! 저리 가! 저리 가란 말이야!"

"엉엉엉! 엄마! 아빠!"

"살려 줘! 제발!"

"이 아이만큼은! 저는 아무래도 좋으니……!"

"또 죽었어……."

"이제 얼마나 남은 거지? 나, 난 어떡해야 해?"

처음 붙잡힌 사람들은 쇠창살을 붙잡으며 살려 달라 고래고래 소리를 질러 댄다. 하지만 공동에 허망한 메아리만 쩌렁쩌렁하게 울릴 뿐 대답은 들리지 않는다.

그러다 며칠이 지난다.

그동안 아무것도 먹지 못한 사람들은 허기에 굶주려 미쳐 간다. 쇠창살을 어떻게든 뜯으려 하지만 헛수고다. 벽을 갉아 볼까 싶어 손톱으로 박박 긁어 대지만 손톱만 벗겨지고 손은 피투성이가 된다.

물도 마시지 못해 소변으로 연명하다가, 그것도 힘들다 싶으면 같이 갇혀 있던 사람들에게로 눈길을 돌린다.

죽어 가거나 약한 사람들이 제일 첫 번째 표적이다.

공포는 사람들의 뇌리를 가득 메우고 서서히 포악한 짐승으로 몰아간다.

그러다 딱 한 명씩만 남았을 때에 기다렸다는 듯이 사도들이 나타난다. 그들은 혀로 입술을 축이면서 군침을 흘린다.

비통에 젖은 원혼들.

이것들이야말로 갓 지옥에서 올라와 몸이 허한 자신들을 전성기 때로 되돌려 줄 최고의 보양식이 아닌가.

사도들 역시 한때 인간이었으니 인육을 먹거나 하는 천박한 짓은 하지 않는다. 하지만 원혼과 망령을 섭취하는 것만으로도 힘은 배로 강해진다.

그렇기에 사도(死徒)다.

사도(使徒)가 아닌 사도(死徒). 혹은 사도(邪道).

지옥 불을 구르면서 터득한 방식이다.

그리고 사도가 필요한 것을 모두 흡수하고 난 자리엔, 악선들이 뒤늦게 나타나 남은 잔기를 먹어 치운다.

"……미쳤어."

이 모든 것들을 영상처럼 본 지호는 이를 악물었다. 주먹을 꽉 쥔다. 화안금정 위로 분노가 치솟는다.

이곳은 지옥도였다.

마음 같아서는 아직도 다 처치하지 못한 녀석들을 마저 처치하고 싶지만 꾹 참는다. 지금은 당장 손오공을 구하는 것이 급선무였다.

기다랗게 놓인 복도를 따라 걷는다.

지하 감옥 곳곳에 배인 원혼들의 절규와 비명을 견딜 엄두가 나지 않아 눈길을 돌려도 절대 피할 수 없다. 시선을 주는 곳마다 원한이 서려 있지 않은 곳이 없었다.

모퉁이를 돌아 한참을 더 들어가니 커다란 회랑이 나타났다.

이곳에 서린 원혼들 때문일까?

분명 여태 보았던 지하 감옥과 다르게 회랑은 갖가지 조형과 장식으로 화려하게 꾸며졌지만, 어둡고, 답답하고, 눅눅했다.

마치 흑백의 세상을 옮겨 둔 것 같다.

족히 수천 명은 수용할 수 있을 어마어마한 크기의 회랑. 천장은 돔의 형상을 갖춰 곡선의 미를 한껏 자랑하고, 벽면을 따라 뱀이 그려져 천장까지 이어진다.

뱀.

지호는 수백 마리의 뱀을 바로 앞에 둔 것 같았다.

특히 가장 정면에 놓인 거대한 구렁이 동상은 금방이라도 움직일 것처럼 생생한 형태를 자랑했다.

지호가 이쪽 세상을 많이 겪었던 것은 아니지만 그래도 웬만한 문화는 거의 접한 상태였다. 하지만 이곳의 형태는 한 번도 겪지 못한 것들이었다.

특히 지금 보는 이 제단. 방금 전까지 제사가 이뤄지고 있었던 것인지, 층계를 따라 작게 마련된 제단에는 여전히 불꽃이 일렁이는 향로가 놓여 있었다. 바닥에는 소와 양 같은 동물들이 피를 잔뜩 흘린 채로 널브러졌다.

흔히 사이비 종교에서 신에게 공양을 할 때 치르는 의식이다.

아마 이곳에서 악선들이 그들의 마신에게 의식을 치르던 중이었을 것이다. 그러다 지호가 갑자기 난입해 엉망이 되어 버렸고.

하지만 지호는 그깟 것쯤은 아무래도 좋았다.

"교룡……? 사타왕?"

'손오공과 관련된 뭔가가 벌어지던 게 아니었어?'

지호는 제단에 놓인 제물을 확인하고 재빨리 달려갔다.

확실했다.

교룡과 사타왕이었다.

"교룡! 사타왕!"

지호는 재빨리 그들을 흔들었다.

하지만 약에 한껏 취한 건지 반쯤 뜬 눈은 흐리멍덩하기만 하다. 은빛 쇠사슬에 단단히 속박되어 정신을 차리지 못했다.

"둘 다 정신 차려요! 오공은? 오공은 대체 어디에 있는 겁니까?"

"……."

"……."

하지만 둘에게서는 여전히 대답이 없었다.

지호는 눈을 가느다랗게 좁혀 예지안을 틔웠다.

원혼들이 보였던 것처럼 새로운 장면이 눈앞으로 스쳐 지나간다.

"대체 어떻게 된 거지? 어째서 십이사도가 남아 있냔 말이야!"

"차라리 그냥 십이사도라면 다행이지. 하지만 저건 대체……! 젠장!"

나후와 십이사도를 모두 처치하고 난 후에 동주칠마왕은 이제 절교의 잔여 세력을 소탕하고, 남섬부주로 넘어간 지호가 신격을 자연스레 터득하기만을 기다리면 된다고 생각했다.

하지만 동주칠마왕을 맞은 것은 그저 그런 잔여 세력이 아니었다.

일백의 사도와 일천의 악선. 그리고 교주였다.

이들이 파 놓은 함정에 빠진 동주칠마왕은 부리나케 자리를 떠나야만 했다. 하지만 제아무리 축지를 밟아도 녀석들의 추격은 쉽게 떨어지지 않았다.

그만큼 동주칠마왕에 의해 지옥 불에 떨어졌다가 다시

세상으로 올라온 사도들의 원한은, 언제나 세상에서 숨어 다녀야만 했던 악선들의 원한은, 천여 년을 이어져 온 절교의 원한은 대단한 것이었다.

하지만 동주칠마왕으로서는 어떻게 저들이 살아 있는 건지 도무지 납득이 되질 않았다.

삶과 죽음은 선인들도 절대 피할 수 없는 삼라만상의 이치.

그것을 거스를 수 있는 것은 세상에 단둘, 옥황상제와 염라대왕밖에 없다.

대체 무슨 수를 쓴 것일까?

저승에 어떤 이상이 생기지 않았다면 절대 있을 수 없는 일이다.

"……환란."

이유를 두고 미후왕은 이렇게 말했다. 소심한 성격이지만 똑똑한 그였기에 단숨에 본질을 깨달았다.

"환란 때문이야. 해와 달이 사라지면서…… 천계와 하계의 구분선이 희미해졌으니까."

해와 달은 단순히 하계를 비추는 장식품이 아니다. 분리된 신과 인간의 사이를 연결해 주는 가교이며, 천계와 하계를 구분 짓는 경계선이다.

"그 때문에 이승과 저승도……?"

"응. 아마 뒤섞인 게 아닐까?"

미후왕은 우울한 얼굴로 말을 이었다.

"절교는 그걸 알고 혼란을 틈타 여태 죽은 사도들을 모두 끄집어낸 거고."

"애초에 모두 노리고 있었단 거네."

결국 나후를 깨웠을 때부터 짐작해야만 했던 것이다.

나후는 해와 달을 먹는 신. 당연히 해와 달이 사라지면 천계와 하계는 뒤섞이고, 이승과 저승은 영역이 서로 겹치게 된다

"아마 이 환란을 빨리 수습하지 않으면 앞으로 더 심각해질 거야. 산 자와 죽은 자들이 뒤섞여 살아가는, 그런 세상이 될 테니까. 그 후에는……."

"천계와 하계의 영역 구분도 엷어지고, 멀리는 동승신주를 비롯한 여러 세계들도 겹쳐질 수밖에 없는 거지? 이 미친놈들이, 진짜!"

하지만 이유를 깨달았다고 해서 절교의 추격이 떨어지는 건 아니다.

결국 손오공이 나섰다.

"놈들은 어떻게든 내가 막아 볼 테니까, 다들 튀어."

동주칠마왕은 즉각 반발했다.

"막…… 내야?"

"지금 그 몸으로 뭘 하겠다는 거야!"

"큰형이 있는 곳까지만 가면 돼! 그러니까……!"

우마왕이 있으면 이렇게 되지 않았을 것을. 그만큼 큰형의 부재는 그들에게 뼈아픈 실책이었고, 손오공의 부상은 그들에게 큰 재앙이었다.

"나 손오공이야. 제천대성이라고. 내가 언제 지는 거 봤어? 귀찮으니까 다들 꺼져."

손오공은 파리를 내쫓듯이 형제들을 모두 물리치고, 닥쳐오는 교주와 사도들을 홀로 맞닥뜨렸다.

"이만 끝내자꾸나. 지난 천여 년간 벌어진 우리들의 악연을!"

"그래. 좋은 생각이야, 교주. 나도 이제 너희들이랑 얽히는 게 지긋지긋하거든."

그렇게 충돌이 벌어졌다.

장면은 다음으로 이어진다.

"제기랄! 제기랄! 제기라아아아아알!"

"어쩌면 좋지? 막내는 지금 심장이……!"

"몰라! 이걸 나더러 어쩌라고!"

동주칠마왕 간에 서로 반목이 벌어졌다.

하지만 곧 그들은 한 가지 결론에 도달했다.

"큰형. 큰형을 불러야 해."

우마왕이 필요했다.

결국 그들은 또 다른 절교의 추적을 피해 서로 다른 방향으로 흩어졌다.

하지만 붕마왕과 미후왕은 탈출하는 데 성공했으나, 교룡과 사타왕은 결국 붙잡히고 말았다.

"……이렇게 된 거였나?"

모든 상황을 알게 된 지호는 이를 바득 갈았다.

자신이 신격을 찾는 동안 이들이 겪었던 고초를 생각하니 분노가 다시 타올랐다.

문제는 어째서 손오공이 여기엔 보이지 않느냐는 것이다.

교룡과 사타왕도 이곳으로 끌려오고 나서 손오공을 보지 못했던 것 같다.

'잘못 짚은 걸까?'

하지만 흑왕의 예지를 파고들어 알아낸 사실인 만큼, 잘못 알아냈다고 여기기는 힘들었다.

그렇다면 이유는 단 하나.

'한 발 늦었어.'

녀석들이 손오공을 데리고 어디론가 간 것이다.

결국 지호는 이들을 깨우는 것 외에는 답이 없겠다 싶었다.

이곳에 두는 것도 좋지 않았다. 교주와 사도가 언제 돌아올지 모르는 데다가, 두 사람을 이곳에 가둔 이유도 그들의 원한을 흡수하기 위해서였기 때문에 있으면 있을수록 두 사람에게는 계속 안 좋은 영향만 미쳤다.

손에 잔뜩 공력을 모아 손날로 두 사람을 속박한 쇠사슬을 내려친다.

챙!

하지만 손날은 너무 쉽게 튕겨 났다.

"이건?"

사도도 모두 베었을 정도로 강한 힘을 줬는데도 불구하고 쇠사슬은 흠집조차 나지 않았다.

지호는 몇 번이고 손날을 내리쳤지만,

챙! 챙! 챙!

그때마다 쇠사슬은 꿈쩍도 않았다. 도리어 내려친 손만 얼얼해질 뿐이었다.

끊을 수 없다면 뜯어도 보려고 힘을 준다. 잔뜩 노려보는 동안에 왼눈이 새로운 지식을 전달했다.

—만년한철.

곤륜산의 꼭대기, 만년설의 심층에서 캐낸 철. 천계에서 죄수들을 묶을 때 사슬로 만들어 쓴다. 신진철의 재료.

"신진철의 재료라고?"

지호의 눈이 커진다.

신진철은 신마저도 가둘 수 있는 진귀한 철. 수많은 마신을 봉인한 여의봉도 이것으로 만들어졌다. 그런 신진철의 재료가 되는 것으로 만든 사슬이라면 절대 끊을 수가 없다.

"이것들, 작정을 했구나."

자신들이 모시는 신을 가둔 것의 재료로 속박할 생각을 할 줄이야. 교룡과 사타왕이 이런 것에 묶였다면, 손오공은 더 심할 것이다.

결국 지호는 이들의 속박을 풀어 줄 길이 없자, 대신에 방법을 바꿨다.

정신이라도 깨워 줘야 할 것 같았다.

우우우우웅!

달의 순수한 정기를 눌러 담아 두 사람의 등을 세게 두들긴다. 단단히 잠겨 있는 내공을 강제로 깨워서 정신을 차리게 할 생각이었다.

둥!

마치 북채로 북을 세게 두들긴 것 같은 소리가 울린다. 교룡과 사타왕의 허리가 쭈뼛 세워지더니 상체를 앞으로 숙이며 토악질을 해 댄다.

"우웨에에엑!"

"켁! 케켁!"

검은 피가 잔뜩 섞인 울혈이 잔뜩 쏟아진다.

둘은 한참이나 피를 토한 뒤에야 겨우 토악질을 멈췄다. 흐리멍덩했던 두 눈에 드디어 정기가 어렸다.

"여긴…… 어디지?"

"니미! 음장생! 한판 붙……! 어?"

교룡은 멍한 정신으로 낯설기만 한 장소를 두리번거리고, 사타왕은 여전히 제압되기 전의 상황에서 헤매는지 소리를 벅벅 지르다 정신을 차렸다.

"너, 너, 너……!"

"애송아!"

이제는 볼 수 없을 거라 생각했던 얼굴을 마주하니 기쁜 모양이다. 한편으로는 우마왕이 아직 나타나지 않았다는 사실에 크게 놀란 눈치이기도 했다.

지호가 자세를 낮춰 둘과 눈높이를 맞췄다.

"이제 정신이 좀 드십니까?"

교룡과 사타왕은 두 눈을 크게 떴다. 그러다 몸이 쉽사리 움직여지지 않는 걸 보고 인상을 잔뜩 찡그렸다.

"젠장! 이거 왜 이렇게 안 풀려?"

"야! 이거 좀 풀어 봐!"

교룡은 인상을 잔뜩 찡그리고, 사타왕은 쇠사슬을 풀려고 몸에 힘을 바짝 줬다.

"만년한철이라 그런지 풀리질 않아요. 다른 방법을 찾아야 할 것 같습니다."

"만년한철? 절교 새끼들, 작정을 했구먼. 제기랄!"

교룡은 이를 바득바득 갈다가 지호를 심각하게 쳐다보았다. 다혈질인 사타왕은 어떻게든 풀어 보려 낑낑대느라 이마에 핏대가 잔뜩 섰다.

교룡이 침중한 얼굴로 물었다.

"그런데 너 여긴 어떻게 들어온 거야? 절교 놈들이 가만히 두지 않았을 텐데?"

"뚫었습니다."

"뚜, 뚫어?"

교룡은 황당하다는 투가 되었다.

이곳이 대체 어떤 곳인데? 손오공도 뚫지 못한 복마전인데 그걸 뚫었다고? 뭔 이런 놈이 다 있는 건지. 왜 지호가 손오공의 환생이라는 것인지 이제 확실히 알 것 같았다.

지호는 두 사람의 경악을 뒤로하고 진지하게 물었다.

"그보다 오공은 어디로 갔습니까?"

다른 것은 의문을 가지는 즉시 바로 예지로 비치는데, 이상하게 손오공에 대한 것은 몇 번이고 집중을 해 봐도 보이지가 않는다.

"뭐? 없어?"

"예. 교주와 사도도 없어요. 아무래도 오공을 데리고 어디론가 간 거 같은데 짚이는 데가 없습니까?"

"교주와 사도가?"

교룡이 놀란 눈이 된다. 갑자기 정신이 번쩍 들었다.

"그, 그게 사실이냐? 교주가 없다는 게?"

"예. 혹시 뭔가 짚이는 거라도 있습니까?"

하지만 교룡은 지호의 말이 잘 들리지 않는 듯했다.

"안 그래도 우리를 죽이지 않고 제압하려 했을 때부터 이상했었는데. 그럼 막내를……? 하지만 놈들이 무슨 수로? 부처의 피로 그런 게 가능한 건가? 젠장!"

"교룡!"

지호는 답답한 마음에 크게 소리쳤다. 뭔가를 아는 것 같은데 말을 해 주지 않으니 답답했다.

지금 이 시간에도 시간은 자꾸 흐른다. 손오공에게 허락된 시간이 계속 줄어든다.

"엿 됐어! 놈들은 분명……!"

교룡이 정신을 차리고 뭐라고 말을 하던 차였다.

쿠르르르!

갑자기 지진이 시작된다. 지호가 일으켰던 것과는 전혀 다른 느낌. 천장이 조금씩 갈라지면서 먼지가 부스스 떨어진다.

동시에 공동을 따라 음습한 기운이 확 하고 불어닥쳤다.

"니미! 이건 또 뭐야!"

교룡은 고개를 번쩍 들어 천장을 보았다. 하지만 그가 보고 있는 것은 정확히 천장이 아니었다.

천장 위. 혹은 밖.

지상에서 벌어지고 있는 뭔가를 보고 있었다.

흑색과 회색의 단조로운 색채로 뱀의 문양이 난잡하게 그려진 돔에 서서히 균열이 퍼진다. 우직 하고 천장이 그대로 잘게 부서졌다.

하지만 부서진 천장은 공동으로 내려앉지 않았다. 대신에 허공으로 떠올랐다. 공동을 따라 불던 음습한 바람이 위로 떠오르면서 먼지와 낙석이 모두 하늘로 뜬다.

가아아아아!

하늘로 떠오르는 바람을 따라 지면에서 뭔가가 일어난다. 잿빛과 칠흑빛이 뒤섞인 아지랑이는 길게 몸을 늘어뜨리면서 먼지를 따라 같이 오른다. 어찌 보면 마치 길게 늘어뜨린 손처럼 보인다.

아지랑이는 한 개가 아니었다. 두 개, 네 개, 여덟 개…… 순식간에 수백 개로 불어난 아지랑이가 지호 등의 주변을 맴돌면서 천장을 넘어선다.

원혼이다.

끼아아아아!

『억울해! 억울해! 억울해!』

『너도 죽일 거야! 너와 같이 죽을 거야!』

『용서 못해! 용서 못한다고! 용서! 용서!』

본능만이 남은 원혼들의 원성이 뒤죽박죽 섞여 귓가를 울린다. 죽어서까지도 저승으로 가지 못하고 구천을 떠돌아야만 하는 존재들의 원성이 지호에게 절실하게 와 닿아 심장을 무겁게 누른다.

'울고 있어!'

원혼은 하늘에서 뒤엉키고 있었다. 보이지 않는 무언가가 있는 듯했다.

그때 사타왕이 벌떡 몸을 일으키면서 먼지와 아지랑이가 가득한 지상을 향해 으르렁거린다.

"음장새애애애애애앵!"

마치 적을 만난 맹수가 포효를 지르는 것 같다. 그는 다른 어느 때보다 분노를 드러내고 있었다. 흉포한 기세가 주인에게로 가려는 아지랑이를 흩뜨린다.

교룡 역시 다르지 않다.

이를 바득 가는 내내 몸이 덜덜 떨린다. 만년한철에 속박되어 있지만 않았어도 바로 밖으로 나갈 태세다.

지호는 그런 두 사람의 모습에서 음장생이라 불린 자에 대해서 알 것 같았다.

교룡과 사타왕, 두 사람을 제압한 자다!

콰아아아아아앙!

커다란 폭발과 함께 천장의 나머지 부분마저 부서졌다. 빽빽한 낙석과 먼지 사이로 잿빛 빛줄기가 창대처럼 꼿꼿하게 세워져 이쪽으로 쏘아졌다.

"피해요!"

지호는 양팔로 교룡과 사타왕의 허리를 감아 재빨리 땅을 박찼다.

쐐애애애액!

한 줄기 궤적을 그리며 단숨에 천장을 통과해 하늘로 오른다. 간발의 차로 지반이 그대로 주저앉아 공동이 메워지는 것이 보였다.

지호는 하늘 한가운데에서 부유하며 앞을 직시했다.

"저건……?"

잘게 바스러진 낙석과 먼지가 소용돌이를 그리는 기류를 따라 안쪽으로 몰린다. 사이사이로 천장을 통과했던 원혼이 비친다.

소용돌이에 휘말리는 원혼은 공동을 통과한 죽은 희생자들의 것만이 아니었다.

금오도 전체에서 똑같은 현상이 벌어진다.

무너진 건물에서도, 잔해에서도, 땅에서도, 동물에서도, 나무에서도, 풀에서도, 꽃에서도, 이슬에서도, 냇가에서도, 해변에서도 똑같이 무언가 올라온다.

아지랑이가 계속될수록 금오도는 서서히 흙빛으로 물들어 갔다. 나무는 썩어 버리고, 풀은 바스러지며, 꽃은 시들어 고개를 숙인다. 작게 지저귀던 새는 자취를 감춘다.

생기가 모두 사라졌을 때, 금오도는 모든 것이 죽어 버린 대지가 되었다.

"음장생이란 놈의 원혼망이다."

"원혼망?"

"그래. 아주 빌어먹을 것이다 못해 짜증 나는 거지."

교룡이 인상을 잔뜩 찡그린다.

지호의 머릿속으로 음장생과 원혼망에 대한 정보가 들어섰다.

—음장생.

절교의 좌호법. 원혼을 권속 하에 두어 이매망량을 부리는 데 탁월한 재주를 지녔다.

—원혼망.

일정한 형태를 지니지 않는다. 기운을 흡수하여 시전자의 힘을 증가시키는 보패. 기운의 종류를 가리지 않는다.

'좌호법?'

흑왕의 기억에서 호법은 사도보다 윗줄에 있는 자들로, 가진 바 힘이 웬만한 하급 신들은 엄두도 내지 못할 정도로 강하다고 했다.

그런 존재가 나타난 것이라면……!

바로 그때, 정체를 알 수 없는 신의 목소리가 지호와 교룡, 사타왕의 귓가에 박혔다.

—제사장에게서 연락이 끊겨 혹시나 했더니…… 역시나 이곳에 있었나, 광마?

지호는 고개를 번쩍 들었다.

사방에서 목소리가 쩌렁쩌렁하게 울려 대는 통에 녀석의

위치를 종잡을 수가 없었다. 예지안을 돌리지만 역시나 비치지 않는다. 마치 손오공에게 한 것처럼!

"오공은! 오공은 어디에 있어!"

지호는 어디선가 자신을 지켜보고 있을 존재를 향해 소리쳤다.

하지만 음장생은 지호의 말이 들리지 않는 것처럼 가볍게 묵살했다.

—교룡과 사타왕이 풀려났으니 계획을 틀어야겠어. 언제나 그렇듯 우리를 계속 곤혹스럽게 만드는구나. 그것이 어디까지 이어질 수 있을지 어디 한 번 보자꾸나.

그 말이 끝나기 무섭게,

"아, 아, 안 돼!"

"어째서! 어째서 우리까지……! 컥!"

"으아아아아악!"

악선들이 일제히 비명을 지른다. 지호에게 다친 상처 때문에 움직이지도 못하던 그들은 어떻게 저항할 새도 없이 원혼망에 걸려들어 빳빳하게 몸이 굳었다.

몸이 기괴한 방향으로 이리저리 꺾인다. 몇몇은 살갗이 풍선처럼 빵빵하게 부풀어 버둥거렸다.

그러더니 칠공으로 잿빛 아지랑이가 빠져나와 하늘로 올라갔다. 거기다 이미 죽었던 악선들의 원혼까지 그 무리에 합류했다.

교룡과 사타왕을 흡수하지 못한 대신에 일천 악선의 힘이라도 빼앗으려는 것이다!

지호는 이대로 안 되겠다 싶어 전력을 다해 연속으로 주먹을 내질렀다.

콰아앙! 콰아쾅! 콰아아아아앙!

하지만 뇌벽세가 작렬할 때만 잠시 흐름이 멈추거나 큰 구멍이 생길 뿐. 흐름은 금세 복구되면서 더더욱 중심으로 뭉쳤다.

그러다 모든 흡수가 끝났을 때, 기류는 얼어붙은 것처럼 아주 잠깐 공중에 그대로 멈춰 있었다. 그러더니 마치 살아 있는 뱀처럼 크게 맥동을 치면서 갑자기 지호가 있는 쪽으로 몸을 돌렸다.

그 속에서 지호는 보았다.

암세포처럼 마구잡이로 뒤엉켜 있는 것들을.

머리, 팔, 다리 따위가 아무렇게나 난잡하게 뒤섞인 그것은, 분명 현실에서 이쪽 세상으로 넘어올 때 그를 괴롭혔던 것과 똑같은 것이었다.

"망량……!"

수백만, 아니, 이건 족히 수천만 마리는 족히 될 것처럼 크다. 현실에서 보던 것과는 비교가 불가능하다.

망량의 군집체는 단 하나의 의지 아래에 놓여 저마다 다른 소리를 내뱉는다.

『산 자를 죽여라!』

『어째서 너희들은 살아 있는 것이냐!』

『원통하다!』

『우리와 같이 저곳으로 가자!』

현실의 것과 다른 점이 있다면, 현실의 것들은 어느 정도 자아가 있었으나, 이곳에 있는 것들은 그저 살아 있는 이들에 대한 원한만이 남아 있었다.

그래서 더 포악하고, 끈질기며, 사악했다.

콰아아아아아아!

대기가 이대로 떨어져 나가는 게 아닐까 싶을 정도로 어마어마한 잿빛 기류가 움직인다. 대기가 떨리면서 구름이 밀려난다. 하늘이 무너질 것처럼 크게 요동쳤다.

"니미!"

"음장생! 비겁하게 숨어 있지 말고 나오란 말이다!"

교룡의 안색이 멀겋게 죽어 버리고, 사타왕은 고래고래 소리를 질러 댔다. 물론 대답은 없었다.

'어디지? 분명 이 근처에 있을 텐데?'

지호 역시 예지안을 돌리며 음장생이 숨어 있는 위치를 파악했다. 하지만 대체 무슨 수를 쓴 건지 손오공의 행방처럼 녀석의 위치도 결계가 쳐져 있었다.

『죽어라아아아아앗!』

결국 군집체가 근방까지 다가오자, 망설임 없이 허공을 박찼다.

쾅!

재빨리 몸을 뒤로 내뺀다. 하지만 군집체는 그보다 더 빠르고 끈질겼다. 마치 화살처럼 단숨에 공간을 할퀴며 발목을 베어 온다.

지호는 아슬아슬하게 군집체의 끝부분을 걷어차며 더 높은 허공으로 치솟았다.

하지만 충격을 받아 직각으로 꺾인 기류는 마치 알고 있었다는 듯이 다시 직각으로 몸을 꺾어 지호를 뒤쫓았다.

그러면서 분화된다.

『어딜 가려 하느냐!』

『우리와! 우리와 같이 가야 한다!』

『너도 우리와 같은 꼴이 되어야 한다!』

원래 수천만 마리로 이뤄져 있던 녀석들이라 분리되는 것은 아주 쉬웠다. 수백 개로 분리된 녀석들은 마치 촉수처럼 얽혀서 지호를 엮고자 했다.

그때마다 지호는 허공을 마구잡이로 차면서 촉수를 피했다.

쾅! 쾅! 콰콰쾅!

허리를 굽혀 하나를 아슬아슬하게 피한다 싶으면 다른 것이 목을 옥죄어 오고, 뇌벽세를 터뜨려 부쉈다 싶으면 사각지대를 교묘하게 파고들어 무릎을 찌른다.

수백 개의 촉수가 일정한 패턴도 없이 무작위로 달려드는 통에 지호는 어지럽기만 했다.

예지안으로 경로를 모두 예측해 피해 내고 부순다 해도, 계속 자가 증식을 반복하는 군집체를 모두 소거하는 것은 절대 불가능했다.

아니, 도리어 부술 때마다 더 많이 분화되어 버리니 지호로서는 미칠 노릇이었다. 어느새 수천 개로 불어난 잿빛 촉수는 반경을 좁혀 서서히 옥죄어 들어가며 지호를 구석으로 몰아넣었다.

쉬쉬쉬쉬쉬쉬쉭!

마치 칼로 만들어진 서슬 퍼런 감옥 안에 갇혀 있는 기분이다. 더구나 움직이지 못하는 교룡과 사타왕이라는 짐짝이 있으니.

그나마 망량이 부서질 때마다 기운이 흡수되는 족족 왼쪽 눈으로 밀어 넣어 예지안을 더 크게 활성화 하지 않았다면 더 위험해졌을 것이다.

'탈출로를, 탈출로를 찾아야 해!'

공력과 의념을 왼쪽 눈으로 잔뜩 불어넣는다. 그럴수록 예지안은 더 많은 예지 결과를 쏟아 낸다.

도출된 예지는 모두 세 개.

—첫째. 여의봉으로 호풍환우를 써 군집체를 소거한다.

하지만 부수면 부술수록 계속 증식과 분화를 반복하는 녀석들의 특징 때문에 일거에 소거하지 못하고 안쪽에 꼭꼭 숨어 있던 일부가 남는다. 지호는 순식간에 배로 불어난 군집체에 먹히고 말았다.

—둘째. 근두운을 크게 펼쳐 탈출한다.

전력을 다해 오행공을 단숨에 터뜨려 군집체를 밀어내고 축지를 밟아 다른 곳으로 피신한다면? 하지만 군집체는 살짝 비틀린 공간을 비집고 들어와 단숨에 지호의 심장을 꿰뚫었다.

—셋째. 달의 권능을 빌어 군집체를 통째로 얼린다.

하지만 곧이어 나타난 음장생이 얼음을 깨 버리고, 도로 달의 힘에 침식을 시도해 지호의 영혼을 베어 버렸다.

그 뒤로도 수많은 예지가 머릿속으로 계속 스쳐 지나갔지만, 결국 모든 예지가 말하는 결과는 딱 하나였다.

절대 살아서는 이곳을 빠져나가지 못한다!

*　　*　　*

—절대 살아서는 이곳을 빠져나가지 못할 것이다.

마치 지호의 예지를 읽기라도 한 듯이, 음장생의 목소리가 귓가에 울린다. 비웃음이 가득하다.

—나갈 수 있는 방법은 딱 하나. 이들과 마찬가지로 나의 권속으로 전락하는 것뿐.

비웃음은 흡족함으로 변했다.

—신격을 눈앞에 두고 있는 자를, 아니, 제천대성의 영혼을 이토록 쉽게 얻을 수 있을 줄이야! 세상에 이만한 전리품이 어디에 있단 말인가! 하하하하하하!

음장생은 무엇이 그리도 기쁜지 계속 웃음을 터뜨렸다. 지호는 녀석의 웃음소리 때문에 귀가 떨어져 나갈 것만 같았다.

듣고 싶지 않았지만, 신의 목소리란 듣고 싶지 않다고 해서 듣지 않을 수 있는 게 아니었다.

그들의 목소리는, 바로 영혼에 전해지는 것이니.

한편, 음장생의 입장에서는 제천대성에 대한 처리를 위해 교주와 함께 잠깐 자리를 비운 사이에 갑자기 나타난 지호 때문에 제사장이 죽고, 본단이 쑥대밭이 되고, 악선들이 모두 쓰러졌으며, 교룡과 사타왕을 빼앗기는 등 뼈아픈 출혈을 겪어야 했다.

가뜩이나 겨우 깨운 나후를 잃은 그들로서는 화가 잔뜩 날 일이었다.

하지만 광마의 영혼을 원혼망에 담을 수만 있다면?

가뜩이나 제천대성에 대한 처치 곤란으로 방책을 마련하기 위해 골머리를 쥐어짜던 차에 좋은 기회가 생기는 셈이다. 전화위복이다.

아니, 이건 그 정도를 넘어선다.

어쩌면 오래도록 절교가 염원했던 소망이 이뤄질지도 몰랐다.

지호에게는 자신들이 그토록 바라는 여의봉이 있으니!

본래는 제사장이 처리해야 할 일이었지만, 자신의 손으로 해결하게 된다.

여의봉만 가질 수 있다면 마신들을 다시 풀어 내는 것은 일도 아니다.

그리고 그 뒤에는…… 드디어 염원을 이룰 수 있다.

천계로 통하는 문.

감히 자신들을 지하 깊숙한 곳에다 처박은 것으로도 모자라, 저 높은 하늘에서 오만한 시선으로 내려다보는 천교의 놈들을 모두 지상으로 끄집어 내릴 수 있게 되는 것이다!

예지안을 지닌 제사장도 해내지 못한 일을 자신이 할 수 있단 사실이 흡족하다.

어쩌면 공이 인정되어 그토록 바라 마지않던 신으로의 길이 열릴지도 모르는 일.

신격만 얻을 수 있다면 무엇이든지 할 수 있었다.

콰콰콰콰콰콰!

음장생은 더더욱 원혼망을 다루는 손길에 힘을 바짝 주

었다.

눈가엔 서서히 희열이 솟았다.

* * *

매섭게 휘몰아치는 군집체의 촉수는 이제 천여 개로 늘어나 지호를 궁지로 몰아넣고 있었다.

'어떻게 해야 되지?'

몇 번이고 예지를 반복했다. 상황과 조건에 조금씩 차이를 두면서 여러 방향으로 모색했다.

하지만 결과는 단 하나.

죽음.

군집체에 잡아먹혀 녀석을 구성하고 있는 수많은 망량 중 일부로 전락하고 만다.

하지만 그래서야 이도 저도 아니게 된다.

어떻게든 방법은 있을 텐데. 하지만 그게 도무지 보이질 않는다.

덕분에 지호는 이렇다 할 아무런 시도도 하지 못했다.

뭐라도 해야 무슨 방법이 생길 텐데. 방법을 열려고 하기도 전에 결과가 먼저 주어지니 할 수 있는 일에 너무 많은 제약이 생겨 버린다.

마치 가야 할 길이 있는데, 갑자기 절벽이 떡 하니 놓인 것 같은 막막함이다.

덕분에 알았다.

예지란 것은 도리어 스스로를 묶는 사슬에 불과하다는 것을.

결국 그 예지마저 넘어서야 하는 걸까?

그렇다면 방법은 하나밖에 없다.

전지의 문을 여는 것.

신으로서 각성을 마쳐 '완전'한 방법을 찾는 수밖에는 없다.

하지만 당장 수중에 해가 없는 이상, 전지의 문을 활짝 여는 것은 불가능하다.

결국 모든 것이 제자리다.

정말 이대로 어떻게 해 보지도 못하고, 손오공을 구하지도 못하고, 허망하게 당해야 하는 걸까?

'오공이라면. 오공이라면 어떻게 했을까?'

손오공을 떠올려 보려 하지만, 죽음의 예지가 계속 눈앞으로 성큼 다가올수록 마음은 초조해져 냉정을 찾기가 어렵다.

"아아아아아악!"

"으어어어어어……."

"제발…… 억! 세게 다루지 말……! 커억! 숨쉬기가 어렵…… 으어어억!"

"살려 주어어어어어어……."

그때 쇠사슬 끝에 대롱대롱 매달린 채 빙글빙글 돌아다니는 교룡과 사타왕의 신음 소리가 귀에 거슬렸다.

지호가 이리저리 피해 다니는 통에, 그들은 어떻게 해 보지도 못하고 마치 롤러코스터를 타는 것처럼 이리저리 마구잡이로 휘둘려 다녀야 했다.

이미 사타왕은 눈이 풀려 침을 질질 흘려 댔다. 축 늘어진 꼴이 꼭 갓 물에서 건져 올려 말리기 시작한 반건조 오징어 같다.

그나마 교룡이 끊어지려는 이성을 겨우 붙잡아 조심히 좀 움직이라고 부탁하지만, 역시나 속을 여러 번 게워 냈는지 볼이 핼쑥하고 눈 밑은 퀭했다.

지호는 그 모습도 짜증 나기만 할 뿐이었다.

지금 이 사달이 누구 때문에 벌어졌는데!

"하여간 이 짐덩이들! 확 던져 버릴 수도 없고!"

쥐불놀이처럼 빙글빙글 돌던 교룡이 울컥한다.

"야! 누구는 이러고 싶은 줄 아냐!"

"그러게 누가 멍청하게 잡히라고 했습니까!"

"우리도 열심히 싸웠다고!"

"그럼 뭐해요! 동네 민폐만 끼치는데!"

"야! 그건……!"

"아, 시끄러우니까 닥쳐요! 정신 사나우니까!"

"젠장……!"

교룡은 계속되는 구박에 항변하고 싶은 마음이 굴뚝같았다. 하지만 여기서 한 마디만 더 했다가는 정말 군집체에다가 집어 던질 것 같아 입을 꾹 다물고 말았다.

그래도 명색이 동주칠마왕인데. 이 녀석은 자신들을 너무 무시한다. 눈물이 핑 돌았다.

하지만 어쩌랴.

약한 게 죄지.

지호는 교룡의 눈망울이 촉촉하게 젖든 말든 신경도 쓰지 않았다. 다시 목젖을 베어 오는 칼날을 손등으로 밀치는 중에 우연찮게 예지안으로 교룡을 보고 말았다.

교룡의 미래가 빠르게 스쳐 지나간다.

'어?'

그런데 예지에서, 교룡의 죽음이 보이지 않았다.

'하여간 이놈이나 저놈이나!'

교룡은 속이 부글부글 끓었다.

원래 같은 영혼을 타고 나면 이렇게 성격이 똑같나? 막내랍시고 있는 녀석에게도 매번 구박과 핀잔을 받으면서 상전 모시듯이 하던 차에, 이제 드디어 짜증을 풀 녀석이 생겼다고 좋아했건만.

그런데 이건 지금 보니 훨씬 더 심한 놈이다.

그래도 녀석을 미워할 수 없는 것은 비단 자신의 목숨 줄을 쥐고 있기 때문만은 아니다.

정(情).

겉으로는 매사 툴툴거리고 짜증을 부리는 것 같아도 한 번 도맡은 일은 끝까지 책임을 진다. 그리고 한 번 인연을 맺은 사람은 어떻게든 챙긴다.

막말로 지호는 이쪽 세상에 신경 쓸 이유가 없다.

이쪽에서 살았던 것도 아니고, 인연이 깊은 것은 더더욱 아니다. 힘들다 싶으면 다시 본래 세상으로 넘어가 무시해 버리면 그만이다.

도리어 이쪽과 엮이면서 나후와 싸우고 절교를 상대하는 등 죽어라 고생만 했다.

그런데도 지호는 짜증은 낼지언정 포기하지 않는다.

이쪽 세상에서 자잘하게나마 맺은 인연들 때문이다. 그들이 혹시나 다칠까 싶어 지키려고 한다.

그것이 고맙고 미안하다.

사실 이 일은 자신들이 해야 할 일.

하지만 그걸 지호가 도맡아서 하고 있다.

이게 과연 어른이 되어서 할 짓인지. 스스로가 부끄럽기만 하다.

"우욱! 저 새……! 웨에에엑! 내가 잡……! 컥! 그러니까 두고 보…… 어어억!"

사타왕은 어느새 정신을 차려 이리저리 통통 튀어 다니면서도 자기 할 말 하느라 바빴지만. 안색이 누렇게 질린 게 거의 다 죽어 가는 모양새였다.

'넷째가 저 모양이니 내가 뭐라도 해야 되는데!'

이대로 짐짝만 되어서는 어른으로서 면모가 살지 않는다. 그래도 명색이 동주칠마왕의 둘째이니 뭐라도 해야만 했다.

하지만 만년한철에 이렇게 묶여서야……!

"교룡."

지호가 나지막한 목소리로 부른다.

교룡은 바짝 긴장했다. 손오공도 이럴 때는 꼭 뭔가를 부탁하곤 했다.

"왜, 왜 그러냐?"

"부탁이 있어요."

"뭐냐! 말만 해라!"

교룡은 기쁜 마음에 고개를 번쩍 들었다. 드디어 자신의 진가를 알아주는구나! 최소한 면목은 설 수 있다!

“어그로 좀 끌어 주세요.”

“응? 그게 뭐냐? 어그러어어어어어어억!”

갑자기 지호가 교룡과 연결된 쇠사슬 끝을 붙잡더니 냅다 군집체 쪽으로 던졌다.

교룡이 탈출하려 아등바등 거리지만, 어느새 군집체가 마치 먹이를 받아먹는 짐승처럼 아가리를 위아래로 크게 젖히고 있었다.

그 순간, 교룡은 다시 떠올렸다. 손오공이 뭔가를 진지하게 부탁하고 나면 꼭, 항상 마지막은 불행했다는 것을! 역시 이 녀석은 막내의 환생이 맞았다!

“씨이바아아아아아아알!”

교룡의 애처로운 비명 소리를 뒤로하고,

와그작!

군집체가 아가리를 크게 닫았다.

—하하하하하하하! 드디어 포기를 한 것이냐? 혼자서 살겠다고 동료를 버렸다? 제천대성이 알면 아주 좋아하겠어!

음장생의 비웃음이 지호의 귓가를 찌른다.

하지만 지호는 꿈쩍도 않았다. 그저 무뚝뚝한 표정으로 군집체를 응시하기만 할 뿐.

아주 잠깐 지호에 대한 군집체의 공격이 느려졌다. 교룡을 녹이느라 에너지 소비를 분배할 필요가 있었다. 물론 지호가 교룡을 미끼로 던지고 도망을 시도할 수 있기 때문에 경계를 흐리는 멍청한 짓은 하지 않았다.

그러나 지호 역시 축지를 밟을 생각은 없었다. 도리어 고개를 비딱하게 꼬면서 비웃음을 되돌려 준다.

"야, 너 오공이랑 나후가 싸우는 거 못 봤냐? 왜 이렇게 학습 능력이 부족해?"

―무슨 소리를 하는 것이냐?

뭔가 불길한 느낌이 들었는지, 음장생이 으르렁거린다. 그러면서 군집체 안을 살핀다. 분명 방금 전까지 난리를 쳐대던 교룡은 이제 미동도 없었다.

"아무거나 주워 먹지 말라고 너네 엄마가 말씀 안 하시디? 아, 미안. 엄마가 없지."

정말 불쌍하다는 말투에 음장생은 짜증이 났다. 헛소리는 그만하라면서 여세를 몰아 지호를 몰아붙이려는 바로 그때,

푸우우우!

마치 고래가 숨을 쉬기 위해 수면으로 나와 물을 내뿜는 것처럼 망량들이 갑자기 피를 토했다. 수천만 마리의 망량들이, 일제히.

그리고,

끼아아아아아아!

군집체 사이사이로 방금 전에 삼켰던 수많은 원혼이 비집고 나오기 시작했다.

망량들이 고통에 차 비명을 지른다.

『으아아아아악!』

『죽고 싶지 않아! 죽고 싶지 않다고!』

『안 돼! 안 돼애애애애!』

"안 되긴 뭐가 안 돼?"

망량들의 절규에 지호가 차갑게 웃었다.

"돼."

퍼어어어어어어엉!

말이 끝나기 무섭게 군집체 안쪽에서부터 뭔가가 터졌다. 원혼들이 한꺼번에 탈출을 시도하면서 망량들이 일그러진다. 원혼망이 더 이상 형체를 유지하지 못했다.

지호는 재빨리 아래쪽으로 몸을 날렸다. 원혼들의 틈바구니 사이로 추락하던 것을 바로 낚아챘다. 축 늘어진 교룡이었다. 그를 속박하던 쇠사슬은 모두 녹아 없었다.

"너…… 이 새끼……!"

"도움도 되고 사슬도 풀고. 일석이조잖아요?"

"원숭이 같은……!"

교룡은 손오공이 제일 싫어했던 말을 내뱉고 눈을 회까

닥 뒤집었다.

지호는 쓰게 웃었다.

'그래도 어떻게 성공했네? 혹시나 했는데.'

이게 도박인 걸 알았으면 교룡은 더 크게 날뛰었을 테지. 사실 지호도 교룡을 던지고 나서 태연한 척하면서도 속으로는 불안했었다.

예지안으로 교룡의 죽음이 보이지 않는다고 해서 정말 그가 죽지 않는다는 보장은 없다. 손오공의 행방이 보이지 않듯이 예지안이 모든 사실을 비춘다고 말할 수는 없으니.

하지만 그 뒤에 보이는 예지가 눈에 밟혔다.

만년한철.

교룡과 사타왕을 속박한 이것이라면 군집체라도 어쩌지 못하리란 생각에 미친 것이다.

예측은 정확하게 맞아떨어졌다.

만년한철을 삼키려는 것이 도리어 역으로 작용해서 군집체의 태반을 날린 것이다. 응집력이 사라졌으니 어떻게 증식이나 분화를 하려 해도 유지가 불가능했다.

보패가 부서진 이상, 그 뒤는 지호의 세상이었다.

콰아앙! 콰아앙! 콰아아아아아앙!

지호는 근두운으로 몸을 감으면서 전력을 다해 공간이 부서져라 허공을 박찼다.

음속으로 돌파하면서 생겨난 마찰열에 뇌벽세와 화염륜 등이 뒤섞이면서 거친 폭발이 일어나 하늘에 가득히 퍼져 나갔다.

탈출을 시도하던 원혼들은 모두 겁화에 불살라져 정화가 되고, 아등바등하던 망량들은 모조리 발기발기 찢겨져 지호에게로 흡수되었다.

지호는 단전에 단숨에 차오른 공력을 다시 경추를 따라 왼쪽 눈으로 밀어 넣었다.

달이 받을 수 있는 최대한의 용량을 맞았을 때, 왼쪽 화안금정은 완벽히 푸른색으로 물들었다.

쩌어어어어엉!

전지의 문이 다시 반쯤 열린다.

여태껏 가려져 있던 음장생의 위치가 파악되었다.

위치는 군집체의 가장 중심, 원혼망의 속.

지호는 상황을 읽고 핵을 보호하려는 망량들을 마저 찢어 버리며 단숨에 그곳으로 치달았다.

부서진 원구(圓球) 안에 어둠 속에 반쯤 묻힌 음장생의 모습이 보였다. 녀석은 자신의 예속 하에 있던 모든 망량들을 잃어버린 데에 대한 분노를 드러내고 있었다.

하지만 지호의 눈에는 달의 힘을 각성시켜 줄 뿐만 아니라, 손오공의 행방까지 알려 줄 고마운 녀석으로만 보였다.

"먹은 건 맛있디?"

이윽고 폭발이 일어났다.

콰아아아아아아앙!

하늘 가득히 엄청난 불길이 퍼져 나간다.

시커먼 매연을 동반한 불꽃은 붉은색과 푸른색, 노란색이 범벅으로 뒤섞여 잿빛 하늘을 불사를 것처럼 이글거렸다.

지호는 충격파에 밀려 지상으로 추락했다. 하지만 곧장 몸을 비틀어 자세를 잡아 착지했다. 쾅, 하는 소리와 함께 한참을 미끄러지다가 고개를 번쩍 들었다.

"오, 그래도 꽤 한가락 하네?"

지호가 여유롭게 싱긋 웃는다. 하지만 화안금정은 깊게 내려앉아 녀석에 대한 경계심을 키웠다.

뇌벽세를 터뜨려 단숨에 베어 버릴 속셈이었는데. 도리어 녀석은 반격을 꾀했다. 손이 찌르르 하고 울린다.

다행히 망량의 폭발을 이용해 사타왕의 사슬까지 부술 수 있어서 더 이상 움직이는 데 방해를 받지 않을 수 있었다.

본격적으로 싸울 자세를 갖춘다. 근두운을 일으키면서 천천히 용의 감각을 날카롭게 끌어 올렸다.

한편, 싸늘한 눈빛으로 내려다보는 음장생 주변에는 원

혼 중 절반가량이 남아 빙글빙글 돌아다녔다.

끼아아아아아!

'그렇게 찢어 놨는데도 아직 저만큼이나 남았단 말이지?'

과연 이매망량을 다루는 선인이라더니. 어쩌면 현실에 망량의 숫자가 많은 것도 저 녀석의 영향 때문이 아닐까 하는 생각이 들었다.

"망량으로서 하늘에 우뚝 설 본교의 선봉장에 자리할 수 있는 영광을 주려 했거늘. 감히 그것을 거부한단 건가?"

음장생이 입가를 따라 흐르던 핏물을 손등으로 훔치며 이를 갈았다. 눈빛이 흉흉하게 타오른다.

지호는 코웃음을 쳤다.

"뭔 개소리야? 쓸데없는 소리 말고 덤벼, 새꺄. 계속 비겁하게 숨어 있지 말고."

"찢어 죽여 주마."

"나는 안 아프게 대가리만 댕강 잘라 줄게. 고맙지?"

지호와 음장생이 동시에 몸을 날리려던 그때였다.

음장생이 갑자기 흠칫거리더니 고개를 위로 번쩍 들었다. 뭘 듣고 있는지 인상이 잔뜩 일그러진다.

"무슨 소리를 하시는 겁니까! 이제 다 되었……!"

그는 말을 하다 말고 입을 꾹 다물었다.

"……알겠습니다. 분부시라면."

음장생은 이를 살짝 갈더니 흉흉한 눈빛으로 다시 지호를 내려다봤다.

"운이 따르는구나, 광마. 오늘 이 빚은 머지않아 갚을 날이 있을 것이다."

"뭐래는 거야!"

녀석을 놓치면 손오공의 행방을 완전히 잃게 된다. 당연히 놓칠 수 없다.

지호는 단숨에 몸을 돌리려는 음장생을 쫓으려 했다.

그때 갑자기 교룡이 손을 뻗어 지호를 잡았다.

"멈춰!"

"이게 뭐하는…… 젠장!"

잠깐 멈칫거리는 사이에 음장생은 자취를 감추고 말았다. 지호는 재빨리 예지안으로 녀석의 행방을 추적했지만, 역시나 보이지 않았다.

눈 깜짝할 새에 사라지고 만 것이다.

"이게 무슨 짓입니까! 놓쳤잖아요!"

유일한 단서를 놓쳤단 사실에 지호는 인상을 잔뜩 일그러뜨리면서 소리를 질렀다.

"너 저쪽으로 가면 죽…… 우웨에에엑!"

교룡은 그를 달래려다 말고 갑자기 안색이 허옇게 질리

더니 무릎을 꿇으며 바닥에다 피를 토했다. 죽은피가 잔뜩 쏟아진다.

"교, 교룡?"

지호가 깜짝 놀란다.

그런데 문제는 교룡만이 아니다. 이번에는 옆에 있던 사타왕이 부들부들 몸을 떨었다. 코와 귀를 따라 피가 흘러내린다.

"젠장…… 힘들어 죽는 줄…… 알았……네."

쿠르륵!

'독!'

지호는 이유를 깨닫고 재빨리 두 사람의 등에다 손을 갖다 대며 공력을 잔뜩 불어 넣었다.

우우우우웅!

'제기랄! 왜 눈치를 못 챘지?'

아무래도 공동에 갇혀 있는 동안 시독(屍毒)에 너무 오래 노출되었던 모양이다. 여태껏 조금씩 쌓여 잠재돼 있던 것이 격전으로 인해 발작한 것이다.

게다가 이건 예지로는 못 봤던 것들.

이걸로 확실히 알았다.

'예지는…… 만능이 아니야.'

단편적으로만 사실들을 비치기 때문에 놓치는 것이 너무

나 많다. 예지에 너무 의존이 컸던 것 같다.

지호는 아랫입술을 질끈 깨물었다. 하지만 공력을 불어넣어도 별다른 효과가 없었다.

이대론 안 된다.

어떻게든 도움을 구해야겠다는 생각에 두 사람을 안고 축지를 밟았다.

*　　*　　*

'손 공자.'

이나은은 애타는 눈길로 자홍성이 있는 쪽을 바라봤다. 일 년 만에 만났으면서도 훌쩍 떠나 버린 그가 미우면서도, 혹시 다치지는 않을까 걱정이 된다.

자홍성에 무슨 일이 벌어지면 바로 말해 달라고 호군위영에다 말은 해 놨지만, 아직 이렇다 할 보고는 없었다.

결국 시간이 지나면 지날수록 속은 점차 타들어 갔다.

그때 갑자기 앞쪽 공간이 비스듬하게 열렸다.

스륵!

기다리던 얼굴이 나타나자, 그녀의 눈이 커진다.

"소, 손 공자?"

지호는 두 부상자를 안고서 다급하게 외쳤다.

"우리 좀 도와줘!"

이나은은 금세 대장군가 내에 있는 의원을 불러 교룡과 사타왕의 상태를 보게 했다.

진맥을 끝낸 의원의 안색이 좋지 않았다.

"어떤가요?"

"이미 독기가 골수를 침범했습니다. 이래서는……."

말끝을 흐린다. 하지만 말뜻이 무엇인지는 쉽게 알 수 있었다.

이나은도 인상을 굳힌 채 지호를 쳐다봤다.

"젠장! 젠장! 젠장……! 여기서 이러면 나더러 어쩌라고!"

지호는 짜증을 있는 대로 내면서 두 사람에게 모든 공력을 불어 넣는 중이었다.

어떻게든 독기를 밀어내려고 하지만, 의원이 말한 대로 이미 두 사람의 장기는 망가질 대로 망가져 있었다. 이미 신경계도 일부 녹는 중이었다.

교룡과 사타왕은 여태 몸이 중독되었다는 걸 알면서도 숨겼다. 지호의 집중력이 조금이라도 흐트러질까 봐. 그래서 덧난 것이다. 몸이 축날 정도로.

"키키키킥! 나, 날 내던질 땐 언제고…… 우는 거냐?"

"울긴 누가 웁니까!"

교룡이 피를 흘리면서 핀잔을 날린다. 지호가 소리를 버럭 지르건 말건 간에 사타왕도 따라서 웃는다.

"그러니까 내가 예전부터 말했잖소! 이 녀석, 막내랑 똑같다니까? 센 척만 할 뿐이지, 속은 영 맹탕이야."

"그렇지? 우릴 짐짝 취급하더니 꼴좋다."

"히히히히히! 그런데 이거 좀 풀 방법 없나? 아까 전부터 답답해 죽겠는데."

"좀만 참아. 알아서 해 주겠지."

"그런가? 야, 이거 좀 빨리 풀어 줘. 불편해."

교룡과 사타왕의 대화에 지호는 짜증이 났다.

"알겠으니까 좀 닥치라고요, 둘 다!"

"크크크큭. 이런 것도 재미있는데?"

"그래도 한 번이면 족하지. 두 번은 못하겠소."

지호는 두런두런 이야기를 나누는 두 사람을 보면서 이를 바득바득 갈았다. 여전히 초조하기만 하다.

아무리 손오공이 중요하다지만 이들도 소중한 인연이다. 둘을 죽게 내버려 둬서야 이렇게 구한 의미도 없다. 나중에 손오공이 돌아오면 그를 볼 낯도 없다.

하지만 초조해진다고 해도 다른 방법이 보이지 않는다.

떠들썩한 두 사람의 대화가 점차 줄어든다.

"잠 오네……."

"젠장. 천하의 사타왕이 이딴 데 굴복하다니. 그런데 다른 형제들은 무사히 도망쳤겠……지?"

"당연하지. 그러니까…… 걱……정……."

두 사람의 목소리가 작아지면서 눈이 차츰 감긴다. 이대로 의식을 놓아 버리면 다시는 눈을 뜨지 못할지도 모른다는 생각이 들었다.

지호는 위기감을 느끼고 의원을 쳐다봤다.

"다른 방법은? 다른 방법은 없습니까?"

의원은 참담한 기색으로 고개를 저었다.

"이대로 붙잡아 봤자 두 분께 짐만 얹는 게 될 수 있습니다. 차라리 편하게 보내 드리는 것이……."

의원은 말을 잇다 말고 입을 꾹 다물었다.

강렬한 눈빛에 몸이 뻣뻣하게 굳어 버린다.

'무, 무슨 눈빛이!'

여태 대장군가의 녹을 먹으면서 수많은 무장과 고수들을 만나면서도 웬만한 기세에는 눈 하나 깜빡하지 않았다.

하지만 지호는 달랐다.

무섭진 않다. 대신에 두렵다.

마치 보는 것만으로도 고개를 조아려야 할 것 같다.

감히 시선을 마주치는 것 자체가 불경을 저지르는 것 같은 기분.

의원은 등 뒤로 식은땀을 축축하게 흘렸다. 자기도 모르는 사이에 두 눈으로 땅을 쳐다보면서 다급하게 외쳤다.

"두, 두 분의 상태가 심각하신 것은 지금 몸에 기력이 없어서 그런 것입니다. 해독제가 없다면 기력이라도 뒷받침되어야 독기를 몰아낼 수 있을 것인데, 지금은 그렇질 못해서……."

"기력?"

지호는 무슨 생각이 들었는지 눈을 동그랗게 떴다.

그는 지체하지 않고 오른쪽 손날을 바짝 세워 왼쪽 손목을 그대로 그었다. 동맥이 베이면서 색이 짙은 피가 잔뜩 쏟아져 나온다.

그걸 강제로 교룡과 사타왕의 입을 벌려 먹였다. 이미 반쯤 정신을 놓아 삼킬 수가 없어 목젖을 강제로 움직여 삼키게 했다.

"저, 저, 저……!"

의원은 기겁을 했다. 환자에게 확인되지 않은 피를 먹이는 것은 민간요법에서나 통할 일이다.

막으려고 나서려 했지만, 이나은이 손을 뻗어 막았다. 왜 그러느냐는 의원의 질문에 이나은은 고개만 저었다.

"일단 지켜보도록 해요."

"하지만……!"

의원은 초조한 마음으로 두 사람의 등을 짚어 용혈의 기운을 도인(導引)하는 지호를 지켜봐야 했다.

그러다 눈이 저절로 커졌다.

"어떻게 저런 일이?"

지호의 손목에 난 상처가 순식간에 저절로 아물더니, 시간이 지날수록 두 환자의 얼굴에도 차츰 혈색이 돌아왔다.

의원은 재빨리 달려가 교룡과 사타왕의 맥을 짚었다. 놀란 눈동자엔 경악이 번졌다.

미약하던 숨소리가 온전해지고, 맥박도 정상을 찾았다.

특히 몸을 녹여 가던 독기가 대부분 빠졌다.

도리어 독기가 긍정적인 기운으로 변해 내공으로 녹아내리고 있었다.

기사(奇事)다.

한평생 의술에 매진한 그로서는 절대 믿을 수가 없는 일이었다. 피가 천고에 둘도 없을 영약이라면 또 모를까, 이렇게 빠른 효과라니.

하지만 의원의 의문과 다르게 지호의 피는 세상 그 어떤 영약보다도 훨씬 효과가 좋았다.

용의 피.

한 방울만 마셔도 무병장수를 이룰 수 있다는 그것은 한때 교룡과 사타왕이 몰래 뽑으려고 했을 정도로 아주 귀한 것이다.

거기다 지호는 여태 반도, 내단, 여의주 등 손꼽히는 영약만을 먹었다. 당연히 약효가 몇 배로 증강될 수밖에 없다.

용의 피는 단숨에 독기를 중화시키고, 쇠약해진 몸에 활력을 불어 넣었다.

"이젠 어떤가요?"

조심스레 묻는 이나은의 질문에 의원은 침음을 흘렸다.

"아가씨, 이 사람들은 대체……?"

"세 사람에 대한 것은 철저히 함구해 주세요."

의원은 그제야 무겁게 고개를 끄덕였다. 대장군가에는 하루에도 몇 개씩 밖으로 유출해서는 안 되는 비밀이 만들어진다. 이것도 그중 하나라 여겼다.

사실 따지고 보면 교룡과 사타왕, 두 환자의 몸도 일반 사람과는 궤를 달리했다.

"그럼 저는 남은 독기가 마저 빠질 수 있도록 돕겠습니다."

의원은 조용히 침통에서 침을 꺼냈다. 몸이 회복되고 있다면 자신이 할 수 있는 일이 많았다.

치료가 끝나고, 의원은 고개를 끄덕였다.

"이만하면 괜찮습니다. 며칠만 푹 쉬고 치료를 병행한다면 움직이는 데 전혀 무리가 없을 것 같습니다. 또한 당분간은 내공을 사용하는 데 조심을 하셔야 합니다."

"감사드려요."

"아가씨의 부탁인 것을요. 그럼."

이나은은 의원을 배웅하고 다시 방으로 돌아왔다.

지호는 여전히 두 사람의 곁을 지키고 있었다. 다행히 의원의 말대로 교룡과 사타왕은 처음보다 안색이 많이 평온해 보였다.

그를 보는 그녀의 눈길에 안타까움이 스쳤다.

두 시진이 넘도록 치료에 매진하느라 그는 아직 제대로 씻지도 못했다. 옷은 여기저기가 찢어지고, 온몸엔 상처로 가득하다.

눈가엔 피곤한 기색이 역력하지만, 그래도 입가엔 살짝 웃음꽃이 폈다.

"의원의 말로는 쉬면 될 것 같다고 해요. 시녀를 붙여 옆을 지키라고 할 테니, 그동안 손 공자는 잠시 눈이라도 붙이시는 게 어떠세요?"

"난 괜찮으니까 신경 쓸 필요…… 아니다. 혹시 씻을 수 있을까?"

지호는 고개를 저으려다가 살짝 멈췄다. 긴장이 풀리니

몸이 무거워진다. 피로라도 풀어야 할 것 같았다.

"호군위영들이 씻는 곳이 있어요. 사람을 불러 드릴게요."

"그럼 사양 않고 부탁할게."

이나은은 호군위영을 불러 지호에게 목욕실을 안내케 했다.

*　*　*

지호는 뜨거운 물이 가득 담긴 욕조에 앉아 피로를 풀었다. 뭉쳤던 근육이 풀리면서 몸이 나른해졌다.

머릿속도 개운해지면서 여러 생각이 들었다.

'이제 어떻게 해야 될까?'

교룡이 그를 붙잡았던 이유는 단순히 중독 때문이 아니다. 지호가 괜히 음장생의 뒤를 쫓았다가 위험에 휘말릴까 봐 그런 것이다.

'좌호법이란 자가 그 정도로 강하다면 우호법도 만만치 않을 테고, 교주는 그보다도 더 강하다는 뜻일 텐데.'

더군다나 여전히 일백이 넘는 사도들이 있다.

과연 그들을 모두 쓰러뜨리고 손오공을 구출할 수 있을까? 회의적인 생각밖에 들지 않는다.

역시 흩어진 동주칠마왕을 모두 모으는 수밖엔 없는 걸까.

수면으로 머리를 담그는 지호의 머릿속은 욕조 물만큼이나 뜨겁기만 했다.

'그런데 녀석이 갑자기 떠난 이유가 뭘까?'

예지로도 보이지 않는 게 너무 많았다.

23장

태양의 파편

일백 쌍의 도깨비불이 내려앉은 곳.

본래의 터전을 벗어난 그것들은 마치 전설 속에나 존재할 백귀야행처럼 뭉쳐 다닌다.

음장생은 그 속에서 가부좌를 틀고서 가만히 눈을 감고 있는 손오공을 보았다. 신진철로 만들어진 쇠사슬을 몸에 칭칭 감고 있어도 그는 개의치 않는다.

그런 태도가 마땅치 않은 사도들은 살기를 흘리며 녀석의 주변을 돌아다닌다. 한 번씩 녀석에게 죽었던 녀석들이다.

"너도 곧 우리와 같은 꼴이 되겠지."

"웃기지 않나? 죽인 놈들의 예속 하에 떨어진다는 게."

"부처의 자리를 걷어찼을 때부터 너의 몰락은 이미 결정된 것이다. 더 떨어뜨려 주마. 지옥의 구렁텅이로. 우리가 닿을 수도 없는 저 깊디깊은 곳으로."

수많은 저주 속에서도 손오공은 눈썹 하나 꿈틀거리지 않는다.

돌 원숭이.

원래 화과산의 큰 바위였다는 전설이 이처럼 어울릴 수도 없을 것이다.

죽음을 코앞에 두고도 저런 자세라니.

과연 제천대성이라고 해야 할까.

천여 년의 염원 끝에 사로잡았는데도 불구하고 녀석의 당당한 태도는 과연 잡힌 것인지, 아니면 자신들이 녀석에게 잡힌 것인지 도통 분간이 가지 않을 정도였다.

그래서일까.

음장생은 녀석을 건드리고 싶다는 충동이 물씬 들었다. 원래 철저히 이성적으로 움직이는 그지만, 처음으로 본능이 앞섰다.

"네놈의 후계자가 왔다 갔다. 교마왕(교룡의 원래 이름)과 사타왕을 데리고 갔지."

처음으로 손오공의 눈썹이 꿈틀거린다.

음장생의 입가에 차가운 미소가 번진다.

"너를 찾으러 왔더군."

"……."

"하지만 네가 없다는 사실을 알고 좌절만 안고 갔지. 어떤가?"

스르르. 손오공의 눈꺼풀이 열린다.

차분하게 가라앉은 화안금정이 음장생을 직시한다.

"무슨 말을 하고 싶은 거냐?"

음장생은 대답 없이 웃기만 했다.

짧은 침묵.

손오공은 짜증이 난다는 듯이 인상을 찡그렸다.

"할 말 없으면 꺼져. 정신 사납게 하지 말고."

손오공은 눈을 다시 감았다. 그리고 미동도 않았다.

하지만 음장생의 미소는 여전히 입가에서 떠나질 않는다.

녀석의 머릿속은 보지 않아도 뻔하다.

교룡과 사타왕을 구했다는 사실에 안도했으리라. 반대로 광마가 나타났다는 말은 가슴을 철렁이게 했을 것이다. 음장생을 비롯한 절교가 어째서 녀석을 원하는지 잘 알고 있으니.

여의봉.

일흔두 명의 마신을 봉인한 보패가 다시 나타났다.

절교는 이제부터 본격적으로 광마를 사냥하기 위해 나설 것이다.

보다 철저하게. 보다 악랄하게. 보다 음험하게.

광마를 끝까지 숨겨 그의 신격을 완성시키려 했던 손오공으로서는 암담하기만 한 소식일 테지.

지난 천여 년간 막으려 했던 수고가 모두 수포로 돌아갈 수 있으니.

음장생은 손오공에게서 시선을 거두고 자세를 낮췄다.

"분부대로 광마로 하여금 두 제물을 데리고 돌아가게 하였나이다. 한데 어떤 연유로 돌아오라 하셨는지……?"

충분히 광마를 잡을 수 있는 기회였는데도 불구하고 돌아오라고 한 이유를 묻는다.

스르르.

음산한 목소리가 음장생의 귓가에 울린다.

—역일(易日)이 나왔느니라.

순간, 음장생은 고개를 번쩍 들어 하늘을 쳐다봤다. 나후성 아래, 백귀야행의 중심.

허락 없이 교주의 존안을 뵈려 하는 것은 명백한 중죄다. 하지만 음장생은 그런 걸 따질 겨를이 없었다. 그만큼 교주가 던진 대답은 충격적이었다.

"어, 언제이옵니까?"

—앞으로 보름 뒤.

"드, 드디어……!"

음장생은 주먹을 꽉 쥐었다.

원래대로라면 달이 지는 그믐날.

그때가 되면 드디어 바라 마지않던 천계의 문이 열린다!

* * *

이나은은 따로 천 무장을 불렀다.

"부르셨습니까?"

"손 공자가 오신 건 알고 있지?"

"예. 그렇지 않아도 씻으러 가셨다는 말을 들었습니다."

"……?"

이나은의 얼굴에 의문이 어렸다. 왜 목소리에 짜증이 가득한 거지?

천 무장은 인상을 잔뜩 찡그렸다.

"시커먼 남정네 주제에 아가씨의 방에 함부로 난입을 하다니. 그보다 더한 무례가 어디 있습니까! 만약 아가씨께서 잠자리에 드시려던 차였으면……! 앞으로 아가씨 숙소 주변에 무사들의 배치를 강화하도록 하겠습니다."

이나은은 어색한 표정이 되었다.

"너무 민감하게 구는 게 아닐까."

"아닙니다. 그가 일 년 전에 아가씨께 보였던 행동들을 생각한다면 절대 한 치도 마음을 놓을 수가 없습니다!"

천 무장은 지호가 이나은을 납치했던 사실을 아직도 잊지 않았다. 자랑스러운 호군위영이 물을 먹은 건 그때가 처음이었다.

무엇보다 이렇게 어여쁘고 마음씨 착한 아가씨를 일 년 동안이나 기다리게 만든 놈팡이가 아닌가!

그녀를 딸처럼 생각하는 천 무장으로서는 절대 용서할 수가 없었다.

"그래도 날 구해 주신 은인이신데……."

"그건 그거고, 이건 이겁니다."

천 무장은 절도 있게 말을 끊으면서 꼿꼿하게 섰다. 전혀 물러날 기미가 보이지 않는다.

이나은은 쓴웃음을 짓다가 살짝 인상을 굳혔다.

농담은 여기까지다.

"아직 정확한 내막은 듣지 못했지만, 손 공자께서 돌아오셨다는 건 태감이 죽었단 뜻이야."

순간, 천 무장의 눈동자가 빛을 발한다.

"그 말씀은……?"

"시작해. 저들이 눈치채고 방비하기 전에."

이나은이 무겁게 고개를 끄덕인다.

천 무장은 복명의 뜻으로 고개를 숙이고 밖으로 나섰다.

이나은은 다시 창밖을 응시했다.

나후성이 보인다.

지호는 저것을 끌어내리기 위해 험한 전장을 헤치고 왔다. 그렇다면 자신도 가만히 있을 수 없었다.

"이제부터는 내 싸움이야."

* * *

제나라의 황성, 자홍성.

그곳이 한눈에 내려다보이는 산자락을 따라 꽤 많은 숫자를 자랑하는 병사들이 서서 자세를 갖춘다.

"준비는?"

"모두 완료했습니다. 안에서도 호응을 하겠다는 소식을 보내왔고, 이쪽도 군열을 모두 정비했습니다. 언제든지 명령만 내려 주십시오."

수하의 보고에 천 무장은 가만히 고개를 들었다.

동에서 서로 이동하는 법 없이, 마치 못으로 박아 놓은 것처럼 그 자리를 계속 지키는 나후성이 보인다.

보통 때라면 인적이 드문 야밤을 택하겠지만, 지금은 낮과 밤이 사라진 때. 결국 최대한 조심스레 움직이는 수밖에는 없었다.

다행히 이미 자홍성 내에서 소식을 기다리고 있는 병사들의 도움으로 무사히 이곳까지 도착하는 건 성공했다.

하지만 진정한 거사는 지금부터다.

일이 조금이라도 잘못되는 날에는 거사가 무위로 돌아가 가문이 몰락하는 것은 물론, 자칫 제나라마저도 초나라처럼 무너질 가능성이 있었다.

'그래서는…… 정말 이 세상에 혼란이 닥칠 테지.'

천 무장의 눈빛이 깊게 가라앉는다.

그렇지 않아도 현재 서쪽에 위치한 진나라는 갈수록 기승을 부리는 민란과 호시탐탐 장성을 넘으려는 유목민들 때문에 누란의 위기를 겪고, 초나라는 황실이 뒤집혀 수많은 군벌로 사분오열되고 말았다고 들었다.

여기서 만약에 제나라까지 잘못된다면, 정말 중원은 아주 오래 전처럼 수십 수백 개의 군소국으로 갈가리 찢겨져 더 큰 혼란의 시대를 겪어야 할 터.

그런 위기만큼은 피해야 한다.

설사 수백 년 전부터 내려오던 황실을 수호해야 한다는 가훈을 어기는 한이 있더라도.

이미 주군인 대장군과 이나은의 재가도 얻었다.

'그러니 해내야만 한다.'

하늘이 내려 준 절호의 기회다.

이 나라를 구원할 수 있는 유일한 기회.

천 무장은 자리에서 일어나 크게 소리를 질렀다.

"전군! 돌격하라!"

와아아아아!

"환관 놈들을 황궁에서 몰아내라!"

"폐하를 구출하라!"

선두에 선 천 무장의 뒤를 따라, 능선을 타고 병력들이 일제히 아래로 달리기 시작한다. 횃불이 위로 오르며 붉은 불빛이 가득히 퍼지고, 검은 연기가 꼬리처럼 그 뒤를 따른다.

갑작스러운 병력의 출몰에 자홍성을 지키던 금의위(황실 산하 직위군)는 당황할 법도 한데 아무런 소란도 없었다.

도리어 기다렸다는 듯이 지휘관의 명령에 따라 정문을 조정하는 도르래를 움직였다. 이미 천 무장과 연락이 닿아 있던 사람들이었다.

끼이이익!

귀가 떨어져 나갈 것 같은 소리와 함께 정문이 활짝 열린다.

천 무장이 가장 먼저 진입을 시도했다.

"호군위영은 날 따라 움직여라!"

호군위영은 착실하게 움직이면서 단숨에 자홍성 안으로 들이닥친다.

전혀 예상치도 못한 사태에 아직 퇴궐하지 않았던 신하들이나, 궁녀들, 환관들, 심지어 황족들까지 놀란 나머지 사색이 되고 말았다.

"꺄아아아악!"

"이, 이것들은 무엇이냐! 금의위는 대체 무엇을 하고 있는 것이야!"

하지만 그들이 놀라건 말건 간에 호군위영은 아주 민첩했다. 이미 사전에 천 무장이 지시를 내렸던 대로 착실하게 움직인다.

"궁녀와 황족들은 한 곳에 모으고, 환관들은 보이는 즉시 모두 추살하라! 단, 무기를 버리고 투항하는 자들은 베지 마라!"

으레 성이나 궁을 장악하고 나면 벌어질 수 있는 약탈이나 방화 같은 일 따위는 절대 없다.

군기 있는 모습으로 일사불란하게 움직이면서 궁녀와 황족들의 염려를 덜어 주는 한편, 환관들을 상대할 때에는 눈에 불을 켜고 쫓아서 베어 버린다.

대장군이 북방을 떠돌아다니면서 엄히 다스린 호군위영은 절대 사사로이 움직이는 오합지졸이 아니었다.

궁, 궐, 전, 각. 자홍성 내에 있는 건물들은 정문에서부터 착실하게 점거되었다.

이 소식은 삽시간에 자홍성 전체로 퍼졌다.

"젠장! 이게 어떻게 된 일이란 말이냐! 대체 어떻게 호군위영 놈들이 자홍성을 차지할 수 있는 것이야! 그리고 태감은 대체 어디로 가신 것이고!"

쾅!

교위 나승헌은 탁상을 주먹으로 내려치며 울분을 터뜨렸다.

대장군가가 드디어 칼을 빼 들었다. 여태 절교를 등에 업고 그들을 누르던 환관 일파로서는 당장 이를 수습해야 했지만, 정작 나서서 그들을 이끌어 줘야 할 한담이 이상하게 보이질 않았다.

소식을 안고 다급하게 뛰어온 환관이 식은땀을 뻘뻘 흘리며 나승헌을 설득하려 한다. 이대로 시간을 지체해서는 호군위영이 이곳까지 들이닥칠 터였다.

"이대로는 이쪽도 발각이 되고 맙니다! 어서 빨리 탈출을……!"

"제길!"

"어차피 옥새가 교위님의 손에 있는 한 명분은 우리에게 있습니다. 지금은 치욕을 감내하시고, 와신상담을 꿈꾸십시오!"

"이이이이! 내 언젠가는 이 수모를 되돌려 주리라! 태감께서 돌아오시는 날에 대장군가를 이 세상에서 지워 버리고 말 것이야!"

자홍성은 저들의 수중에 떨어졌을지라도, 여전히 환관 세력에 줄을 댄 사람들은 많다. 여기서 육신을 보전할 수 있다면 그때 세를 규합해 대장군가를 몰아내면 된다.

결국 판단을 끝낸 나승헌은 이를 바득바득 갈며 자리에서 일어났다.

"안내하라!"

"어서 절 따라오십시오!"

초대 황제는 언제고 이런 일이 닥칠 것을 우려해 자홍성 내에 비밀 통로를 만들어 놨다. 원래는 환관들로 하여금 황제를 호위하라는 유훈이었지만, 그들의 머릿속에는 그딴 것쯤은 남아 있지 않았다.

수하가 벽장에 놓인 선반을 매만지자, 기계 장치가 돌아가는 소리와 함께 벽이 좌우로 갈라진다. 그곳에는 지하 암로로 통하는 나선형 계단이 있었다.

하지만 두 사람은 그곳으로 들어가려다 말고 흠칫 굳어지고 말았다.

"어, 어떻게 이곳을……!"

두 사람의 눈에 경악이 단단히 어린다.

암로에는 천 무장을 비롯한 호군위영이 서 있었다.

이미 대장군가는 오래전부터 자홍성 내에 마련된 모든 비밀 통로를 파악해 뒀던 바. 그래서 지호에게 자홍성의 구조를 가르쳐 줄 수도 있었던 것이다.

"모두 추포하라!"

천 무장의 서슬 퍼런 명령과 함께 호군위영이 재빨리 앞으로 움직인다.

바로 그때, 천장에서 무사 다섯이 툭 떨어졌다. 암중에서 나승헌을 보호하던 절교 소속의 무사들이다. 그들의 칼은 제법 매서웠다.

하지만,

채채채챙!

천 무장이 검을 뽑아 들자 이야기는 단숨에 달라졌다. 대장군이 수제자로 키운 천 무장은 단칼에 무사들을 베어 버리고, 아주 가뿐하게 나승헌을 제압했다.

쾅!

"감히! 감히 한낱 무장 따위가 내 몸에 손을 대다니! 이

걸 놓지 못하겠느냐!"

하지만 천 무장은 녀석이 난리를 피우건 말건 간에 말없이 검을 목에 갖다 댔다. 시퍼런 날이 살갗에 닿자 피가 주르륵 흐른다.

그제야 나승헌은 이들이 자신을 언제든지 죽일 수 있다는 사실을 깨닫고 안색이 새하얗게 질리고 말았다.

호군위영은 투항한 환관들을 한쪽에다 격리시키는 한편, 혼란스러운 분위기를 진정시키는 데 집중했다.

"모두 추포를 완료했습니다. 한데……."

"왜? 무슨 문제라도 있나?"

천 무장은 초조해하는 수하를 보며 인상을 좁혔다.

수하는 짐짓 굳은 얼굴로 고개를 끄덕였다.

"폐하가 보이질 않습니다!"

*　*　*

지호는 눈을 감은 채 한참이나 욕조에서 나올 생각을 하지 않았다. 그만큼 시끄러운 머리와 쌓인 피로를 풀 필요가 있었다.

긴장이 풀렸기 때문일까.

왼쪽 눈에 맺힌 달도 차츰 깊게 가라앉는다.

지호는 살짝 열린 전지의 문이 다시 닫히는 것을 느꼈다. 세상을 보는 시야가 좁아지면서 곳곳에 떠돌아다니던 무수히 많은 정보들이 사라져 간다.

하지만 그것을 억지로 붙잡으려 하지 않았다.

눈뜬장님처럼 답답해진다지만, 교룡과 사타왕의 중독을 보면서 예지가 만능이 아니라는 걸 확실히 알았기 때문이다.

세상에 확정된 운명이란 없다.

모든 존재가 자율 의사에 따라 행동을 하고, 그에 따른 수많은 결과가 서로에 영향을 미치면서 인과율을 형성해 도출되는 것이 운명이다.

무수히 많은 결과물의 집합체. 혹은 기록.

이것이 바로 전지(全知)의 영역이며, 흔히 중국에서는 삼라만상, 힌두에서는 아카샤의 기록, 유대에서는 세피로트의 나무, 그리스에서는 이데아라 부르는 세계다.

예지는 바로 이 집합체의 겉면을 훑어보는 것.

내가 어떤 의사를 가지고 무슨 행동을 하는지에 대한 결과를 비쳐 주거나, 아니면 거기에서 동떨어진 어떤 확정된 사실에 대해서만 말해 준다.

하지만 그마저도 지호는 단편적인 부분만 볼 수 있다.

결국 당장 지호가 할 수 있는 것은,

'신격을 높여야 해.'

단편만 볼 수 있다면 전체를 볼 수 있게 되면 그만이다.

그래서 필요한 것이 바로 격(格)의 상승. 신격이다.

하지만 선인들이 모든 자격을 갖추고도 신이 되지 못하는 이유 중 대다수가 신격을 얻지 못해서일 정도로, 신격을 얻는 것은 아주 어렵다.

다행히 지호는 남들과 다르게 유리한 위치였다.

해와 달을 밝히는 묘성과 해와 달을 삼키는 나후. 그들의 후계자.

"당장 내가 할 수 있는 방법은…… 역시 신위밖에는 없겠지."

신은 누구나 자신들이 관장하는 분야가 있다. 이를 두고 위(位)라고 한다.

지호는 위를 확실하게 정립할 생각이었다.

그에게 주어진 위는 빛.

이것을 확실하게 드러내면 되리라.

"그러려면 해부터 찾아야 하나?"

흑왕 덕분에 숨겨진 해의 위치를 알긴 했다.

문제는,

"시간이 촉박한데."

절교가 해를 일흔두 개로 쪼개서 세상 각지에 흩어 놨단 점이었다.

*　　　*　　　*

지호는 목욕을 마치고 시종이 건네준 새로운 옷으로 갈아입었다.

밖으로 나오니 이나은이 호군위영 복장을 입은 무인과 이야기를 나누고 있었다.

그녀가 진지한 표정으로 몇 가지 지시 사항을 내리자, 곧 무인은 복명을 하면서 밖에 대기하고 있던 무사들과 함께 어디론가 부리나케 달려갔다.

'그러고 보니 꽤 시끌벅적하네.'

목욕을 할 때는 앞으로의 일에 대해서 고민을 하느라 정신이 없어서 신경을 쓰지 않았지만, 지금 대장군가는 왠지 모를 이유로 소란스러웠다.

'무슨 일이지?'

지호는 고개를 갸웃거리다가 슬쩍 이나은의 뒤쪽으로 다가갔다. 그녀는 뭔가를 골똘히 생각하느라 지호의 접근을 눈치채지 못했다.

뒷머리를 묶어 올려 가느다란 목선이 보인다. 자잘한 솜

털이 하얀 피부와 잘 어울려서 예쁘다는 생각이 들었다.

순간 장난기가 든 그는 여전히 생각에 잠긴 이나은의 귓가에다가 얼굴을 붙이면서 아주 작게 바람을 불었다.

"후우!"

"……!"

이나은이 갑자기 쭈뼛 허리를 세운다. 얼마나 놀랐는지 비명을 지를 새도 없이 살갗에 오돌토돌 닭살이 돋은 게 보였다.

"흐흐. 여기서 뭐하고 있…… 어? 우, 울어?"

이쪽으로 돌아보는 눈가엔 원성이 가득하다. 눈가엔 눈물이 그렁그렁 맺혔다.

그리고,

짜아아아악!

지호의 뺨에 시뻘건 손도장이 남았다.

"미안해. 응?"

"……."

"너무 화내지 말고. 용서해 줘."

"……."

이나은은 지호가 꼴도 보기 싫다는 듯이 쫄래쫄래 따라다니는 그를 아예 없는 사람 취급했다.

하지만 지호는 싱글싱글 웃으면서 계속 뒤를 따라다녔다. 어디서 구했는지 모를 날계란을 아직도 후끈거리는 뺨에다 문대면서.

대장군가 내에 있던 식솔들은 찬바람이 쌩쌩 부는 두 사람 주변에 다가갈 엄두도 내지 못했다.

결국 이나은은 어떤 건물 뒤쪽에서 걸음을 멈췄다.

지호는 여전히 그녀의 뒤를 따라다니다가 살짝 간격을 잰 위치에서 멈췄다. 또 따귀를 맞기는 싫었다.

"응? 화 풀어?"

"……후우!"

이나은은 이마에서 솟아나려는 혈관을 검지로 꾹꾹 누르면서 길게 숨을 골랐다.

정말 이 사람을 죽어라 걱정했던 내가 멍청했지. 일 년 동안 그가 어디에 있을까 노심초사하고, 태감을 잡으러 간다기에 홀로 떠났을 때 전전긍긍했던 스스로가 한심해진다.

그때는 사람이 너무 달라진 것 같아서 낯설기만 했다. 교룡과 사타왕을 데리고 왔을 때도 거리감을 느꼈다.

단순히 시간이 지나서 그런 것만은 아니다.

그가 풍기던 분위기, 말투, 행동, 모든 것이 달랐다.

그래서 한편으로는 그런 생각도 들었다.

이 사람에게는 더 이상 내가 아무것도 아닌 걸까?

그저 도움을 구할 수 있는 지인밖에는 안 되는 걸까.

지호가 손오공이란 사람을 구하기 위해서 발 벗고 뛰어다니느라 여유가 없다는 것쯤은 알고 있다. 그래서 자신에게 신경을 써 주지 못하는 것도 역시 이해한다.

하지만 그렇다고 해도 이 사람은 전혀 반가운 티를 내지 않는다. 짧은 인사가 끝이었고, 제 용건만 본다. 그리고 그게 끝났을 때, 또 이렇게 장난을 친다.

살가운 말 한 마디도 없었고, 따스한 눈빛도 없다.

그저 지인. 아는 사람으로밖에 대하지 않는다.

그것이 너무 과장된 해석이라 할지라도, 여자는 남자가 정확한 의사 표현을 해 주지 않으면 모른다. 감정 표현을 보여야 그게 진짜라고 느낀다.

이제는 정말 손을 놓고 미련을 던져야 하는 걸까.

그때 지호가 슬그머니 다가오더니 팔로 허리를 감으며 뒤에서 안아 왔다.

"……!"

이나은은 갑작스러운 접촉에 등 쪽으로 탄탄한 가슴과 따스한 온기가 느껴지자 살짝 놀라면서도, 이 사람이 또 무슨 장난을 치려나 싶어 도끼눈을 뜨려 했다. 더 이상의 장난은 지긋지긋했다.

하지만 지호는 나가려고 꿈틀거리는 그녀를 더 세게 안으면서 포근한 목소리로 속삭였다.

"미안해."

더 이상 장난기가 담긴 말투가 아니다.

이나은은 치솟았던 짜증이 살짝 가라앉는 걸 느꼈다. 하지만 티는 내지 않는다.

"……뭐가요?"

"전부 다."

"……."

"내가 달라진 건 없으니까."

이나은은 입을 꾹 다물었다. 지호는 그녀의 얼굴을 볼 수 없었지만, 귀가 빨개진 것을 보니 부끄러워하는 것 같았다.

이상하게 여태 가슴에 졌던 응어리가 풀린다.

이러면 안 되는데, 이렇게 간단히 용서하면 안 되는데, 하고 속으로 중얼거리면서도 뭉쳤던 감정은 이미 전부 봄철에 녹는 눈처럼 사르르 녹았다.

이나은은 한참 후에야 지호에게서 떨어졌다.

아직도 열기가 가시지 않는 얼굴을 손바람으로 식히고 다시 도끼눈으로 지호를 째려본다.

"계속 이런 걸로 무마할 생각하지 마세요."

지호는 대답 없이 빙긋 웃는다.

이나은은 다시 검지로 꿈틀거리는 이마를 꾹 눌렀다.

"또 이런 식이야……."

능글맞은 저 미소를 보는 사람은 정말 복장이 뒤집어진다. 그러면서 한편으로는 일 년 전의 지호가 다시 돌아온 것 같아 마음이 놓였다.

하지만 짜증이 나는 건 어쩔 수 없다.

'안 되겠어.'

이나은은 이참에 지호를 확 잡아 놔야겠다는 생각이 들었다. 초기에 잡지 않으면 두고두고 힘들 것 같았다.

골반에 손을 얹으며 차갑게 묻는다.

"그래서 또 부탁하실 게 뭔가요?"

지호의 눈이 커진다.

"어? 어떻게 알았어?"

이나은은 뚱한 표정 그대로 콧방귀를 꼈다.

"손 공자 같은 분들은 평소에는 큰소리를 떵떵 치다가도 뭔가 잘못했거나, 부탁이 있거나, 그런 식으로 용건이 있을 때만 친한 척 구시더군요."

"그런 거 아니거든!"

"제가 보기엔 맞는 것 같습니다만."

지호는 냉정하게 자신의 성격을 너무 잘 파악하는 이나은에게 쩔쩔맸다. 처음에는 능글맞은 성격이 그녀처럼 도도한 성격을 잘 감당할 수 있을 것 같아도, 상황이 지나면 전세가 역전된다. 남녀사이란 어쩔 수 없었다.

게다가 지금은 이나은이 주도권을 쥐고 있다.

"하실 말씀이 없으시다면 이만 돌아가죠."

이나은이 용건이 없으면 바빠서 먼저 가 보겠다는 투로 벗어나려 하자, 지호는 다급하게 그녀의 옷깃을 잡았다.

"자, 잠깐만!"

"뭔가요?"

이나은이 무심한 눈길로 쳐다본다.

지호는 움찔거리다가 계면쩍은 얼굴로 볼을 긁적였다. 장난은 이제 그만해야 할 듯싶다. 그녀의 말대로 부탁할 게 있었다. 그에게는 아주 중요했다.

표정을 살짝 굳히자 분위기가 단숨에 반전된다.

이나은도 무거워진 공기를 느끼고 표정을 굳혔다.

"혹시 이곳 대장군가의 규모를 알 수 있을까?"

전혀 생각지도 못한 말에 이나은의 눈이 살짝 커진다.

"그건 왜 궁금하신 거죠?"

"중요한 일이야. 말해 줘. 대장군가가 이 세상에 얼마나 영향을 미칠 수 있는지가 궁금해."

지호의 눈빛에 이나은은 심장이 덜컥 내려앉았다.

그래. 이 눈빛이다.

분명 장난기 맞고 능글맞기 짝이 없는 성격을 싫어하는 자신이 이 남자를 잊을 수 없는 이유.

이따금 나오는 진지한 눈빛이 심장을 빨아 당긴다.

지호의 못된 성격을 완전히 잡아 놔야겠다는 생각도 그냥 덧없이 사라지고 말았다.

그래서 이나은도 진지하게 답했다.

"우선 본가는 제나라의 오대 개국 공신가 중 하나예요. 하지만 실제로 네 가문이 태감 일파에 의해 숙청되거나 산하에 들어간 반면, 본가는 끝까지 남아 저항을 하고 있는 상태고요."

"그럼 제나라 내에서는 영향력이 크겠네."

"최소한 백성들에게서 미움은 받지 않는다고 생각해요."

아니, 사실 그 정도로 말할 수도 없다.

언제나 백성들을 착취하는 태감 일파에 맞서서 싸우는 대장군가에 대한 신망은 아주 대단하다.

가뭄이 들면 구휼미를 풀고, 홍수가 나면 군사들을 보내서 재해를 복구해 준다. 역병이 돌 때도 누구보다 먼저 현장에 달려가 사람들을 구하면서, 여기에 대해 자랑을 하거나 뭔가를 요구하지 않으니, 백성들 사이에서는 이미 '멍청한 황제보다 대장군이야말로 진짜 군주시다' 라는 말이 나돌 정도였다.

무너진 초나라나 위태로운 진나라와 다르게 제나라가 수많은 환란 속에서도 이나마 버틸 수 있는 이유가 대장군가에 희망을 거는 백성들 덕분이었다.

"그럼 다른 나라들은 어때? 진과 초는?"

"아무래도 그쪽과는……."

"역시 나라가 달라서 어쩔 수 없나."

지호가 살짝 낙심을 하자, 이나은이 재빨리 나선다.

"하지만 각 지방의 여러 호족과는 교류를 계속 나누고 있어요. 무가 특성상 사패와의 관계도 나쁘지 않으니, 뭔가 부탁을 한다면 들어줄 수는 있을 거예요."

대장군가가 아무리 무가로서 입지가 대단하다지만 군문(軍門)에 있는 이상, 무림에 비해 고수의 배출이 적을 수밖에 없다.

그래서 대장군가는 실력이 출중하거나 재능이 있는 호군위영의 경우, 따로 연을 맺고 있는 사패와 같은 유명 문파에 유학을 보내기도 했다.

이로써 맺어진 교분은 아주 대단한 것이어서, 사실상 대장군가가 무림에 미치는 영향은 제나라에서 미치는 것 이상으로 대단하다고 봐도 과언이 아니었다.

그 외에도 북방을 떠돌면서 인연을 쌓은 여러 유목 부족들도 많았고, 병장기와 군량미 때문에 상인 집단과도 우호적인 관계를 맺고 있었다.

지호는 이나은에게 설명을 들을수록 대장군가가 지닌 저력이 얼마나 대단한지를 실감했다.

그들의 뿌리는 아주 튼튼했고, 가지는 넓은 곳에 두루 뻗혀 있다. 조금 과장을 보탠다면, 중원 전체에 대장군가의 입김이 닿지 않는 곳이 없다.

하기야 그러니 절교를 등에 업은 태감 일파라는 거친 비바람 속에서도 이렇게 꿋꿋이 버틸 수 있었을 테지.

그리고 그것을 가능케 한 데에는, 이나은의 혜안이 곳곳에 닿아 있을 것이다.

지호는 확신했다.

대장군가의 도움만 있다면, 계획을 최단 시간 내에 이룰 수 있다.

"한 가지 부탁할 게 있어."

"말씀하세요."

"대장군을 뵙게 해 줘."

이나은의 눈이 커진다.

"아버지를요?"

"응."

"무슨 일로 찾으시는지 여쭈어도 될까요?"

"일손을 빌릴 수 있을까 싶어서."

지호의 눈이 반짝인다.

"지금부터 태양을 만들려고 해."

"태양을? 어떻게요?"

이나은은 다급했다. 전혀 생각지도 못한 말. 이제 다시는 하늘에서 볼 수 없을 거라고 생각했던 해를 만들 거라고?

"지금 태양은 모두 일흔 두 개로 잘게 쪼개져서 세상 각지에 심어져 어떤 법술의 매개체가 되어 있어."

"어떤 법술이요?"

"환란."

"아!"

"부서진 태양은 그 자체만으로도 불경스러운 것. 덕분에 그것만큼 매개로 삼기에 좋은 건 없어."

해와 달이 사라지면서 세상을 구성하던 많은 법칙이 무너졌다.

강이 말라 버리고, 병충해와 역병이 들끓으며, 농작물이 메마른다. 잠들었던 이무기가 깨어나고, 민란이 벌어지며, 죽은 사람들이 버젓이 살아나 움직인다.

현재 세상에 닥친 수많은 환란을 떠올린 이나은의 표정이 딱딱해진다.

"대체 그들은 왜……?"

그녀의 상식으로는 이해가 되질 않았다.

아무리 사람의 범주를 넘어선 선인이라지만, 그들도 이 세상을 살아가는 구성원 중 하나이면서. 대체 왜?

"천 년 전부터…… 아니, 저들이 절교라는 이름을 달기도 전인 아주 오래전부터 바랐던 게 있어."

"그게 뭔가요?"

"천계의 문을 여는 것."

이나은의 눈이 커진다.

"절교는 천계에 있는 모든 신들을 지상으로 끄집어 내리고 저들이 모시는 마신이 대신 그 자리를 채우기를 바라. 하지만 그러기엔 지금 세상이 너무 탄탄하지."

모든 게 혼돈이었던 상고 시대면 모를까.

거대한 알이었던 수미산이 네 개로 나뉘고, 이승과 저승이 나뉘고, 천계와 하계가 나뉘면서 이 세상엔 '법칙'이 내려앉았다.

제아무리 절교가 날뛴다 한들 법칙을 어길 수는 없다.

그래서 최근에 절교는 생각을 바꿨다.

문을 열 수가 없다면, 문 자체를 부수면 되지 않는가?

"해와 달은 천계와 하계를 잇는 다리. 그래서 저들은 나후를 깨워서 해와 달을 지우고 그 자리에 대신 나후성을 밝혔어."

이나은은 일 년 전에 오호문에서 봤던 광경을 떠올렸다.

지금도 너무나 생생하게 떠오르지만, 너무 말이 되질 않아 어디 가서도 제대로 말 못할 광경.

해와 달을 삼킨 나후. 그 나후를 상대로 활약을 펼치는 손오공.

세상이 이대로 무너지는 것이 아닐까 싶을 정도로 엄청난 격전 끝에 평화는 찾아왔다. 하지만 끝내 해와 달은 돌아오지 않았다.

푸른 하늘 대신에 잿빛 하늘이 찾아오고, 해와 달 대신에 나후성이 떡 하니 세상을 비춘다.

"나후성은 천계의 문에 다가가기 위한 저들의 교두보야. 하지만 그 정도로는 문을 부술 수가 없지. 그래서 나후성을 더 밝힐 필요가 있었어."

이해가 빠른 이나은이 뒷말을 덧붙인다.

"그럼 환란은 나후성을 밝히기 위한 의식이로군요."

"맞아."

환란을 일으키면 일으킬수록 세상을 구성하는 법칙이 망가진다. 당연히 천계와 하계의 구분선도 옅어질 수밖에 없다.

"실제로 환란이 심해지고 사람들의 동요가 커지면서 경계선은 너무 얇아졌어. 이대로는 문이 드러날지도 몰라."

나타 태자의 강림.

이미 그것이 시사한 바가 크다.

“신들이 과연 그걸 묵고할까요?”

“신들은 자신들의 의사를 지상에 내릴 수는 있어도 이번 일에 적극적으로 개입할 수는 없어.”

“왜죠?”

“법칙이 그러니까.”

“아.”

“사실 이미 세상이 완성되면서 신이란 존재는 무의미해졌어. 삼라만상이라는 순환 체계가 있는 이상, 창조는 더 이상 불필요하니까. 그래서 신들도 이제는 법칙의 일부가 되어서 운영에만 의지를 두지, 다른 곳에는 의지를 둘 겨를이 없어. 아니, 두려고 해도 힘들어.”

아마 가능했다면 나타 태자가 이 땅에 강림했을 때 모든 걸 정리했으리라.

이나은은 알 듯하면서도 정확히 깨닫지 못했다.

지호는 쓰게 웃었다.

자신 역시 신의 길을 걷기 시작하면서 어렴풋이 깨달은 것이라 정확한 설명이 힘들었다. 아니, 신의 행사를 인간의 범주로 납득하려는 것 자체가 힘들다.

그래서 이나은의 의문은 전부 풀리지 않았다.

“그래도 문을 찾는 것과 부수는 것에는 큰 차이가 있지 않나요? 환란으로 문을 어떻게 찾는다고 해도 그 이상으로 넘어가려면……!"

"그것도 이미 준비되어 있어."

"뭔가요?"

"……."

지호는 여기서 대답을 하지 못했다.

그저 한 단어가 머릿속을 맴돈다.

손오공.

의식은 철저히 등가교환의 법칙으로 이뤄진다. 뭔가를 이루기 위한 매개나 제물이 필요하다. 부서진 태양이 환란을 위한 매개라면, 손오공은 천계의 문을 열기 위한 제물이다.

타락한 부처의 피.

위대하나 성스럽지 못하고, 맑으나 순결하지 못한 존재를 대가로 올린다면?

법칙 따위야 단숨에 일그러질 것이다.

절교가 오랫동안 원한을 품어 왔던 손오공을 죽이지 않은 이유가 따로 있는 것이 아니다. 교룡과 사타왕도 손오공을 제물로 올리기 전에 효과를 증대시키기 위한 것으로 사용되려 했다.

의식을 치르려면 준비해야 할 게 많다.

의식을 치를 장소, 기원을 위한 도구, 소망을 빌 무당을 비롯해서, 시간과 제물이 필요하며, 가장 중요한 역일을 산정해야 한다.

지호는 저들이 언제 의식을 치를지 날짜에 대해서는 모른다. 이 모든 지식들을 준 흑왕도 몰랐던 걸로 봐서는 아직 정확한 날짜가 나오지 않았을 가능성이 크다.

하지만 시기 산정은 거의 끝났으니 곧 결정이 날 것이다.

'짧으면 닷새. 길어도 석 달.'

최악의 상황을 염두에 둬야 하니 대략 닷새에서 한 달 정도로 봐야 한다.

그렇다면 지호가 손오공을 구출할 수 있는 시간도 그 정도밖에는 안 된다는 뜻이 된다.

과연 그 안에 해의 조각을 모두 모을 수 있을까?

해와 달을 완성시켜서 하늘에 올릴 수 있을까?

전지의 문을 열어서, 손오공을 찾고, 교주를 비롯한 일백의 사도를 해치울 수 있을까?

'해야 해.'

실패는 한 번으로 족하다.

이나은은 짧은 침묵 끝에 입을 열었다.

"그럼 그것을 막기 위해서라도……?"

"환란을 빨리 종식시키고 태양을 만들어야지. 그러고 나서 해와 달을 하늘에 올릴 거야. 저들이 다시는 천계의 문을 두들길 수 없도록."

"……그 말씀은?"

지호는 무겁게 고개를 끄덕였다.

"난, 신이 될 거야."

이나은은 머릿속이 복잡했다.

해와 달. 이제는 더 이상 세상에서 볼 수 없으리라고 생각했던 것이 돌아올지 모른다는 사실에 놀라면서도, 신화적으로만 들리는 모든 이야기가 쉽게 믿기지 않았다.

그중에서도 가장 뒷말이 심장을 꾹 누른다.

신이 되겠다니.

'역시 당신은 멀어지는군요.'

이나은은 목이 메어 왔다. 하지만 지호가 했던 말을 떠올린다. 자신은 달라지지 않는다는 말을.

그녀는 겉으로 최대한 티를 내지 않고 말했다.

"좋아요. 이제 잘 알겠어요. 그럼 제가 할 일은 대장군가의 모든 인맥과 영향을 다 사용해서라도 태양의 조각을 찾아야겠네요."

"맞아. 부탁할 수 있을까?"

이나은은 고개를 끄덕였다.

"어렵지 않아요. 무엇보다 아버지도 흔쾌히 승낙하실 겁니다. 지금의 환란을 누구보다 가장 걱정하시는 분이시니. 다만, 아버지는 지금 여기에 계시질 않으세요."

"어디에 계시는데?"

"황궁이요."

지호는 알겠다는 듯이 고개를 끄덕였다.

정적(政敵)이었던 태감 한담이 죽었다. 당연히 병사를 이끌고 손을 쓰러 갔을 테지. 그런 것이라면 갑자기 대장군가가 떠들썩해진 것도 이해된다.

"잘 됐네. 어차피 황궁에도 들러야 했으니까."

"왜……?"

"마침 황궁에 조각이 하나 있거든."

"……!"

이나은은 크게 놀랐다가 다른 생각이 미치자 더 소스라치게 놀랐다.

"그, 그럼 위험하지 않나요? 환란이 저들에게도 중요하다면 우리를 막으려 들 텐데요?"

사도가 하나만 있어도 대장군가는 어쩔 도리가 없다. 그만큼 그들이 지닌 무력은 엄청나다.

"괜찮아. 금오도의 일로 저쪽도 당분간은 정신없을 테니. 그리고 막상 방해하러 와 주면 내가 고맙지."

"예? 아!"

이나은은 지호의 차가운 눈빛을 읽고 고개를 끄덕였다. 꼬리가 붙으면 차라리 쫓기가 쉬울 테지.

"그럼 그리로 가자."

"어떻게……? 꺄아아악!"

지호가 갑자기 허락도 없이 이나은의 허리를 감싸더니 땅을 박찼다.

이나은은 거기에 대해 화를 내기도 전에 깜짝 놀랐다.

공간이 비스듬히 열린다 싶더니, 갑자기 대장군가가 아닌 화려한 자홍성이 발아래 모습을 드러냈다.

자홍성에서도 황제나 머문다는 건천궁.

'어, 어떻게 이런 일이?'

축지. 공간을 접어 먼 거리를 단숨에 이동한다는 선술이 있다는 말은 익히 들었지만, 실제로 겪어 보니 도저히 믿을 수가 없었다.

"아, 아가씨!"

"아가씨가 왜 저곳에?"

호군위영들도 뭔가 하늘에 나타나자 인상을 찡그렸다가 지호와 이나은이라는 걸 알아채고 화들짝 놀랐다.

지호는 호군위영이 잔뜩 모여 있는 곳으로 사뿐하게 착지했다. 턱이 빠져라 놀란 이들을 향해 반갑게 손을 흔든다.

"다들 오랜만이야!"

"네 이노오오오오옴! 그 손 놓지 못할까아아아아아!"

갑자기 뒤쪽에서 우렁찬 노호성이 들린다.

"역시 예나 지금이나 소리 하나는 우렁차시네. 오랜만에 보고 할 말이 그렇게 없나?"

"닥쳐라! 네놈에게서 그딴 소리 듣기 싫다!"

지호는 검지로 귀를 틀어막으면서 인상을 찡그렸다. 그러면서 보라는 듯이 이나은의 허리를 더 세게 감으면서 품에 와락 안는다.

소리를 지른 천 무장의 얼굴이 가을 단풍처럼 붉으락푸르락해진다. 쿵, 쿵, 발에 힘을 잔뜩 실으면서 이리로 성큼성큼 다가왔다. 당장 손을 놓지 않으면 당장에라도 치도곤을 낼 태세다.

지호는 더 장난을 쳐 볼까 싶었지만, 이나은이 먼저 지호의 손을 풀고 천 무장에게 다가갔다.

"천 무장."

"아가씨! 저놈을 당장……!"

"그만하고. 보고나 해."

"……알겠습니다."

천 무장은 지호를 한 차례 째려보고는, 인상을 굳히면서 보고를 시작했다.

"분부하신 대로 주요 전각은 점거가 끝났고, 아직 퇴궐을 하지 않았던 관리와 궁인들은 따로 격리를 시켰습니다. 주요 환관들은 정리가 끝났고, 남은 일파들은 입궐을 할 때에 맞춰 제거할 생각입니다."

"수고했어."

이만하면 조용히 황궁을 점거한 셈이다. 머지않아 변고 소식이 황도를 엄습하겠지만.

하지만 천 무장의 표정은 좋지 않았다.

"다만……."

"다만?"

"폐하와 옥새를 아직 찾지 못했습니다."

이나은의 표정이 딱딱하게 굳었다. 가장 중요한 신병을 놓치다니. 그래서는 이쪽에서 명분을 놓치는 것이 된다. 황제를 끼고 있어야 반란도 혁명이 된다.

"다른 환관들이 폐하를 모시고 우리가 미처 파악하지 못한 다른 암로로 빠져나갔을 가능성은?"

"배제할 수 없습니다."

"큰일이네."

"그래도 우선 대장군께서 흔적을 찾고 계시니 곧 발견하실 수 있을 것입니다."

이나은은 무겁게 고개를 끄덕였다.

"입궐 시간까지는 얼마 남았지?"

"두 시진 남았습니다."

"너무 촉박해. 우선 아버지를 뵈어야겠어. 손 공자, 저쪽으로 가……."

이나은이 지호를 대장군이 있는 곳으로 안내하려 고개를 돌리는 순간, 자신도 모르게 입을 꾹 다물었다.

호군위영들도 마찬가지로 식은땀을 흘리면서 지호에게서 한참이나 거리를 벌린다. 천 무장도 인상을 굳힌다.

지호를 따라 심상치 않은 기운이 흘렀다.

* * *

파스스스.

범접하기 힘든 무거운 분위기.

금색으로 빛난 지호의 눈을 보며 이나은을 비롯해 주변에 있던 모든 사람들이 입을 꾹 다문다.

일 년 전의 기억이 엄습했다.

화안금정!

오호문에서 백발의 사내가 거대한 신, 나후를 상대할 때에도 저런 눈을 가지고 있지 않았던가!

다만, 그때와 다른 점이 있다면, 지금 지호의 눈은 왼쪽 눈이 금색 자위에 푸르스름한 동공을 띄고 있단 점이었다. 마치 푸르른 달을 담은 것 같다.

지호는 예지안을 뜬 채로 주변을 수색한다.

'분명 이 근처에 있어.'

태양의 조각이 근방에 있으면 저절로 달이 반응을 하는 걸까.

의도하지 않았는데도 불구하고 깊게 가라앉았던 달이 뜨면서 전지의 문이 살짝 열린다. 덕분에 여러 가지가 보인다.

지호는 불필요한 정보를 솎다가 한 가지를 발견했다.

아니, 한 곳을 발견했다.

바로 앞.

여타 다른 궁궐보다 압도적으로 으리으리하고, 화려하며, 엄청난 위압감을 자랑한다.

지호는 편액에 용사비등하게 적힌 글씨를 읽었다.

건천궁, 이라.

"여기가 어디야?"

이나은이 침을 꼴깍 삼키며 떨리는 목소리로 답한다.

"건천궁이라고, 황제가 신하들과의 접견을 비롯해 여러 업무를 보는 곳이에요. 나라의 대소사가 이곳에서 결정되죠. 자홍성의 중심부라 할 수 있어요. 그런데 이곳은 왜……?"

두려움 3할, 경외심 3할, 호기심 4할. 여러 감정이 복잡한 그녀의 눈빛을 받으며 지호가 살짝 웃었다.

"미안한데, 이거 좀 부숴도 될까?"

"예?"

이나은이 무슨 말뜻인지 몰라 반문하는 순간,

콰아아아아앙!

지호가 크게 발을 구르자 고막이 터져 나가는 게 아닐까 싶을 정도로 굉음이 터졌다.

그리고,

쩌거거거거걱!

지반이 내려앉으면서 삽시간에 건청궁 전체로 균열이 퍼져 나갔다.

"저, 저, 저……!"

"말도 안 되는……!"

호군위영은 일제히 턱이 빠져라 입을 쩍 벌렸다.

수백 년 동안 제나라를 다스렸던 곳이다. 그런 유서 깊은 궐이 한 번에 부서지다니! 도저히 눈으로 목격하고도 쉽게 믿기지가 않았다.

하지만,

"어어어어! 쓰러진다아아아아!"

"도망쳐어어엇!"

그림자가 이쪽으로 쏟아지자, 호군위영은 안색이 하얗게 질린 채 줄행랑을 놓았다.

"아가씨를 보호하라!"

천 무장은 행여 이나은이 다칠까 싶어 앞을 막았다. 호군위영도 뒤늦게 그녀의 주변으로 몰리면서 최대한 보호하려 애썼다.

이미 무사히 도망치기는 글렀으니 그녀만이라도 보호하려 하는 것이다.

누가 봐도 우국충정에서 나온 모습.

거기에 대한 지호의 평가는,

"호들갑 떨기는."

핀잔이었다.

쿠우우우우웅.

그의 말이 끝나기 무섭게, 건천궁은 그대로 제자리에 폭삭 주저앉았다. 지반이 무너지면서 일제히 안쪽으로 함몰된 것이다.

대신에 건천궁이 있던 자리에는 풀풀 날리는 먼지와 건천궁이었던 건물의 잔해, 그리고 수백 명은 족히 들어갈 수 있을 것 같은 거대한 구덩이가 남았다.

깊이가 얼마나 깊은지, 대부분의 잔해를 먹어 치우고도

끝이 보이지 않을 정도로 깜깜했다.

마치 말로만 듣던 무저갱이 나타난 듯하다.

천 무장을 비롯한 호군위영은 한동안 아무 말도 하지 못했다. 두 눈으로 보고도 도저히 믿기지 않는 일을 목격했으니 머리가 새하얘지는 기분이었다.

"이게 무슨 일인가!"

사라진 황제를 찾으려 다른 곳에 흩어졌던 호군위영도 이쪽으로 몰려들었다.

이나은은 냉정한 표정으로 눈을 가느다랗게 좁히면서 지호를 노려봤다.

"대체 무슨 생각이신가요? 이런 짓을 저지르면……!"

"있어 봐. 아직 덜 끝났어."

최대한 큰 피해 없이 황궁을 점거하려 했던 대장군가로서는 이 사태만 하더라도 추후 어떤 비난으로 날아올지 모르는 중요한 사안이었다.

하지만 지호는 화안금정을 구덩이에서 놓지 않았다.

그 순간,

끼아아아아아!

갑자기 아래에서부터 잿빛 아지랑이가 하나둘씩 피어오르더니, 이대로 귀가 찢어지는 게 아닐까 싶을 정도로 시끄러운 절규와 비명이 울려 퍼졌다.

그리고 어기적어기적 올라오는 것들.

그것은 거무스름한 그림자였다.

크기는 보통 사람들의 허리까지밖에 오지 않지만, 이마 부근에 보석 같은 걸 박았다. 입 부근이 길게 찢어져 흉흉한 이빨을 드러내는 모습이 꼭 맹수처럼 보였다.

"저, 저게 뭐야?"

"별 이상한……!"

이미 나후라는 거대한 신을 겪은 호군위영에게도 망량이란 존재는 낯설기만 했다.

설명을 요구하는 이나은의 눈빛에 지호는 담담하게 대답했다.

"망량이란 거야. 아까 전에 말한 환란의 그림자 같은 거지. 죽은 원혼들의…… 찌꺼기, 아니, 원한 같은 게 뭉쳐져서 만들어진 거야."

사람들의 비통, 체념, 원한. 부정적인 사고와 감정들이 모여 원혼과 뒤섞이면 만들어지는 것.

본래는 사람들의 눈에 보이지 않아야 하지만, 이곳에 있는 사람들 눈에 모두 보인다는 것은 그만큼 보통의 것들과는 궤를 달리한단 뜻이다.

『산 자다! 산 자!』

『죽여라! 죽여!』

『우리와 같은 꼴로 만들어라!』

망량은 손에 저마다 도끼와 같은 이상한 무기를 들고 잿빛 원혼을 갑주처럼 칭칭 감은 채로 날뛰었다.

잔해 더미를 따라 내려오기 시작한다.

“미, 밀집 대형을 갖춰라!”

천 무장이 다급하게 소리를 친다. 무림의 고수들은 상대해 봤어도 인간이 아닌 것을 상대하는 것은 처음이었지만, 그래도 침착했다.

호군위영이 이나은을 보호하려 일사불란하게 움직이는 사이, 지호가 움직였다.

“그럼 난 다녀올게.”

쾅!

지호는 땅이 으스러져라 다시 밟으면서 몸을 앞으로 튕겼다.

『인간이다!』

『죽어라, 인간!』

“버러지 같은 것들.”

지호는 손가락을 가볍게 튕겼다.

퍼퍼퍼퍼퍼펑!

일점(一點)으로 압축시킨 화염륜이 닿을 때마다 큰 폭발을 일으키면서 쓸어 나갔다.

키에에에에엑!

꾸윽! 꾸으으윽!

망량들은 지호에게 달려들다 말고 폭죽처럼 일제히 터져 나갔다.

그때마다 갈기갈기 찢어진 기운이 속속들이 지호에게로 흡수된다.

—또 이거야? 이제는 질리는데. 그래도 잘 먹겠습니다!

심연 속에서 청룡이 가볍게 쫑알대는 말에 지호는 피식 웃었다.

"질리기는."

어느새 구덩이까지 도착했다.

깊디깊은 무저갱에서는 아직도 많은 망량들이 어기적어기적 올라오고 있었다.

"나도 마찬가지야."

거기다 대고 화염륜을 크게 터뜨린다.

쿠르르르르르르!

입구에서부터 지하 깊숙한 곳까지, 불길은 마치 살아 있는 용처럼 꿈틀거리면서 단숨에 쓸어 나간다. 망량은 물론 원혼까지 불사르면서 닥치는 대로 모든 걸 삼켰다.

여전히 무저갱처럼 깊은 곳에서 망량이 새로 생성되었지만, 그래도 비교적 숫자가 많이 줄어 안쪽 깊숙한 곳까지

정보를 읽을 수 있었다.

마치 바늘로 콕콕 찌르는 것처럼 머리가 따끔거린다.

그러면서 보이는 것들.

죽은 흑왕이 한담과 함께 건물 안쪽으로 들어가고 있었다.

"홍홍홍. 이것으로 본 태감의 입지는……."

조금 오래된 일이라 그런지, 두 사람의 대화는 잘 들리지 않는다.

하지만 확실한 건 저들이 다녀간 흔적을 찾았다는 것. 그리고 이곳에 조각이 있다는 거였다. 녀석들의 흔적 덕분에 무저갱의 전체적 구조가 머릿속에 그대로 박혔다.

"아, 아가씨, 위험합니다!"

그때 인기척이 느껴져 예지안을 거두고 뒤로 돌아보니, 이나은이 호군위영에게서 벗어나 이쪽으로 걸어오고 있었다.

"뭔가가 보이나요?"

지호는 위험하니 이쪽으로 오지 말라고 하려다가 그녀의 성격상 끝까지 따라올 게 뻔해 피식 웃었다.

"조금."

이나은은 겁 없이 지호 옆에 서서 아래를 내려다봤다.

여전히 무저갱을 따라 망량과 원혼들이 올라오는 모습이 살 떨리지만, 그때마다 지호가 탄지를 날려 안쪽을 자세히 살필 수 있었다.

지하에 이만한 구멍이 있는데도 불구하고 어떻게 건천궁과 같은 큰 건물이 여태 무너지지 않고 버틸 수 있었을까.

더구나 구덩이를 따라 올라오는 음습한 기운이 사람의 심장을 떨리게 만든다.

그녀도 자신이 파악 못한 암로가 한두 개쯤은 있을 거란 예상은 했었다.

하지만 이렇게 큰 굴까지 놓칠 줄이야.

아니, 이건 굴 정도의 크기가 아니다.

"여기, 내려가실 건가요?"

"왜? 같이 가려고?"

이나은의 눈이 반짝인다.

"될까요?"

"위험할 텐데."

"하지만 이곳이 환란의 중심인 이상, 제 눈으로 직접 확인해야만 해요."

역시 강한 여자다. 자신에게 주어진 책임과 의무가 무엇인지 잘 알고 그것을 절대 포기하지 않으려 한다.

“꽉 잡아.”

지호는 이나은을 ‘공주님 안기’로 안아서 구멍 안으로 쏙 하고 빠졌다. 이나은은 양팔로 지호의 목을 바짝 끌어안으면서 눈을 질끈 감았다.

호군위영이 다급하게 움직이는 소리가 들렸지만, 지호는 개의치 않았다.

탁!

한참이나 내려가는가 싶더니 가볍게 착지한다.

이나은은 도착했나 싶어 지호의 품에서 떨어지려 했지만, 지호는 그녀가 떨어지지 못하도록 안았다.

“밑에 뱀이 있으니까 조심해.”

“……!”

이나은은 그제야 뒤늦게 바닥에 뱀이 한가득 있는 걸 확인하고 화들짝 놀랐다.

무너진 잔해 사이사이로 색이 울긋불긋한 독사들이 혀를 날름거리면서 주변을 돌아다닌다.

녀석들은 지호의 주변을 뱅글뱅글 맴돌기만 할 뿐 덤빌 생각은 하지 않았다. 그렇다고 도망가지도 않는다.

지호가 눈을 가느다랗게 좁힌다.

‘또 뱀이라.’

금오도에서 봤던 문양도 전부 뱀이었던 걸 감안한다면,

분명 절교와 뱀 사이에는 어떤 연관성이 있는 듯했다.

'그런데 이 녀석들 시선이……?'

지호는 녀석들이 이나은을 쳐다보는 것 같다는 생각이 들었다. 하지만 착각이겠거니 하고 대수롭지 않게 여기며 천천히 걸음을 옮겼다.

그가 흘리는 기운 때문에 수백 마리의 뱀이 좌우로 갈라지면서 길을 텄다.

무저갱은 이제 수직이 아니라 수평으로 이어진다.

끝없이 이어진 굴을 따라 걸음을 옮긴다.

"나를……! 나를 보내줘!"

"여기가 어디야? 여기가? 여기가!"

"살려 줘! 살려 달라고! 제발! 제발!"

지호는 곳곳에서 울리는 구슬픈 메아리 때문에 인상을 잔뜩 찡그렸다.

'역시 똑같아.'

금오도의 지하 감옥에서 봤던 것과 똑같은 구슬픈 비명. 망량이 만들어지기 전, 원혼들이 내뱉는 절규와 한탄이 귓가에 울린다.

"나은아."

"예?"

"마음 단단히 먹어. 이제부터 뭘 보더라도."

"……?"

이나은은 지호의 말뜻을 알아차리지 못하다가 곧 헛바람을 들이키고 말았다.

통로를 따라 곳곳에 널브러진 시신들.

목이 꺾이고, 굶주리고, 손으로 벽을 박박 긁다가 죽은 자들까지.

노인, 청년, 아이, 여자, 가릴 것 없이 죽은 이들은 피골이 상접해 눈을 퀭하게 뜬 채로 죽어 있었다.

이나은은 황궁 지하에 이런 곳이 있다는 사실에 손으로 입을 틀어막았다.

하지만 더 충격적인 것은,

"이 사람은……!"

"아는 사람이야?"

"삼 년 전에 실종되셨던…… 병무상서세요. 아버지와 절친한 분이셨는데 하루아침에 사라지셔서……! 게다가 옆에 있는 사람들은 식솔들이고……! 그리고 이분은…… 아아!"

"마음에 안 드는 자들을 식솔들까지 죄다 모아 집어넣었다는 건가?"

지호는 태감 한담을 떠올리고 이를 갈았다. 이런 자인 줄 알았다면 그렇게 죽이는 게 아니었다.

"대체…… 대체 왜 이렇게 심한 짓을 한 거죠……?"

이나은의 눈꺼풀이 파르르 떨린다.

"조각이 탁기에 물들도록 취한 장치야."

"장치?"

지호는 고개를 끄덕였다.

"부서진 태양이란 불길한 도구에다 음기를 더하는 거야. 그래서 환란을 유지한 거고. 그 환란이 다시 사람들을 희생시키면……."

"환란이 더 커지고, 그럼 더 많은 사람들이 다치고, 또 환란이 커지고……! 어떻게 그런 짓을!"

사람을 모으고, 죽이고, 그들의 음기를 갈취한다.

무한 반복되는 시스템.

사람이란 연료가 있는 한, 환란은 절대 끝나지 않는다.

"그럼 조각이 흩어진 장소란 곳은 전부……?"

"아마 이런 식으로 되어 있겠지."

"아아!"

이나은은 지끈거리는 머리를 손으로 꾹 눌렀다. 그러다 아랫입술을 질끈 깨문다.

"손 공자, 부탁이 있어요."

지호가 이나은과 눈을 마주친다. 단호하다.

"부디…… 부디 절교를 없애 주세요."

그냥 단순히 혹세무민하는 종교로만 알고 있었지만, 이 정도로 심각하다면 절대 놔둬서는 안 된다.

지호도 같은 생각이었기에 고개를 끄덕였다.

"알았어."

쿠쿠쿠쿠쿠.

지호와 이나은이 지난 자리에는 어김없이 불길이 치솟아 시신을 태웠다.

이대로 놔두면 망량이 계속 생성되는 이유도 있지만, 원통하게 죽은 망자들더러 이만 편히 이승을 떠나라는 의미도 있었다.

그렇게 얼마나 들어갔을까.

드디어 두 사람은 통로 끝에 도착했다.

끝에는 커다란 문이 놓여 있었다. 두 마리의 뱀이 서로 똬리를 틀고 있는 문양이 그려진 철문이다.

절교에서 봤던 것과 똑같은 문양.

지호는 살짝 눈살을 찌푸렸다.

어둡고, 답답하고, 눅눅한 기분.

마치 산 것이 아닌 죽은 것을 대한 기분이다. 생명 따윈 없는 철문인데도 불구하고.

저승의 문.

아마 말하자면 그렇게 말할 수 있지 않을까?

지호는 더 앞에 두고 싶지 않아 손을 뻗어 공력을 한껏 바깥으로 방출하려 했다.

그때 이나은이 갑자기 철문에 다가갔다. 지호가 놀라 손길을 거둔다.

"왜 그래?"

그녀는 대답 없이 홀린 사람처럼 문양을 쓰다듬었다.

두 마리의 뱀은 서로 뒤엉켜 있어 마치 머리가 두 개 달린 쌍두사(雙頭蛇)처럼 보였다.

"이상해요."

"……?"

지호를 돌아보는 이나은의 얼굴이 심각하게 굳었다.

"여기, 이상하게 낯이 익어요."

지호도 표정이 딱딱해졌다.

"이것과 비슷한 거 본 적 있어?"

이나은은 고개를 저었다.

이나은은 더 말을 하려다가 철문에서 한 발자국 뒤로 떨어졌다.

"열어 주실 수 있으세요?"

지호는 공력을 발출했다.

끼이익.

철문은 비교적 쉽게 열렸다.

그리고 드러나는 내부.

바깥의 황궁과는 궤를 달리하는 양식으로 이뤄져 있었다.

자홍성은 이름처럼 자색과 금색으로 온통 칠해져 화려함을 자랑한다. 또한, 황제를 상징하는 용의 무늬를 심심치 않게 발견할 수 있다.

반대로 이곳은 흑색과 회색으로 가득해 마치 흑백의 세상을 옮겨 둔 것 같다.

천장은 돔의 형상을 갖춰 곡선의 미를 한껏 자랑하고, 벽면을 따라 천장으로 이어진 무늬는 철문에서 봤던 뱀이 주로 그려져 있었다.

전혀 이질적인 형태와 함께 흐르는 공기도 무겁다.

그리고 그 아래.

자그마한 봉분 같은 것이 있었다. 하지만 그건 흙더미가 아니라 둥글게 똬리를 틀고 있는 뱀이었다. 곧 인기척을 느끼고 스르르 풀리면서 이쪽으로 고개를 돌린다.

어린 왕자의 보아뱀을 떠올리게 하는 엄청난 크기를 자랑하는 뱀은 두 개의 머리를 가진 쌍두사였다.

문양에 그려진 것과 똑같은 모습.

『침입자가 온 줄로만 알았는데.』

『아아……! 설마하니 당신이었을 줄이야.』

카아아아.

자세히 보니 녀석의 몸뚱이는 여러 망량이 뒤섞여 있다는 걸 알 수 있었다. 저절로 혐오감을 불러일으킨다.

지호는 저것이 조각을 지키기 위해 만들어진 수호자라는 걸 알고 주먹을 들었다. 파지지직, 뇌벽세를 터뜨리려는데 갑자기 이나은이 앞으로 나섰다.

"손 공자, 잠깐만요."

"위험……!"

지호는 이나은을 뒤로 빼려다가 흠칫 놀랐다.

당연히 이나은을 공격할 거라고 생각했던 쌍두사가 조용히 다가오더니 아주 공손하게 머리를 숙인다. 이나은의 키만큼이나 커다란 두 개의 머리는 마치 주인을 맞은 것처럼 온순하다.

이나은은 조심스레 손을 뻗어 두 머리를 쓰다듬는다.

『당신을 기다렸나이다.』

『왕이시여.』

그걸 지켜보고 있던 지호의 눈이 커진다.

'왕?'

갑자기 서은영의 모습이 떠오른다. 수많은 망량이 주변

을 배회하며 왕이라, 군주라 불렀던 것처럼 이나은에게도 그녀에게 했던 것과 똑같은 말을 한다.

대체 어떻게 된 걸까?

"날…… 알아?"

이나은은 쉽게 말을 하지 못했다.

분명 혐오스럽기 짝이 없는, 원혼들이 만들어 낸 망량의 더미에 불과하건만.

이상하게 이 쌍두사에게는 마음이 간다.

마치 푹신한 요람에 누운 것처럼. 일찍 돌아가신 어머니의 품에 안긴 것처럼.

아늑하다.

그리고 포근하다.

그리운 감정이 마음속에서 샘솟는다.

『당신은 위대하신 분.』

『언제나 그곳에 계시고, 언제나 위대하시며, 언제나 너그러우신 분.』

『그렇기에 저희는 당신을 기다리나이다.』

『부디 잊지 말아 주시옵소서.』

그 말을 끝으로,

파스스스.

쌍두사를 이루고 있던 망량이 하나둘씩 사라진다. 녀석

들은 마치 가루처럼 날리면서 서서히 그림자 속으로 녹아들다 조용히 사라졌다.

"아."

이나은의 손길에 남은 것은 허공이다. 그녀는 방금 전까지 쌍두사를 쓰다듬던 손을 멍하니 내려다봤다.

"이게…… 뭘까요?"

"글쎄."

지호는 이나은의 옆에 섰다.

예지안으로 쌍두사의 흔적을 쫓으려 했지만 아무것도 보이지 않는다. 녀석을 구성하고 있던 망량이 어디서 나왔는지, 왜 그런 말을 했는지 알고 싶었지만, 알 수가 없었다.

역시나 접근 제한이다.

'뭐지? 대체?'

지호는 영문을 알 수가 없었다.

그가 고민에 잠기는 사이, 이나은이 고개를 털었다.

"정말 중요한 거라면 나중에라도 알 수 있겠죠. 지금은 조각을 찾아야죠?"

그녀는 방금 전까지 쌍두사가 지키고 있던 공간의 가장 깊숙한 곳에 위치한 제단 쪽으로 걸음을 옮겼다. 다섯 개의 계단을 따라 제단에는 기다란 관이 놓여 있었다.

지호는 이나은을 대신해 관의 뚜껑을 열었다.

안에는 미라처럼 앙상하게 메마른 노인이 누워 있다. 뼈다귀 위에 살갗을 거죽처럼 입힌 흉측한 몰골이다. 입고 있는 옷이 용포라 겨우 정체를 알아볼 수 있었다.

"폐하!"

이나은이 눈을 크게 뜬다. 설마 실종됐던 황제가 여기에 있을 줄이야.

하지만 황제의 두 눈은 흐리멍덩했다. 죽은 사람처럼 멍하니 허공을 응시한다.

"아직 숨은 붙어 있어. 하지만 이지를 상실한 것 같아. 아무래도 제물로 바쳐지면서 마약에 취한 것 같은데."

지호는 전지의 문 너머로 황제의 상태를 알아보면서 머리맡을 살폈다. 정수리 위쪽에 황룡이 똬리를 튼 조각이 놓여 있었다. 옥새였다.

"폐하! 폐하! 소신을 알아보시겠사옵니까? 폐하!"

이나은이 황제의 상체를 일으켜 그의 이성을 되찾게 하려는 동안, 지호는 손을 뻗어 옥새를 쥐었다.

지이이이이잉!

옥새가 길게 몸을 떤다. 마치 지호에게 이 손을 놓으라는 듯이, 황제가 신하에게 명령을 내리는 것처럼 호통을 친다.

하지만 지호는 도리어 힘으로 옥새를 꽉 누르면서 높이 들었다.

황룡 조각의 눈이 붉은빛을 발한다.

지호는 여전히 자신을 꾸짖기 바쁜 녀석을 무시하고 공력을 불어 넣었다.

콰직!

황룡의 머리가 갈라진다 싶더니 균열이 전체로 퍼지면서 그대로 부서졌다.

우수수 떨어진 조각상 위로 손톱만 한 크기의 붉은 석영 조각 같은 것이 나타난다.

그리고 휘몰아치는 열풍.

화아아아악!

그야말로 초고열의 용암을 한데 응축해 놓은 것 같은 느낌이다. 지호가 딛고 있던 땅이 시커멓게 타 버리고, 펼쳐져 있던 융단은 바짝 익어 버린다.

석영 조각을 들고 있는 손이 타들어 갈 것 같다. 지호는 재빨리 달의 기운을 끌어 올렸다. 푸른빛이 감도는 투명한 구체가 석영 조각을 감싸 안으면서 허공 위로 두둥실 떠오른다.

"그, 그건……?"

이나은이 떨리는 눈동자로 지호와 허공에 떠오른 붉은 석영을 바라본다.

"조각이야."

"그게요?"

지호는 놀란 눈이 되어 반문하는 그녀에게 고개를 끄덕이면서 오른손을 꽉 쥐었다.

조각이 체내로 들어가면서 뜨거운 기운이 느껴진다.

마치 불을 삼킨 것처럼 화끈한 힘은 지호의 의지에 따라 전속력으로 기맥을 질주하면서 오른쪽 눈에 맺혔다.

쩌어어어어엉!

오른쪽 눈이 붉은색에 잠긴다.

"하아아아아……!"

지호는 입을 열어 뜨거운 숨결을 토했다. 몸에 힘이 실린다. 사고(思考)가 증폭하면서 인지 영역 안쪽으로 세상이 담긴다. 전지의 문이 이전보다 더 열린 듯했다.

동시에,

끼이이이이이!

—맛있어! 엄청!

심연 속에서 청룡이 기쁨에 찬 외침을 지른다.

화아아악!

지호는 몸을 감도는 기운을 느꼈다. 황홀에 젖는다.

'핵에 금이 갔어!'

달을 삼켜도 꿈쩍 않던 나후의 핵에 아주 살짝이나마 금이 갔다.

이걸로 확실해졌다.

해를 완성하면 나후의 핵도 같이 깨진다.

"끝…… 났나요?"

지호는 이루 말로 못할 황홀에 허덕이다가, 이나은의 질문에 정신이 깼다.

"일단은. 아직 많이 남았지만. 왜 안 믿겨?"

"그게 너무……."

"간단해서?"

이나은이 고개를 끄덕였다.

지호도 동감이라는 듯이 고개를 끄덕인다.

"어려울 건 없어. 어차피 해와 달은 내가 다스리는 위니까. 다만, 금오도 일로 정신이 없다고 해도 안전장치를 한두 개쯤은 해 놨을 거라고 생각했는데. 흠."

지호는 생각했던 것보다 너무 일이 쉽게 끝나서 의아한 심정이 들었지만, 그래도 얻은 것이니 미련을 두지 않았다.

화르륵!

지호는 해의 힘을 빌어 손을 뻗었다. 불길이 손바닥 위로 치솟으면서 단숨에 암로 전체를 뒤덮기 시작한다.

완전히 무너지기 전에 이나은과 황제를 안아 땅을 박찬다. 천장이 부서지는 것과 동시에 불길이 단숨에 공간을 가득 메우면서 폭발이 일어났다.

콰콰쾅!

불기둥이 하늘 높이 치솟는다.

지호는 허공에서 불바다가 된 무저갱을 무심한 눈길로 내려다봤다. 그러다 품에 안긴 이나은을 바라본다. 눈빛이 깊게 가라앉는다.

'대체 그건 뭘까?'

쌍두사가 했던 말.

왕.

그게 대체 뭘 의미하는 건지.

어째서 지호는 주변에서만 그 말을 두 번이나 듣게 된 걸까?

저들이 말하는 '왕' 과 절교의 관계는?

의문이 꼬리에 꼬리를 문다.

화안금정이 살짝 흔들렸다.

*　　*　　*

"흠! 흐으으음!"

덥수룩한 수염. 커다란 덩치. 족히 2미터는 넘을 것 같은 어마어마한 키.

뒷골목에 가면 '형님!' 하고 달려들 덩치가 한둘이 아닐

것 같은 험상궂은 얼굴이 지호를 위아래로 훑는다.

지호는 조목조목 자신을 꿰뚫는 눈빛이 부담스러웠다.

"거참. 뺀질거리게 생긴 것이 딱 한 대 치고 싶구먼."

"아버지!"

옆에서 이나은이 빽 소리를 지른다.

대장군과 지호가 처음 만나는 자리.

뭇 백성들로부터 청백리라고 추앙을 받고, 무림인들에게는 존경을 받는 존재. 제나라의 재상이면서 지금은 황궁을 점거해, 마음먹기에 따라 일인지하 만인지상의 자리를 차지할 수도 있는 존재…… 이건만.

지호의 눈에는 영락없는 산적이고, 딸 팔불출이었다.

"알았다. 알았다. 계집아이가 체통머리 없이 왜 이렇게 소리를 질러 대?"

대장군 이승경은 검지로 귀를 막았다. 그는 딸을 말리면서 도끼눈으로 지호를 째려봤다.

"자네, 대체 내 딸에게 뭔 짓을 한 겐가?"

"예?"

"예전에는 아빠와 결혼하겠다고 안기던 귀여운 애가 지금은 고래고래 소리를 지르……!"

"그런 적 없어요!"

이나은은 얼굴이 빨개진 채 다시 꽥 소리를 질렀다.

이승경은 알았다, 알았다, 말은 하면서 양손으로 귀를 막는 게 전혀 들을 생각이 없어 보였다. 그러면서 지호를 노려보는 눈길은 사그라지지 않는다.

지호는 자기도 모르게 피식 웃음이 나왔다.

"뭐가 그렇게 우습나?"

이승경이 눈을 가느다랗게 좁힌다.

"우스운 게 아니라 재미있어서 웃었습니다."

"무엇이?"

"대장군과 여호장의 모습에서, 제 아버지와 여동생을 떠올렸습니다."

"호오?"

이승경이 투박한 손으로 턱을 쓰다듬는다. 이나은도 지호에게서 개인 신상에 관한 이야기는 처음 듣는 것이라 놀란 눈치였다. 이승경은 그런 딸의 태도 변화를 눈치챘지만 못 본 척 넘어갔다.

"자네 가족은, 어떤 분들이신가?"

"다른 가정과 똑같습니다. 자식들은 말을 듣지 않고, 부모님은 그 때문에 속을 썩이시지요. 그래도 화목한 집안입니다."

"양친께서는 모두 계시고?"

"예."

"슬하에 자식은 몇이나 두셨나?"

"절 포함해 셋입니다."

"다들 뭘 하는지 물어도 되겠나?"

"남동생은 학업을, 여동생은…… 예(藝)를 익히고 있습니다."

지성은 좋은 학교를 갔으니 그렇다 쳐도, 지수는 대충 둘러댔다. 매번 놀러 다니는 걸 좋아하니 그냥 이렇게 말해도 틀리진 않겠지.

"좋은 집안에서 자란 듯하군."

"감사합니다."

이승경은 좁혔던 눈살을 풀고 살짝 미소를 지었다.

언제나 말로만 듣던 아이다.

그래서 괘씸했다.

아무런 소식도 없이 딸아이를 일 년 동안이나 기다리게 했던 녀석이니.

예전에는 어떤 놈팡이인지 걸리기만 하면 다리몽둥이를 부러뜨려 놓겠다고 수하들 앞에서 으름장을 놓았지만, 이렇게 눈앞에서 보니 듬직한 면이 강하다.

다만, 우려되는 점이 있다면,

'은아를 계속 기다리게 할 아이구나.'

이 나이가 되도록 험난한 전장과 치열한 조정에서 살아

남았기에 사람을 보는 안목이라면 누구에게도 지지 않는다고 자부할 수 있었다.

그런 그가 봤을 때, 지호는 어떤 곳에 얽매일 사람이 아니었다.

바람처럼 자유롭고, 대해처럼 넓으며, 태산처럼 고고하게 설 사람이다.

이런 사람은 다른 누구보다 위로 올라갈 테지만, 반대로 그 주변에 있는 사람은 언제나 외롭기만 할 것이다

지인으로서는 매력적이나, 딸아이의 배우자로서는…….

하지만 이승경은 생각을 멈췄다.

자신이 아무리 뭐라고 한들, 젊은 혈기라는 것은 옆에서 뭐라고 떠들어 대도 절대 들리지 않게 만든다.

하물며 그는 세상 누구보다 딸아이를 믿었다.

죽은 제 어미를 쏙 빼닮은 아이가 아닌가.

"그래. 본가의 힘을 필요로 한다고?"

이승경은 바로 본론으로 들어갔다. 이미 지호의 요청 사항은 딸아이에게서 들어서 알고 있었다.

"예."

"도와줘야지. 도와줘야 하고말고. 태양을 만든다는 게 믿기지는 않지만…… 그래도 이 환란을 극복할 수 있다면야 뭔들 못할까. 게다가…… 본 것도 있고."

이승경은 눈을 부리부리하게 떴다.

그는 제 눈으로 똑똑하게 봤다.

지호의 양 눈에 자리 잡은 해와 달을.

"하지만 보다시피 본가는 당분간 폐하를 모시고 나라를 복구시키는 데만 해도 정신이 없을 걸세. 이 나라는 어떻게 군병을 동원해 도와주더라도, 다른 나라에 해 줄 수 있는 건 이야기가 전부야."

"그것만 해도 큰 도움입니다."

지호가 바라는 것은 크지 않다.

어차피 무림을 총동원한다고 한들, 그들은 조각이 정확히 어디에 숨겨져 있는지 찾지도 못한다.

그들은 조각이 봉인된 장소나 환란의 중심지를 찾아 주고, 조각을 수습한 뒤에 혼란스러운 질서와 치안을 바로잡게만 해 주어도 충분했다.

무림, 상계, 조정, 유생, 군문. 세상을 이끄는 모든 영역에 언질만 던질 수 있어도 충분했다.

"알았네. 할 수 있는 한 최대로 돕도록 하지."

"감사합니다."

지호는 고개를 숙이고 등을 돌렸다.

안타까워하는 이나은의 눈빛이 느껴졌지만, 자신이 하는 일에 끼어들게 할 수 없기 때문에 곧바로 축지를 밟았다.

팟!

그가 처음으로 갈 곳은 해남도였다.

*　　*　　*

그날.

푸드득!

대장군가 지붕 위로 비둘기와 매 수백 마리가 힘차게 날아올라 각지로 흩어졌다.

24장

신인(神人)

해와 달이 사라지고 환란이 세상을 덮친 이때.

사람들은 희망을 잃고 말세를 노래한다. 그리고 언젠가 찾아올 구세주를 그린다.

그럼에도 세상은 급속도로 붕괴되고 있었다.

초나라가 무너지고 진나라는 몰락을 겪는다. 제나라도 풍전등화인 이때, 수많은 호족과 군벌이 욕망을 갖고 일어났다.

그것은 다른 이들도 다르지 않았다.

상계는 이참에 더 큰 폭리를 취하려는 장사꾼들로 넘치고, 조정에서는 탐관오리들이 들끓으며, 유생들은 제 살길을 찾아 뛰어다녀 민중에 관심을 두지 않았다.

그 때문에 처음 대장군가에서 협조 요청이 날아왔을 때의 반응은 모두 한결같았다.

"음? 환란의 중심에 태양의 조각이 있다?"

"하! 이게 대체 무슨 소린가! 태양을 만들 거라니!"

"대장군가도 이제 갈 때까지 갔군. 이딴 허무맹랑한 말 따위를 믿다니."

"그래도 여태 도움을 받은 게 있는데 어쩐다?"

모두 냉소를 던지면서도 대장군가를 완전히 무시하지는 못했다.

제나라가 무너지고 나면 가장 큰 세를 자랑할 곳이 바로 대장군가였으니.

특히 아직 공식적으로 발표는 되지 않았으나, 대장군가가 태감 일파를 축출해 대대적인 숙청에 들어갔다는 소식이 암암리에 들렸다.

그게 사실이라면 절대 무시하지 못했다.

"도와주는 척이라도 해야겠어."

"병력을 조금 나누어 뒤지게 하는 건 어렵지 않지."

어차피 지호가 지목해 준 장소는 아주 국한된다. 그들로서는 몇몇을 뽑아 물색하는 척이라도 하면 그만이었다.

"그래도 허 참……!"

"이딴 걸 믿으라니."

"거기서 여기까지 거리가 얼만데. 어딜 온다는 게야. 동네 뒷산인 줄 아나."

하지만 그들을 어이없게 만드는 게 있었으니. 서찰의 가장 마지막 줄에 적혀 있는 한 문구였다.

곧 그곳을 찾아갈 것이다!

그때까지는 어느 누구도 믿지 않았다.

어느 누구도.

*　*　*

해남도는 아주 오래전부터 토양이 척박해 사람들이 어업으로 생계를 꾸려 왔다. 그래서 육지에 역병이 들끓고 가뭄이 있었다고 해도 이쪽은 큰 걱정이 없었다.

하지만 언제부턴가 풍랑이 거칠게 일었다.

게다가 바다에 한 치 앞도 분간하기 힘든 짙은 안개가 끼면서 배를 띄우기가 힘들었다.

"아이고, 장 씨! 이런 상황에서 배를 띄우면 어쩌자는 겐가! 제수씨를 과부로 만들 셈인가!"

"한아가 배를 굶주리고 있어! 뭐라도 해야지!"

마을 사람들은 장 씨를 붙잡고 뜯어말리려 했지만, 장 씨의 고집을 이길 수 없었다.

마을에서도 워낙에 고집불통으로 유명한 양반인 데다가, 그가 늘그막에 낳은 떡두꺼비 같은 아들이 죽어 가고 있기 때문이었다.

의원은 피골이 상접한 아들을 진맥하더니 한 마디만 던졌다.

먹을 걸 잘 먹여라.

끼니를 제대로 때우지 못해 생긴 영양실조였다.

하지만 뭘 먹이고 싶어도 그럴 수가 없었다.

워낙에 땅이 척박하고 몇 년째 기근이 계속되어 식량이 없는 데다가, 얼마 전부터 불어닥친 비바람 때문에 배를 띄울 수도 없었다.

평소 식량을 곳간에 채워 둔 부자들이나 이 힘든 시기를 견디지, 그와 같이 가난한 사람들은 초근목피로 굶주린 배를 채워야 했다.

장 씨는 소작농을 해서 안면이 있던 마름꾼에게 찾아가 사정을 설명해 보기도 하고, 관아에 찾아가 읍소를 해 보기도 했다.

하지만 그때마다 돌아온 것은 매타작이었다.

배고픔을 참지 못한 다른 사람들과 같이 폭동이라도 일으키려 해도, 영악한 호족과 지주들은 따로 체구가 건장한 무사들을 고용해 무력으로 제압했다.

결국 장 씨는 자신의 목숨이 위험해지는 한이 있더라도 배를 띄워야 했다.

어떻게든 아들을 살려야만 했다.

"이 사람아, 해신이 노하시고 있다고! 그러다 해신의 심기라도 거스르면 어쩌려고 그러나!"

비바람이 불기 시작한 이유.

해남도의 중심에서 화산이 폭발하면서 용이 깨어났기 때문이다. 용은 이따금 안개를 헤집고 해변에서 살짝 얼굴을 비치고 가곤 했다.

"그깟 해신이 내게 밥을 먹여 준 것도 아니잖나!"

장 씨는 결국 사람들의 만류를 뿌리치고 배를 띄웠다. 다행히 그와 같은 처지인 사람들 중 몇몇이 동행했다.

풍랑은 해변에서 봤던 것보다 훨씬 심각했다.

"니미! 한 치 앞도 보이지 않는구먼."

"조타 잘 잡아! 이대로 있다간 뒤집히겠어!"

배가 전복이 되는 게 아닐까 싶을 정도로 파도가 거세다. 안개도 너무 짙어서 제대로 물길을 맞춰 가는지 확인하려 몇 번씩이고 주변을 둘러봤다.

위험천만한 상황이 몇 번씩이고 벌어졌지만, 그때마다 장 씨와 동료들은 숙달된 실력으로 조타를 잡았다.

그러다 풍랑이 전보다 더 거세졌다.

"더 있다가는 위험해지겠는데?"

"이만했으면 됐을 겨. 당겨!"

사람들은 이를 악물고 그물을 올렸다. 장 씨의 눈도 벌게졌다. 바람이 계속 눈을 때리고 간간히 내리는 실비가 몸을 무겁게 하지만 그래도 끝까지 아들을 생각했다.

"고, 고기다!"

"됐어! 이거면 먹일 수 있겠어!"

그물을 모두 끌어 올리고 사람들의 얼굴엔 화색이 돌았다. 많은 양은 아니지만, 이 정도면 그들 가족이 며칠을 나기에 충분했다. 언제나 근심으로 가득했던 장 씨의 얼굴도 모처럼 화색이 돌았다.

하지만 그들의 바람과 다르게 거세진 풍랑은 배를 계속 흔들어 댔다. 배는 앞으로 나가지 못하고 계속 뒤로 떠밀렸다.

장 씨 등은 배 밖으로 튕겨 날까 싶어 난간을 단단히 붙잡았다. 시야가 쉴 새 없이 요동쳤다.

"이, 이봐! 지금 어디로 가는 겨? 자꾸 섬에서 멀어지잖아!"

"배, 배가 앞으로 안 가!"

"니미……! 빌어먹을 비바람!"

사람들의 안색이 하얗게 질린다. 이대로는 정말 뒤집힐 것 같다. 거기다 방향까지 잃어서 어디가 어딘지 도무지 종잡을 수가 없었다.

바로 그때,

끼이이이이!

갑자기 하늘 위로 거대한 울음소리가 울린다.

소나 말 따위의 소리와는 비교도 할 수 없을 정도로 큰 소리.

천둥이 치는 게 아닐까 싶을 정도로 커서 듣는 것만으로도 무릎이 저려 오는 포효다.

"해, 해신이다! 해신이 나타났다!"

고개를 들었던 어부들은 하나같이 목석이 되었다.

거친 안개를 헤집으면서 나타나는 거대한 용.

비늘이 금방이라도 타오를 것처럼 붉다. 흉악한 얼굴을 띠고 있는 그것이 긴 몸을 꿈틀거릴 때마다 안개가 밀려난다.

만 년 만에 용이 되어 한껏 자유를 누리고 있던 녀석은, 감히 겁도 없이 자신의 영역에 함부로 침범한 미물들을 용서할 수 없었다.

"우, 우, 우리가 말을 듣지 않아 노하신 게야……!"

"비나이다. 비나이다. 제발 살려 주시옵소서."

눈치가 빠른 사람들은 용의 심기가 심상치 않다는 것을 깨닫고 바짝 엎드리며 싹싹 빌어 댔다.

하지만 이미 심사가 단단히 뒤틀린 용은 전설에서 알려진 것과 같이, 안개와 함께 비를 내렸다.

대신에 다른 점이 있었다.

물 비가 아니라, 불비라는 점이.

쿠쿠쿠쿠쿠!

하나하나가 우박에 맞먹는 크기를 자랑하는 불비가 쏟아진다.

불비가 해면을 때릴 때마다 더 큰 파도가 출렁인다. 배의 끄트머리에 부딪치면서 일부가 박살 난다. 불길이 옮겨 붙자, 어부들은 어떻게든 끄려 발버둥 쳤다.

하지만 이대로 배가 박살 나는 건 시간문제였다.

장 씨는 이대로 안 되겠다는 생각에 조타실로 들어갔다. 집에서 아들이 기다리고 있다. 이제 겨우 세 살 난 아기. 아버지를 볼 때마다 어눌한 발음으로 '빠아, 빠아!' 하고 조막만 한 손을 꼼지락대는 아이가.

그 아이를 두고 이대로 죽을 수는 없었다!

키를 잡고 있던 어부의 얼굴이 노래진다.

"이, 이게 무슨 짓인가!"

"뭐라도 해 봐야지! 여기서 개죽음을 당할 수는 없잖아!"

장 씨가 어부를 밀치고 키를 잡아 돌리려는데,

"어어어어어! 배가 뒤집어진다아아아아!"

저만치 먼 곳에서 배보다 몇 배는 더 큰 파도가 몰려왔다. 이대로 있다가는 뒤집힐 게, 아니, 그대로 박살이 날 게 분명했다. 장 씨가 키를 있는 힘껏 돌렸지만 이미 배는 갈 길을 잃은 지 오래였다.

'한아!'

장 씨가 눈을 질끈 감으며 속으로 아이의 이름을 부르는 순간,

콰아아아아아아앙!

갑자기 하늘이 떨어져 나가는 게 아닐까 싶을 정도로 엄

청난 폭음이 사방으로 울려 퍼진다.

그리고…… 풍랑이 거짓말처럼 그쳤다.

"무, 뭐야?"

어부들은 놀란 얼굴로 두리번거렸다. 방금 전까지만 해도 세상을 빙글빙글 돌리던 파도가 그치다니.

그뿐만이 아니다.

거센 바람도 그쳤다. 쏟아지던 불비도 없다. 안개도 말끔히 사라져 탁 트인 시야가 드러난다.

"저, 저길 봐!"

그때 뭔가를 발견한 어부가 소스라치게 놀란 채로 하늘을 가리켰다. 장 씨도 허겁지겁 뱃전으로 나와 위를 올려다본다. 그리고 입을 쩍 벌렸다.

너무나 맑아 다시 푸르게 된 게 아닐까 싶을 정도로 화창한 하늘.

쾅! 쾅! 쾅!

무언가가 하늘을 질주하고 있었다. 황금색 궤적으로 보이는 그것은 마치 벌처럼 빠르게 돌아다니면서 적룡에 있는 힘껏 맞서고 있었다.

부딪칠 때마다 폭음이 울린다.

그때마다 비치는 색도 형형색색이다.

어떨 때는 붉은 불기둥이 치솟고, 또 어떨 때는 샛노란 뇌전이 하늘을 찢을 것처럼 퍼져 나가며, 다른 때는 푸른 얼음 조각이 우수수 쏟아진다.

그때마다 적룡은 속수무책으로 튕겨 난다. 풍운조화를 일으키며 흉악한 본성을 자랑하던 그것은, 삽시간에 상처로 가득해 피를 잔뜩 흘려 댔다.

은빛 은무를 온통 휘감은 황금색 궤적은 분명,

"저, 저, 저거 혹시 사, 사람 아녀?"

"무슨 헛소…… 지, 진짜잖아!"

장 씨를 비롯한 어부들은 크게 놀라고 말았다.

먼 바다를 봐야 하기 때문에 뱃사람들은 육지 사람들보다 시력이 훨씬 좋다. 그렇기 때문에 눈을 가느다랗게 좁히니 궤적의 정체를 확인할 수 있었다.

검은 머리와 금색 눈을 가진 청년.

빠르게 움직이고 있어도 분명했다.

사람이었다!

"어, 어떻게……?"

우스갯소리로 무림의 고수들은 하늘을 날아다니고 바다를 가른다는 말이 나돈다지만, 정말 촌놈이나 멍청이가 아니고서야 그딴 말을 믿을 리가 없다.

어찌 사람이 되어 그럴 수가 있단 말인가.

그럴 것 같으면 허무맹랑한 전설 속에나 나올 선인들이

활개를 치고 다닐 테지.

하지만 직접 두 눈으로 목격하고 나니 할 말이 없다.

헛것을 보고 있나 두 눈을 비비고 다시 쳐다봐도 그것은 분명 사람이었다.

크아아아아아앙!

성이 단단히 난 적룡이 거칠게 포효를 지른다. 세상 무서울 것 없이 한껏 자유를 만끽하고 있던 녀석으로서는, 갑작스레 등장한 미물이 자신을 압도하고 있다는 사실이 도저히 믿기지 않았다.

그래서 짜증이 나 소리를 친 것이지만,

"시끄러, 새꺄!"

콰아아아아앙!

쿠에에에엑!

인간이 날린 일격에 적룡은 턱주가리를 얻어맞고 모가지를 수직으로 꺾었다. 골이 울리고 머리가 아프다. 돼지 멱따는 소리가 저절로 나온다.

지호는 화안금정을 흉흉하게 뜨며 소리쳤다.

"가뜩이나 네놈 때문에 사람들이 얼마나 힘들어하는지 안 보여? 계속 땅속이나 기어 다니지, 운 좋게 용이 된 주제에 어디서!"

지호는 이미 예지안으로 녀석 때문에 해남도에 닥친 재

앙이 얼마나 큰지 확인했다. 허기에 주린 사람들, 피눈물을 흘리는 사람들.

특히 자식의 주린 배를 채워 보고자 목숨을 걸고 배를 띄운 사람들의 사연을 봤을 때는, 머리가 터지는 것 같았다.

지호는 끝내 버릴 생각으로 우악스럽게 녀석의 턱뼈를 으스러져라 잡으며 그대로 패대기쳤다. 적룡이 힘없이 수면에 곤두박질친다.

쿠아아아아앙!

거친 물살이 일어난다. 장 씨가 탄 배와는 거리를 두어서 피해는 없었다.

적룡이 수면에서 어떻게든 일어나려 꿈틀거리는 순간, 지호는 녀석의 몸뚱이 위로 아주 세게 추락했다. 발에 잔뜩 힘을 주어 역린을 그대로 짓밟아 버린다.

콰드드드드득!

단단한 비늘이 으스러진다. 근육과 뼈가 한데 뭉개지는 고통에 적룡은 구슬픈 비명을 질렀다.

끼이이이이이이이이!

그러거나 말거나, 지호는 손날을 바짝 세워 녀석의 심장부에다 손을 박았다.

미끈한 감촉과 함께 손끝에 단단한 뭔가가 잡힌다.

따뜻하면서도 뜨거운 것.

태양의 조각이다.

지호는 거침없이 그것을 움켜쥐며 뜯었다. 용이 만 년 동안 쌓은 정혈이 전부 담긴 심장이 통째로 딸려 나온다.

—우와! 맛있겠다! 츄릅! 잘 먹겠습니다! 냠!

청룡은 여태 질리도록 먹던 망량이 아니라, 아니, 망량 따위와는 비교도 할 수 없을 최고급 특식이란 사실에 크게 반색했다.

적룡의 기운이 빠른 속도로 흡수된다. 그와 더불어 속에 있던 조각도 오른쪽 눈에 깃들며 기존에 있던 것과 합쳐졌다.

쩌어어어엉..

지호는 맑아지는 정신을 느끼면서 서서히 눈에서 빛을 잃어 가는 적룡에게 싸늘하게 웃어 주었다.

"이만 묻혀라."

콰아아아아아앙!

발에 다시 힘을 주자, 녀석의 체내에서부터 화염륜이 잇달아 터지면서 단숨에 넝마가 되어 버린다. 형체조차 알아볼 수 없을 정도로 망가진 사체가 그대로 바다 속으로 가라앉았다.

지호는 장 씨 등이 타고 있는 배들이 무사한 것을 확인한 뒤 축지를 밟아 다음 장소로 이동했다.

잔잔한 바다.

장 씨 등은 지호와 적룡이 사라진 자리를 얼이 빠진 얼굴로 한참이나 쳐다보았다.

"우, 우리가 본 게 뭐였지?"

"그, 그, 글쎄……."

누구도 대답 못했지만, 머릿속에 든 생각은 같았다.

드디어 해신이 사라졌다는 것.

환란이 끝났다!

"시, 신인(神人)이시다!"

장 씨가 얼결에 내뱉은 말은, 단숨에 뱃사람들에게로 퍼져 나갔다.

"신인께서! 신인께서 나타나셨다!"

"신인께서 우리를 구하셨어!"

그렇게 바다 위에서는 한참 동안이나 웃음소리가 떠나질 않았다.

*　　*　　*

그날, 해남도를 비롯한 남부 지역에서 신인이 내렸다는 소문이 났다.

하지만 지금은 잡다한 소문이 퍼지는 환란의 시대.

세상 사람들은 또 사이비 종교가 일어난 것이겠거니, 누가 혹세무민을 하고 있겠거니, 혹은 헛소문이겠거니 하면서 무시했다.

하지만 자그마한 소문은 알음알음, 아주 천천히 사람들 사이에 퍼져 나가기 시작했다.

*　　*　　*

복건.

바다와 수로를 끼고 있어 언제나 물산이 풍부한 이곳은 최근에 비가 내리질 않아 가뭄이 극심했다.

강은 마르고 저수지는 바닥을 보인다.

때문에 사람들은 구휼미라도 풀어 달라고 관청에 호소를 했지만, 그때마다 매타작만 돌아왔다.

개중에는 선심 좋은 지주들이 곳간을 열어 주기도 했지만, 수많은 사람들을 먹이기엔 역부족이라 도리어 더 위험해졌다.

사람들은 혹시 우물이라도 팔 수 있을까, 지하수라도 찾을 수 있을까 싶어 강이나 저수지 주변을 갈퀴로 박박 긁어 보기도 하고, 그도 안 되면 손톱이 문드러질 때까지 손으로 흙을 팠다.

그때 저수지 위로 낯선 이가 나타났다.

"누…… 구지?"

금색 눈을 가진 청년은 소리 소문 없이 나타나 사람들을 안타까운 시선으로 보더니 발로 한 차례 땅을 세게 굴렀다.

쾅!

땅이 흔들리면서 지표면이 있는 대로 갈라지더니,

또르르르!

갑자기 샘이 솟기 시작했다.

"무, 물이다!"

"물이다아아아아! 물이다아아아아!"

"진짜 물이야!"

너무나 반가운 것을 발견한 사람들의 얼굴에 화색이 돌았다.

그들은 허겁지겁 샘이 솟은 지반으로 달려갔다. 갈라진 균열 사이로 물이 미친 듯이 올라오고 있었다. 금세 메마른 땅이 축축해지고, 웅덩이가 만들어지고, 곧 개울이 만들어지다가, 이내 강이 되었다.

어른들은 집으로 가 허겁지겁 양동이와 바가지를 들고 오고, 아이들은 옷을 벗고 웅덩이 속으로 뛰어 들었다.

"그, 그런데 어디로 가셨지?"

"신인은! 신인은 어디에 계시나?"

그러다 뒤늦게 수맥을 올려 준 금색 눈의 청년을 찾았을 때, 그는 이미 그 자리에 없었다.

그날, 복건 지역의 50여 개가 넘는 저수지에 물이 차올랐고, 강이 흘렀으며, 간만에 생긴 수로 위로 배가 뜨기 시작했다.

사람들은 기쁨에 찬 눈물을 흘렸다.

*　　*　　*

호남.

중원에서 가장 큰 호수와 넓은 평야를 끼고 있는 이 지역엔 언제부턴가 정체를 알 수 없는 병충해와 함께 역병이 돌기 시작했다.

고열과 두통, 현기증이 나며, 피부가 꺼멓게 죽고, 토혈과 혈변을 동반하는 무시무시한 병이었다.

더구나 전염성이 강해 한 번 발병하기 시작하면 마을 전체가 아수라장이 되고 말았다.

이에 지방 군벌과 호족들은 다급히 병력을 풀어 환자들을 한곳에 격리시키는 한편, 그들을 절대 마을에서 나오지 못하게 만들었다.

문제는 발병하는 마을이 한두 곳이 아니란 점이었다.

그런 마을만 해도 백여 개가 넘었다.

"제발! 제발 내보내 주시오! 환자라도 뭔가는……! 뭔가는 먹어야 하지 않냔 말이오! 먹을 것만 구해서 다시 올 테니까 제발……!"

"저는 아프지 않단 말이에요! 내보내 주세요!"

"난 다 나았어! 다 나았다고!"

"닥치고 들어가 있어!"

경계를 나오려는 사람들이 있을 때마다 병사들은 강제로 그들을 안쪽으로 쑤셔 넣었다.

하지만 그때마다 사람들은 미칠 지경이었다.

제대로 된 의료 지원이나 식량 배급도 해 주지 않으면서 무작정 끼니를 구하러 나서겠다는 사람들을 강제로 통제할 뿐만 아니라, 밖에서 발병한 환자들을 도리어 더 밀어 넣고 있으니 도저히 정리가 되질 않았다.

격리된 마을 안에는 하루가 멀다 하고 시신이 쏟아지고, 그보다 많은 사람들의 숨이 넘어가기 일보 직전이다. 그리고 또 대부분의 사람들이 허기와 싸우고 있다.

생지옥이 따로 없었다.

강제로 밀치고 나서려 해도 무기를 가진 병사들을 자신들이 무슨 수로 밀칠 수 있을까.

그때 금색 눈의 청년이 찾아왔다.

"치료를 하러 왔다고? 음. 맘대로 해 봐."

수많은 의원이 자진해서 봉사를 하러 들어갔다가 기겁을 해서 나오거나 자신도 같이 감염되어 죽는 경우를 허다하게 봤다.

알아서 죽을 곳을 찾아가겠다는데 말릴 필요는 없다. 병사는 비웃음을 날리면서 청년을 통과시켰다.

청년은 처참하기 그지없는 마을 상황을 직접 목격하고 아랫입술을 질끈 깨물었다. 그러다 마음을 다잡고 환자들을 일일이 방문했다.

"뭐……? 병을 낫게 해 주겠다고? 쓸데없는 짓일랑 말고 어서 이곳을 나가시오. 젊은 사람이 괜히 혈기에 나섰다가 우리와 같은 신세가 되지 말…… 어어? 모, 몸이 움직인다? 아프질 않아?"

냉소적인 모습만 보이던 환자들은 곧 하나같이 놀란 얼굴이 되었다.

그냥 손을 톡 하고 갖다 댄 것일 뿐인데도 열이 가라앉고 정신이 또렷해진다. 흑자색으로 변했던 피부는 서서히 혈색을 되찾았다.

사람들이 앞다퉈 몰려들어 치료를 받고, 그들은 모두 제자리에서 뛰어다녔다.

"나았다고! 정말 나았어!"

"아아아아! 혜숙 아버지이이이이!"

"다행이군. 다행이야."

부모 형제, 그리고 친구들은 서로를 부둥켜안으며 눈물을 흘렸다.

그러다 뒤늦게 자신들을 치료해 준 사람을 찾고자 했을 때, 그는 신기하게도 사라지고 없었다.

병을 낫게 해 주고도 말없이 사라진 분.

그들의 눈에는 말로만 듣던 미륵이 이 땅에 화신을 보내신 것으로만 보였다.

"신인이…… 신인이 나타나신 게야!"

칭송의 목소리가 울려 퍼졌다.

* * *

귀주.

서쪽이 높고 동쪽이 낮은 침식 지형이 많은 이곳은 거친 산자락이 많기로 유명하다. 그래서 산자락과 산자락 사이에는 교류나 소통이 잘 이뤄지지 않아 고립되는 경우가 많았다.

이는 외부에서 간섭을 하기 힘들다는 뜻이기도 했다.

그래서 얼마 전부터 이곳엔 민란이 많았다.

이기적이기만 한 초나라 황실을 거꾸러뜨리고자 일어난 이들은, 정작 초나라가 무너지고 나자 저들끼리 뭉치거나 싸우는 등 폐해를 보이기 시작했다.

사람이 모이면 권력이 생기고, 권력이 생기면 야욕이 드러나는 법.

여기에 무림의 문파들이 토벌이라는 명분을 내세워 난리에 가세하면서 단숨에 귀주는 진흙탕이 되고 말았다.

"죽여라!"

"싸워라! 싸우란 말이다아아아아!"

산자락을 넘어갈 때마다 보이는 것은 온통 시신이었다. 쓰다 만 화약들이 재와 연기를 날리고, 부러진 도구들이 아무렇게나 나뒹군다.

산등성이의 고성(孤城)을 지키려 하는 쪽은 황건적이라 하여 최근에 큰 기세로 확장하고 있는 곳이었다. 노란 두건을 이마에 두르고, 천신이 곧 강림하실 거라는 사이비 종교로 백성들을 선동해 나라를 세우려 했다.

반면에 비탈길을 올라 황건적을 무찌르고자 하는 곳은 귀주에서 오랫동안 호족으로서 명성을 떨쳤던 명문 문파, 화검문이었다.

"녀석들의 저항이 만만치 않습니다!"

"뚫어라. 저깟 무지렁이 따위를 이기지 못하고서야 어찌 대업을 꿈꿀 수 있단 말이냐!"

수하들을 독촉하는 화검문주의 두 눈에서는 기이한 열의가 감돌았다.

그에게는 오래전부터 큰 꿈이 있었다.

일국(一國)의 주인이 되는 것.

화검문을 어엿한 나라로 만들어서 세상을 호령하고 싶었다.

그리고 그것은 단순한 꿈이 아니었다.

황건적이 불쌍하고 억울한 백성들로 이뤄졌다지만, 저들은 어디까지나 나라를 좀먹는 기생충들. 저들을 박멸하고 나면 명분은 자신에게 주어지는 것이다.

"이 힘만 있으면. 힘만 있으면 또 다른 초나라를 세운다 한들 뭐가 이상하겠는가! 더 죽어라. 더 죽으면 죽을수록, 너희들의 피가 나에게는 힘이 되니."

화검문주는 서서히 함락되어 가는 고성을 보면서 주먹을 꽉 쥐었다. 혀로 입술을 축인다.

이번에는 또 얼마나 많은 음기가 나돌까.

서로 죽고 죽이는 전쟁터는 수많은 원혼들이 나돌기 마련이다. 거기서 풍기는 음기는 자신에게 큰 힘이 될 테니, 벌써부터 몸이 들떴다.

이게 전부 얼마 전에 구한 이상한 조각 덕분이다. 음기에 노출되면 노출될수록 붉게 달아올라 자신에게 힘을 가져다 주는 기보(奇寶).

말로만 듣던, 전설 속에나 존재할 선인들이 다룬다는 보패가 이러하지 않을까.

두 눈이 탐욕으로 일렁이며 들뜬 마음을 감추지 못하던 그때,

"정말 이제는 개나 소나 다 쓰고 있네."

자신 외에 아무도 없어야 할 곳에 들리는 목소리.

"누구……! 컥!"

화검문주는 재빨리 검을 뽑아 목소리가 들린 쪽으로 휘두르려 했다.

하지만 그보다 먼저 숨이 턱 하고 막힌다.

몸이 허공으로 붕 떠오르면서 대롱대롱 매달린다.

화검문주의 목젖을 틀어쥔 이는, 믿을 수 없게도 금색 눈을 차갑게 번뜩이는 청년이었다.

"사람들을 사지로 내몰고 혼자 잘 먹고 잘 사니 기분이 좋디? 저들이 다치는 게 그렇게 웃기더냔 말이다!"

두둑.

"으으으으윽!"

화검문주는 목뼈가 살짝 일그러지는 고통에 비명을 질렀다.

그는 고래고래 소리를 지르고 싶었다. 검을 휘두르며 자신이 누군지 아냐고, 새로운 나라를 세울 위대한 분에게 어디 함부로 손을 대느냐고 호통을 치고 싶었다.

하지만 이상하게 몸에 힘이 들어가질 않는다.

아니, 힘을 넣을 수가 없다.

청년의 눈을 마주한 것만으로도 기력이 빠진다.

머릿속이 하얗게 질려 버리고 만다.

공포 따위의 미천한 감정이 아니다.

경외.

자신과는 비교도 안 될 정도로 너무나 높은 존재를 마주했을 때에 몸이 움츠러들 듯이, 분명 나이가 어린 청년인데도 불구하고 화검문주는 한없이 위축되었다.

더구나 금색 눈을 본 순간, 최근 들어 수하들에게서 귀에 딱지가 앉도록 듣던 소리가 떠올랐다.

"신인이 나타나, 환란을 구제하신다!"

처음에는 뭔 되도 않는 헛소문이냐며 코웃음을 쳤다.

신인이라는 존재랍시고 퍼진 소문이 하나같이 황당무계했기 때문이었다.

해남도에서 적룡을 잡아 풍랑을 그치게 했다. 복건에서

발로 땅을 구르니 저수지에 물이 차올랐다. 호남에서 환자에게 손을 갖다 대니 병이 저절로 치료되었다.

그 외에도 강줄기를 틀어 홍수를 막고, 병충해를 일으키던 벌레들을 모두 불사르고, 구더기가 끓던 시신들을 모두 수습해 주는 등.

최근에는 귀주 곳곳에 나타나 민란을 종식시키고, 황건적을 강제로 해체해 유민들을 고향으로 돌려보내 준다는 말까지 들렸다.

죄다 도무지 믿기지 않는 소문만 퍼진 데다가, 소문이 퍼진 간격도 며칠이 되지 않았다.

선인들이나 다룬다는 축지라도 쓴다면 모를까, 어찌 인간이 되어 그 넓은 거리를 단숨에 뛰어다닐 수 있을까.

중원은 아주 넓다.

귀주라는 한 성(省)만 하더라도 끝에서 끝을 오고 가는데 족히 한 달은 걸리며, 무림 고수들이 경공술을 발휘해도 보름 정도로 줄이는 게 전부다.

신이니, 부처니, 선인이니, 하는 것들이 있다지만, 그것이야 어리석은 백성들이 힘들고 지친 마음을 조금이라도 기댈 곳이 필요해 만들어 낸 공상의 산물이 아닌가.

그런 이야기 속 존재들이 정말 나타난다면, 무림이란 세상이 뭐가 필요할 것이고, 장사꾼들이 있는 상계는 왜 있을 것이며, 조정과 나라가 있어 백성들을 다스릴 이유가 없다.

그저 선인이란 존재들이 나타나 제 힘으로 통치를 하면 그만이니.

이미 해와 달이 사라지는 말도 안 되는 일이 생겼다지만, 그래도 신인이라 하는 존재의 소문은 허무맹랑하다고만 여겨졌다.

그런데.

그런 게 정말로 있을 줄이야.

그것도 바로 눈앞에……!

"그래도 대장군께서 말씀을 하셨기에 조금이라도 기대를 했건만. 이곳에는 이런 쓰레기들밖에는 없는가."

화검문주의 심장이 덜컥 내려앉았다.

소문과는 별개로, 이번에는 얼마 전에 전서구로 도착했던 제나라 대장군의 서찰이 떠올랐다.

그때는 미친 소리라며 바로 구겨서 쓰레기통에 처박고 싹 잊었었는데. 이제야 겨우 떠올랐다.

그럼 그게 사실이었다고?

화검문주는 정신이 번뜩 들었다.

어떻게든 살려 달라고 빌어야 한다. 대장군가와 연관이 있고, 소문에서의 이적 중 절반만 맞더라도 이 사람은 앞으로 중원을 호령할 자가 될 게 분명했다.

'그렇다면 어떻게든 끈을 대어야……!'

하지만 화검문주의 생각은 마저 이어지지 못했다.

싸늘한 신인의 눈은, 차디찬 경멸과 혐오를 드러냈다.

'설마 내 생각을?'

확실했다.

자신의 생각이, 이 자에게는 너무나 선명하게 비쳐지고 있었다. 머릿속을, 마음속을, 심연을 꿰뚫어 보고 있었다.

'괴, 괴물!'

그 생각을 끝으로,

우드드득.

화검문주의 의식은 뚝 끊기고 말았다.

25장

팔왕

파스스.

혀를 쭉 빼물며 죽은 화검문주의 눈, 코, 입, 귀를 따라 시커먼 연기가 올라온다.

연기는 허공에서 한데 뭉치면서 응어리가 졌다.

그리고 드러나는 붉은 석영.

석영은 연기에 다시 녹아 지호의 체내로 스며들었다. 붉게 변한 기운은 단전을 크게 한 바퀴 돌더니 눈 쪽으로 녹았다.

"하아아아……!"

입을 벌리며 길게 숨을 내뱉자 탁기가 퍼져 나온다.

“이걸로 스물네 개째.”

여태 제나라에서부터 이제는 무너진 옛 초나라의 영역까지, 먼 거리를 축지로 돌파하면서 조각을 모았다.

그때마다 느낀 점은 이쪽 세상도 저쪽 세상처럼 다 같이 사람이 사는 곳이면서도, 두 세상이 참으로 많이 다르다는 점이었다.

이쪽 세상은 참으로 신기한 것들이 많다.

문자와 언어, 문화, 지형 등 옛 중국을 닮은 땅 위에서는 수많은 얼굴을 가진 또 다른 세상 ‘들’ 이 존재한다.

먼저 제 · 초 · 진이라는 중원 3국을 중심으로, 각국을 오고 가면서 물산을 유통하는 상계, 공맹의 뜻을 받들어 통치와 경영을 공부하는 유생, 중앙 정부의 힘이 미치지 않는 지방의 호족과 군벌이 판을 친다.

특히 내공이란 신비한 에너지를 사용해 괴력을 자랑하는 무인들의 세상인 무림이란 곳도 있어, 언제고 봐도 신기했다.

하지만 이것은 어디까지나 일반 사람들의 영역.

통칭해서 속세(俗世)라 한다.

반면에 여기에 대비되는 것이 있다.

선계(仙界).

평범한 인간의 한계를 벗어나 영생을 누리고, 풍진이 많은 세상으로부터 멀리 떨어져 신이 되고자 수양을 쌓는 선인들이 살아가는 또 다른 세상. 혹은 별개의 영역.

가깝게는 동주칠마왕이 여기에 속하고, 멀리는 절교도 큰 지분을 차지한다. 밖으로 모습을 비치는 것을 싫어해서 나타나지 않았을 뿐, 지호가 만나지 못한 선인들도 수두룩하다.

또한, 이마저도 한 발자국 더 나아가면 속세와 선계를 한데 묶어 하계라 하고, 그 위에 신들이 살아가는 천계가 또 따로 있으니.

현실의 지호에게는 전설과 신화로만 보던 것들이 이곳에서는 현재 진행형으로 펼쳐지는 중이었다.

그런 면에서 보자면, 여태 지호는 속세보다는 선계와 많은 접점이 있었다. 동주칠마왕과 친분을 맺고, 지금은 절교와 한창 전쟁을 치르는 중이니.

그러다 보니 조각을 수거하기 위해 속세에 있는 수많은 사람들을 만나면서 많은 것을 느꼈다.

평범한 사람들.

제아무리 선인들이 대단하다며 날뛴다고 해도 결국 세상은 이들을 토대로 돌아간다. 묵묵히 참고, 작은 일에도 감사할 줄 알며, 미소를 아끼지 않는 이들을 토대로.

그런데 절교는 대체 무슨 자격이 있어 이들에게서 웃음

을 앗아 가고, 고통만 주며, 눈물을 흘리게 하는가.

놈들의 꼬리만 잡는다면 이 분노를 모두 토해 내려 했다.

하지만,

'왜 여태 나타나질 않는 거지?'

여태 조각 중에서 3분지 1을 가져가면서 한 번도 절교와 부딪치지 않았다. 한 번쯤 사도나 호법이 얼굴을 비칠 법한데도 불구하고.

마치 조각을 수거해도 더 이상 자신들에게는 불필요하다는 듯한 태도.

'이대로 환란이 멈추면 도움이 안 될 텐데?'

지호는 고개를 들어 하늘을 봤다.

요요히 빛나고 있는 나후성.

하지만 요 며칠 나후성의 밝기는 눈에 띌 정도로 많이 줄었다.

환란이 급속도로 수그러들면서 생긴 결과다.

"대체 무슨 생각이냐?"

하지만 여전히 대답은 돌아오지 않는다.

지호는 지끈거리는 머리를 손으로 꾹 눌렀다.

녀석들이 어떤 꿍꿍이를 가지고서 방관을 하는 것이라 해도, 지호로서는 당장 어쩔 방법이 없었다. 하루라도 빨리 해를 완성시켜서 올리는 것밖에는.

절교가 다시 나타나면 그때 가서 생각하자.

지호는 잠깐 머릿속을 메운 고민을 털어 버리고 고개를 돌렸다.

"일단 하던 것부터 마무리해야겠지."

지호는 화검문주가 죽은 줄도 모르고 계속 전투를 벌이는 고성을 향해 몸을 날렸다.

쉭!

*　　*　　*

지호가 사라진 자리.

툭!

하늘에서 두 그림자가 떨어졌다.

나이가 지긋한 중년인과 잘생긴 미남자로 이뤄진 잘 어울리지 않은 조합이었다.

중년인은 몸에 사람의 팔뚝보다도 더 굵직한 구렁이를 칭칭 감은 특이한 모양새였고, 미남자는 허리춤까지 내려오는 기다란 장발과 눈동자가 마치 바다를 연상케 할 정도로 푸르른 자였다.

중년인은 팔짱을 끼고서 쑥대밭이 된 산자락과 고성 일대를 둘러보면서 무뚝뚝하게 중얼거렸다.

"역시나 소문이 사실이었군."

반대로 미남자는 흥미롭다는 듯이 크게 웃었다.

"정말 대단하지 않아? 듣기로는 이제 겨우 일 년짜리라고 들었는데 말이야. 수백 년을 고생한 우리는 단숨에 바보가 됐잖아?"

하지만 말투와 달리 미남자의 눈빛은 차갑기만 하다.

그들의 눈에는 너무나 잘 보였다.

먼저 다녀간 지호의 흔적들이.

신속하게 나타나 일을 처리하고 조각을 회수하기까지.

깔끔한 동작, 손속, 성정, 생각, 보이는 모든 것들이 바로 눈앞에서 지호가 직접 재현하는 것처럼 생생하게 느껴진다. 그에 대한 감상은 짜증과 질투였다.

"신인이라고 불린다지? 건방지긴."

미남자는 으득, 이를 갈며 몸을 반대로 홱 돌렸다.

"확인했으니, 이 시건방진 신입이 더 날뛰기 전에 움직이자고. 꽤 많은 놈들의 몸이 달아 있을 거야."

"그러지."

중년인과 미남자는 나타났을 때처럼 다시 표홀히 사라졌다.

격렬했던 귀주의 땅은 그렇게 다시 조용해졌다.

*　　*　　*

지호는 그 뒤로도 조각을 찾기 위해 부지런히 움직였다.

그런데,

"뭐지? 왜 없지?"

환란을 누르고 근원지를 뒤진다. 하지만 분명 있어야 할 조각이 없었다.

혹시나 하는 마음에 주변을 샅샅이 뒤지고, 예지안까지 계속 돌렸지만 없었다.

사라진 것이다.

그런 조각이 총 3개.

불현듯, 불안한 마음이 들었다.

드디어 절교가 움직이는 걸까?

하지만 이해가 되지 않는다.

"왜 조각을 수거하는 거지?"

녀석들은 환란을 키워야만 할 텐데?

지칠 줄 모르고 액셀을 밟던 지호에게 처음으로 브레이크가 걸렸다.

*　　*　　*

쏴아아! 쏴아아!

출렁이는 물살. 흔들리는 배.

선착장을 따라 짐을 한 보따리씩 싼 사람들이 천천히 하선한다. 대기하고 있던 군병들이 다가와 일일이 수화물을 점검한다.

호주.

옛 초나라의 영토인 귀주와 진나라의 영토인 사천이 맞닿는 접점. 장강이 연결되어 있어 중원을 횡단하려는 여행객 및 장사꾼들이 주로 찾는 나루터를 따라 짐 검사가 끝난 장사꾼들이 하나둘씩 내렸다.

"자네 그 소식 들었나?"

"뭔 소식?"

"아, 왜 있잖나. 귀주에서 벌어지던 민란."

"그게 왜? 진짜 나라가 하나 세워지기라도 했나? 듣기로는 화검문이 이를 단단히 간다고 소문이 자자하더구먼."

"아닐세. 민란이 끝났다더군."

"뭐라?"

"눈 깜짝할 새에 민란의 우두머리며 화검문주며 대가리가 걸렸다지. 덕분에 민란은 흐지부지되고 화검문도 해체가 되었다고 하네."

"그, 그게 말이나 되는가?"

"놀랄 일이긴 하지."

"그래도 그리 쉽게……!"

"거 왜 있잖은가. 신인이 나타났다는 소문. 이번에도 그 신인이 해결을 했나 보더군. 그래서 흉흉한 민심이 많이 가라앉아 민란도 그쳤어."

"허!"

"나도 처음엔 거짓말인 줄 알았는데, 여기저기서 들리는 소문이 너무 많지 않나? 개중 한두 개만 진짜여도 대단한 일이지."

"정말 신인이란 게 있을까?"

"그야 모르지. 그래서 요즘 초나라 사람들이 신인을 기려야 한다면서 사당을 세우니 제를 올리니 하면서 난리도 아닌 모양이야."

잔잔한 잡담이 여기저기서 들린다.

초나라와 접한 국경이다 보니 그쪽에서 들린 소문이 대부분이었다.

이름 모를 신인에 대한 소문.

보통 사람들은 거짓부렁으로 여기지만, 내용이 너무 구체적이고 양도 많아 혹하는 사람들도 있었다. 특히 고향을 등졌던 사람들에게는 단비와 같은 소식이었다.

'끝났다고 하니 다행이네.'

그런 사람들을 흐뭇한 시선으로 바라보는 사람이 있었다. 눈가에 금색 광망이 언뜻 감도는 청년, 지호였다.

그러나 뒤이어진 말에 지호의 표정이 다시 굳어졌다.

"만약 정말 그런 신인이 있다면 우리나라엔 언제 오려나?"

"바랄 걸 바라게. 나라고 조정이고 다 썩어 문드러져서 제 살길만 찾아다니기 바쁜 인간들만 수두룩한 마당에 도와주긴 누가 도와줘?"

"하긴. 우리 살길 알아서 찾아 도모하는 게 훨씬 빠를 테지."

근심과 자조가 섞인 대화를 듣고 있으려니, 지호는 마음이 무거워지는 것 같았다.

'아직 진나라는…….'

환란은 어디든 손길을 뻗는다.

그건 진나라도 마찬가지다.

아예 나라가 무너지면서 지역 단위로 혼란스러운 초나라와 다르게 진나라는 밖에서는 이민족이, 안에서는 탐관오리들이 기승을 부리면서 많은 백성들이 힘들어하고 있었다.

특히 이곳 호주는 더더욱 심하다.

진나라 내에 퍼진 조각은 모두 17개.

개중 10개가 넘는 조각이 호주에 몰려 있거나, 몰려 올

'예정' 이다.

'역시 보이질 않아.'

지호는 호주에서 무슨 일이 벌어질지 이제는 볼 수 있을까 싶어 달의 힘을 개방해 주변을 둘러봤다.

이전에는 조각이 소리 소문 없이 사라지더니, 이제는 '움직이기' 시작한다. 덕분에 정확한 위치를 파악할 수 없어 축지로 쫓지도 못한다.

그래도 확실한 건 이곳으로 한데 모일 거란 것.

'고정되어 있어야 할 조각들이 움직이기 시작한 건…… 역시 사라진 것과 비슷한 맥락일까? 드디어 절교가 다시 움직이기 시작한 건가?'

알 수 없는 이유로 절교가 조각을 수거해야 할 이유가 생겼다면, 분명 이번에 확실히 부딪칠 것이다.

문제는 부딪치는 과정이나 결과가 안 보인다는 거다.

마치 손오공에 대한 것을 보려 할 때처럼.

'10개가 넘는 조각들이 한데 모인다면 그만큼 큰 환란이 닥칠 것이 분명한데…….'

여태 한 번도 얼굴을 비치지 않았던 녀석들이기에 더욱 조심스러워질 수밖에 없다.

"그래도 일단 가 봐야겠지."

지호는 예지안을 거둬들이면서 품에서 서찰을 꺼냈다.

대장군가에서 미리 연락을 넣은 호족과 문파의 명단.

다행히 호주에도 대장군가와 연결된 곳이 있었다.

다만, 화검문 때와 마찬가지로 이들이 어떻게 나올지 모른다는 게 흠이지만.

여러 고민에 잠기는 사이.

수화물 및 인적 검사는 지호 앞사람까지 다가왔다.

"이름."

"지, 진성입니다……."

"진성? 하지만 호패는 성서라고 되어 있는데? 그리고 호패도 좀 이상하군. 너무 조악해."

"그, 그것이……!"

"이건 또 뭐지? 지금 이깟 뇌물로 넘어가려는 거냐? 의심스러운 놈이군. 데려가!"

"나리! 한 번만 봐주십시오! 나리!"

군병들은 서슬 퍼런 기세로 의심스러운 사람들을 빠르게 색출했다. 적당히 뒷돈이나 찔러 주면 괜찮을 줄 알았던 장사꾼들의 안색이 핼쑥해진다.

최근 들어 초나라에서 진나라로 넘어가려는 난민들이 많다. 당연히 진나라는 철저하게 국경을 검문할 수밖에 없다. 그나마 봉쇄까지 가지 않은 건 상행(商行)이나 무인들까지 막을 수는 없기 때문일 테고.

"이름."

까다로운 얼굴을 한 검사장은 지호를 의심 어린 눈초리로 훑어보며 차갑게 물었다

"손지호라 합니다."

지호는 호패를 내밀었다.

진은으로 만든 호패. 끄트머리에 장식된 황룡 무늬가 화려하다. 그게 의미하는 바를 깨달은 검사장의 눈썹 두 개가 한데 오므라진다.

"대장군가……에서 여기까지는 무슨 일로 오셨소?"

중원의 동쪽 끝과 서쪽 끝이라 해도 대장군가의 명성은 진나라 내에서도 익히 알려져 있다. 당연히 검사장의 말투도 공손해진다.

지호는 호패를 발급해 준 이나은에게 속으로 감사해하면서 대답했다.

"철기보로 가는 길입니다."

"철기보?"

철기보라면 사천을 상징하는 최고의 문파.

사패 중 한 곳에 들며, 팔왕 중 한 명인 창왕이 주인으로 있는 곳이다.

하지만 지금은…….

"얼마 전에 대장군가에서 협조 요청이 담긴 서찰이 갔을

겁니다."

"흠."

검사장은 묘한 눈빛으로 지호와 호패를 번갈아 봤다.

그렇지 않아도 최근 들어 강호에 일이 있어 철기보로 많은 무인들이 뭉치고 있단 말은 들은 적이 있었다.

하지만 그들의 면면이 대부분 군문에도 널리 알려진 고수라는 점을 감안한다면, 지호는 겉으로 봤을 때 아무리 좋게 봐도 비실비실한 게 고수라고 하기엔 격이 떨어져 보였다.

그나마 눈빛이 움찔 놀랄 만큼 대단했지만, 그 정도로는 뭔가를 짐작키가 어려웠다.

하지만 검사장은 속내와 달리 호패를 돌려줬다.

대장군가가 보증하고 철기보로 가는 사람이라면 자신이 막을 이유가 없다. 무엇보다 철기보에서 무슨 일이 벌어지든 간에 자신이 신경 쓸 필요가 없다.

그때였다.

"이제 곧 천하에 말세가 도래할 것이니!"

"거짓된 신들은 나락으로 떨어지고, 진실한 신들이 하늘에 서실 것이다!"

"새로운 세상이 창조되어 그 빛이 이 땅에 닿을 것이니!"

"원죄를 품은 것들은 회개하라!"

"회개하라! 회개하라!"

갑자기 나루터 부근으로 오십여 명쯤 되는 무리들이 행렬을 이루면서 나타나 고래고래 소리를 질러 댄다. 갖가지 타악기를 두들기며 소란을 일으키고, 하늘 높이 거대한 깃발을 흔들어 댄다.

말세 도래, 원신 강림, 이평 천하.

말세가 도래하면, 진짜 신께서 나타나시리니, 그리하면 이 땅에 다시 평화가 찾아올 것이다!

저것들을 본 지호의 눈에 스산한 살기가 감돈다.

'절교.'

물론 지호가 좇는 진짜배기는 아니다.

세상 곳곳에서 말세론을 퍼뜨려 혹세무민을 일삼는 자들. 말단 조직도 안 되는 끄나풀에 지나지 않는다.

검사장은 지호에게 통과를 말하려다 말고 녀석들을 발견하고는 표정을 단번에 구겼다.

"또 저것들이……! 다들 뭣하나! 어서 저것들을 잡아들이지 않고!"

"예!"

"병사들은 나를 따르라!"

군병들은 창을 챙기고 다급히 그쪽으로 달려갔다.

곧 녀석들과 충돌이 벌어지며 소란스러워졌다.

"놔라, 이것들! 하늘이 무섭지도 않느냐!"

"이것은 명백한 종교 탄압이다! 바른 말을 누르고 제 욕심만 챙기려는 사악한 관부의 술수야!"

"원신께서 돌아오시면 가장 먼저 너희들에게 불벼락을 내릴 것이야!"

한낱 평범한 백성들이 무기를 든 군병을 이길 수 있을 리 만무하다. 시위는 금방 진압되었지만, 녀석들은 제압되는 마지막까지도 반항을 그치지 않았다.

"바퀴벌레 같은 것들. 아무리 잡고 또 잡아도 계속 나오니……!"

지호는 호패를 돌려받으면서 이를 박박 가는 검사장에게 슬쩍 물었다.

"진나라에도 저들이 많이 기승을 부리나 봅니다."

"제나라도 그렇소?"

"이곳으로 오는 동안 초나라에서도 많이 봤습니다."

검사장은 검지로 관자놀이를 꾹꾹 눌렀다. 치가 떨린다는 표정이다.

"그럼 이야기가 편하겠군. 요즘 들어 계속 활개를 치는 통에 골치가 아플 지경이오. 아무리 눌러 대도 계속 튀어나온다오. 특히 요즘 들어 정도가 더 심해진 것 같고."

진나라에서는 사이비를 많이 신경 쓸 수밖에 없다.

초나라가 무너진 이유가 무엇이던가.

사이비에 홀린 민란이 황궁을 덮쳤기 때문이다.

진나라도 그러지 말라는 법이 없으니 초장에 제압을 해 두려는 것이다.

지호는 여전히 발광을 해 대는 신도들을 보다가 짧은 인사와 함께 검문을 통과했다.

하지만 발걸음은 나루터를 벗어나도 시선은 녀석들에게서 떨어질 줄 몰랐다.

*　　*　　*

환란이 스치고 간 흔적은 역시 이곳도 다르지 않다.

"한 푼만. 한 푼만 줍쇼."

"제 아이를 찾습니다! 이 아이를, 이 아이를 보신 적 없으십니까?"

"아이고. 아이고!"

거리에는 부랑자들이 넘쳐난다.

적선을 바라는 거지들, 난리 통에 아이를 잃어 찾는 부모들, 논밭을 잃어 땅을 치고 울어 대는 농부들.

그들을 모두 도와줄 수 없기에 지호는 가슴이 먹먹하기만 했다.

하지만 가장 눈에 띄는 것은 어느 벽보였다.

반검맹 소집 공시(公示).

세상에 환란이 닥치매, 곳곳에 혹세무민하는 무리들이 활개를 치는 바.

그 참담함이 도를 넘어서 부모와 자식 사이를 가르고, 나라의 근본을 위태롭게 만들며, '검마'와 같은 자들이 살겁을 일으키는 까닭에 더 이상 이를 묵고하지 못한 강호의 협의지사들이 뜻을 모아 일어나기로 결의를 함.

이에 팔왕이 중추가 되고자 하니.

뜻을 같이하고자 희망하는 영웅들이 있으면, 정묘일 유시까지 철기보로 모여 주길 바람.

다른 곳과 달리 많은 사람들이 북적댄다.

하나같이 등에 서로 다른 병장기를 짊어지고 날카로운 인상을 자랑하는 무인들이다. 일반 백성들은 일부러 그들을 피해서 돌아갔다.

"팔왕? 팔왕이라고? 이게 정말이야?"

"나도 한 번 지원해 볼까? 꽤 상금이 짭짤한데?"

"그렇지 않아도 나는 지원서를 넣고 오는 길이라네. 철기보에서 나선다 하니 어디 위험할 일이야 있겠는가? 옆에서 구경이나 하다가 한몫 챙기면 그만이지. 운이 좋아서 검마의 목이라도 벨 수 있으면…… 으흐흐흐!"

"명예도 따라온다는 건가?"

"어디 그뿐인 줄 아는가? 팔왕 중 한 사람의 눈에 띄기만 해도 인생이 피는 것인데!"

"안 되겠군. 나도 당장 가야겠어!"

무사들은 어깨를 들썩이면서 너나 할 것 없이 철기보가 있는 방향으로 움직였다.

팔왕이 움직인다는 말.

무림을 대표하는 고수들이 움직인다는 말은 그만큼이나 파격적인 인상을 남겼다.

지호는 그들이 떠난 자리를 대신 차지하면서 벽보를 자세히 살폈다.

"생각보다 심하게 좀 꼬이겠는걸."

땅이 꺼져라 한숨을 내쉰다.

유독 한 단어가 눈에 거슬렸다.

"검마, 라?"

작게 중얼거리는 그때, 갑자기 웬 노인이 슬쩍 옆으로 다가오더니 들으라는 듯이 떠들어 댔다.

“한때는 검왕이니 뭐니 하면서 세상 사람들이 대단하다고 떠들어 댔다만, 지금은 제 손으로 자식과 식솔들을 죽인 패륜아에 불과한 작자야.”

관건을 올리고 수염을 길게 늘어뜨린 노인. 펑퍼짐한 도복을 입고 있어 도사라는 걸 알 수 있었다. 다만, 눈가가 진한 호선을 그려 점잖기보다는 익살스러운 인상이다.

“오호, 통재라! 강동에서부터 사천, 극동에서 극서까지 중원을 횡단하면서 녀석에게 죽은 사람이며 무너진 문파가 어디 한둘일까. 그 수를 도무지 헤아릴 수가 없고 지나간 자리는 도저히 눈 뜨고 못 볼 만큼 참혹한 지경이니, 이에 분개한 무사들이 철기보를 중심으로 녀석을 징치하고자 모여들고 있어.”

말하기를 좋아하는 건지, 오지랖이 넓은 건지, 아니면 둘 다인 것인지, 노인은 뒷짐을 진 채 가만히 지호를 쳐다봤다.

“그들처럼 형제께서도 검왕을 잡으러 가는 길이시던가?”

형제라고 하기엔 너무나 많은 나이 차이지만, 왠지 모르게 가까운 느낌이 든다.

지호는 고개를 끄덕였다.

"아무래도 그렇게 될 것 같습니다."

"으흠? 될 것 같다니?"

가면 가는 거지, 그럴 것 같다는 건 또 뭐람? 노인이 영문 모를 표정으로 쳐다본다.

지호는 그저 말없이 웃었다.

자신이 검마가 누군지 왜 모를까.

이미 예지안으로도 봐서 알고 있는 사람인데.

"모든 게 신의 뜻이기 때문이니라."

"신은 신이기에 신이다."

검왕, 아니, 검마는 25번째 조각을 품고 있다. 당연히 지호가 눈여겨볼 수밖에 없다. 앞으로 엮일 조각들도 녀석을 중심으로 돌아갈 게 분명하다.

'문제는 이 불나방들을 어떻게 하냐는 건데. 이거 지금 이렇게 보니까 진짜 골 때리는 상황이네?'

마음 같아서는 당장 검마를 찾아서 조용히 처리하고 싶지만, 계속 움직이고 있어 찾기가 힘들다.

그사이 무림에선 녀석을 잡겠답시고 난리를 피워 댄다.

그래서 반검(反劍).

검마에 대적한다는 이름을 내세운 것이다.

하지만 상대는 검마다. 가뜩이나 팔왕 중 한 명으로 꼽힐 만큼 대단한 고수가 조각까지 품었다. 제아무리 고수들이 떼거리로 달려든다고 한들 걸어 다니는 재해를 감당할 수 있을까?

대답은 간단하다.

어렵다.

벽보를 보면서 한숨을 내쉬었던 이유도 그 때문이었다.

가뜩이나 무슨 일이 벌어질지 모를 판국에 무림인들까지 꼬인다면? 지호의 눈에는 제 죽을 길인지 모르고 불길 속으로 마구 뛰어드는 불나방으로밖에 비치지 않았다.

자신에게 호기심을 갖고 다가온 이 노인도 다르지 않다.

익살맞은 눈동자 너머로 엿보이는 깊은 눈매. 그 속에 담긴 기운이 묵직하다. 절대 평범한 도사 따위가 아니다.

최소 팔왕 급의 고수.

하지만,

'그게 전부지, 뭐.'

동주칠마왕이나 절교 같은 선인들만 죽어라 상대했던 지호의 눈에는 그냥 다른 무인들과 다를 게 없었다.

"음?"

노인은 갑자기 자신을 쳐다보는 지호의 눈빛이 달라져

고개를 갸웃거렸다. 어째 집 가는 길을 잃고 거지 떼에 둘러싸인 강아지를 보는 듯한 눈빛이다?

"그런 게 있어요. 그보다 혹시 어르신께서도 참여하십니까?"

"물론이지. 비록 큰 도움은 되지 않을 것이라고는 하나, 땅에 떨어진 강호의 정기를 바로 세우는 데 내 힘을 조금이라도 보탤 수 있다면 응당 해야 하지 않겠는가!"

노인은 아주 호기롭게 외쳤다. 누가 봐도 의협심에 젖어 죽음을 불사하는 노익장의 모습이다.

하지만,

"에휴!"

"음?"

지호는 땅이 꺼져라 한숨을 내쉬었다.

당연히 찬사가 돌아올 줄 알았던 노인은 영 생각지도 못한 반응에 눈을 동그랗게 떴다.

자신을 쳐다보는 눈빛에 한 가지 감정이 더 담겼다.

꼭 거지 떼에게 둘러싸인 강아지에게 잘 가라고 명복을 빌어 주는 것 같은 눈빛이다.

"힘내십쇼."

지호는 씁쓸하게 웃으면서 노인의 어깨를 두어 번 두들기고는 지나쳤다. 누가 봐도 불쌍해하는 태도다.

졸지에 영문 모를 이유로 동정만 산 노인은 다급히 지호의 옷깃을 붙잡았다.

“이보게! 갑자기 그게 무슨 소린가?”

무시를 당한 것 같아 화라도 낼 생각이었다.

하지만 지호에게서 돌아오는 것은,

“아닙니다. 아무것도.”

말투와 다르게 여전히 딱하다는 눈빛이다.

노인은 울컥했다.

“말을 했으면 똑바로 하게! 뭔 소리냐고 해도!”

“아무것도 아니라니까요. 그럼 전 바빠서.”

공손히 옷깃을 잡은 손길을 풀고 떠나는 지호. 물론 그 손길마저 불쌍해하는 느낌이다.

노인은 속에서 열불이 터졌다.

“거기 서게! 이야기는 제대로 해 주고 가야 할 거 아닌가!”

*　　*　　*

흔히 강호 제일의 고수를 논하라고 한다면, 사람들은 가장 먼저 여덟 사람을 떠올린다.

팔왕.

오만하게도 왕(王)이란 호칭을 단 자들.

그들의 무력은 수백 명의 고수들이 달려들어도 눈 하나 깜빡하지 않을 정도로 대단하다고 알려져 있으며, 그들이 추구하는 경지는 말로만 전해지는 선인들을 노릴 만하다고도 한다.

이들은 다시 크게 두 가지로 분류된다.

각 분야에서 일가를 이룬 사병(四兵)의 왕과 각 지역에서 일인자가 된 사방(四方)의 왕.

이중 사병은 네 가지 병기를 일컫는다.

검, 도, 창, 권.

무인들이 흔히 다루는 주요 병기들이다.

사병의 왕은 그런 병기들을 가지고서 최고의 경지를 개척했으니, 응당 사방의 왕보다도 더 높은 대우를 받기에 충분했다.

하지만 언제부턴가 사병의 왕이 자랑했던 명성이 흔들리기 시작했다.

가장 먼저 도왕이 오호문과 함께 사이비 종교에 빠져 반란을 일으키다 자멸했다. 항간에는 대장군가가 그들의 음모를 미리 눈치채고 제압했다는 말이 있었다.

그다음에는 검왕.

지금은 검마라 불리는 자가 자신의 가문인 남궁세가를 직접 제 손으로 도륙했다. 지금은 계속 서쪽으로 이동하면서 많은 인명을 살상하고 있었다.

한때 강호를 떠들썩하게 만들었던 질주광마 때는 인명 피해가 크게 없었던 것을 감안한다면, 너무나 심각한 사안이었다.

그리고 창왕.

팔왕 중에서도 가장 큰 규모를 자랑하는 조직인 철기보를 운영하며, 가진 바 성정도 호탕하기 짝이 없어 주변에 항상 친구가 들끓고, 불의를 참지 못해 언제나 협의를 실천했다던 호걸 중의 호걸.

그는 어느 날 검마가 활개를 친다는 말을 듣고 울분을 참지 못해 직접 창을 들고 검마를 상대하러 찾아갔다.

사람들은 사병의 왕 중에서도 가장 강하기로 소문난 창왕이었기에 주화입마에 빠져 정신도 못 차리는 검마쯤은 아주 가볍게 거꾸러뜨릴 것이라 생각했다.

무엇보다 창왕의 곁에는 철기보가 자랑하는 백기단이 있었다.

철갑을 두른 말을 타고, 기다란 철창을 늘어뜨리면서 전장을 누빈다는 일백의 기병들.

그들과 함께하는 한 창왕은 절대 패배할 수 없었다.

하지만 화려한 꽃은 언젠가 지는 법이라고 했던가.

창왕과 백기단은 너무나 무력하게 스러졌다.

검마가 휘두르는 단 일검에.

*　　*　　*

차예린은 지끈거리는 관자놀이를 손으로 꾹꾹 눌러야만 했다.

"하아아……!"

그렇지 않아도 갑작스러운 아버지, 창왕의 죽음으로 처리해야 할 일이 산처럼 쌓여 있어 신경 써야 할 게 한두 가지가 아니건만.

오늘 아침에 확인한 두 가지 종이 때문에 꾹꾹 눌렀던 피로가 다시 터지는 것만 같았다.

'벽보.'

이제는 어엿한 철기보주가 되었는데도 불구하고 주인도 모르게 결정되어 뿌려진 반검맹 소집령과,

'서찰.'

몇 년 동안 소식도 없었던 대장군가에서 별다른 말도 없이 보낸 통보문 때문이었다.

분명 대장군가에서의 서찰은 형식상 협조 요청을 띠고 있었다.

하지만,

"대체 태양의 조각은 뭐고, 환란은 뭐지?"

해가 사라져 혼란이 닥친 건 알겠다. 하지만 해를 만든다고? 그런 허무맹랑한 말을 믿으란 건가?

신인에 대한 소문도 들어서 알고 있지만, 차예린은 여태 헛소문으로 취급했다.

소문 하나하나가 신빙성이 전혀 없었다.

단 며칠을 간격으로 초나라 전체가 구명을 받는다니. 그걸 어떻게 믿으란 건지.

그런데 대장군가는 그와 비슷한, 아니, 그보다 더 심한 말을 믿으라고 한다.

분명 차예린의 기억으로 제나라의 대장군은 이런 헛된 소리를 떠들 사람이 아니었다. 돌아가신 아버지의 지기이기도 한 대장군은 겉보기와 달리 냉철하고 이성적이다.

특히 대장군의 딸, 여호장 이나은은 두말할 것도 없는 재녀다.

"그런데 왜……?"

차예린은 대장군가의 생각을 알 수가 없어 미간을 살짝 찌푸렸다.

하지만 대장군가의 이러한 등장이 나쁘지만은 않다.

'잘만 이용한다면 그들을 견제할 장치가 될 수도……!'

차예린의 생각이 깊어질 무렵이었다.

쾅쾅쾅.

갑자기 복도에서 쿵쾅대는 요란한 소리가 울리더니 방문이 활짝 열렸다.

"누나! 누나! 누우우우나아아아!"

동생 차경산이다.

차예린은 혹시 서찰을 들킬까 싶어 보고 있던 걸 황급히 덮었다.

"왜 그러니?"

많이 잡아야 열다섯이나 되었을까. 앳된 인상이 강한 소년이다. 문을 열 때까지만 해도 신나 있었던 녀석이 갑자기 실눈을 뜨며 짓궂게 웃었다.

"으흐흐흐흐!"

"왜 웃어?"

"으흐흐흐흐흐흐흐흐!"

"가, 갑자기 왜 그래?"

"으흐흐흐흐! 그거 뒤에 숨긴 거 뭐야?"

차경산이 후다닥 책상 쪽으로 달려든다.

차예린은 황급히 서찰을 높이 들어 올렸다.

"내놔! 내놓으라니까!"

"안 돼!"

"대체 뭔데 이렇게 숨기는 거야? 야한 거지? 그치?"

"그런 거 아냐!"

"야한 게 아니면…… 혹시 연애편지? 오오오오! 드디어 우리 누나가 연애를 하는 건가? 어떤 놈팡이야? 남자인 내가 봐 줄 테니까, 어서 내놔 봐! 빨리!"

"아무것도 아니래도!"

차경산은 손을 뻗어 서찰을 잡으려 아등바등거렸다. 하지만 차예린은 웬만한 남자와 견주어도 비슷할 만큼 큰 키다. 제 또래보다 작은 차경산이 잡을 수 있을 리가 없었다.

결국 차경산은 차예린의 키를 당할 수 없다고 생각했는지 방법을 바꿨다. 차예린의 겨드랑이를 간질였다.

푸흡! 워낙에 간지럼을 많이 타는 차예린이라 몸이 바들바들 떨렸다. 하지만 그녀는 끝까지 버텼다.

"칫! 끝까지 안 보여 주네."

차경산은 한참 뒤에야 아깝다는 듯이 인상을 찡그리면서 한 발 뒤로 물러섰다.

차예린은 안도에 찬 한숨을 내쉬면서 서찰을 반듯하게 접어 품속에 밀어 넣었다. 웬만해서는 아직 이런 일을 어린 동생이 알게 하고 싶지 않았다.

"그런데 무슨 일이야? 댓바람부터 호들갑이나 떨고. 몸은 좀 괜찮아?"

원래대로라면 철기보주의 자리는 차예린이 아닌 차경산

에게 가야 한다. 본처의 소생인 데다가 아들이니 당연한 일이었다.

하지만 차경산은 선천적으로 몸이 좋질 않다.

또래보다 왜소한 체구에 창백한 안색, 원인 모를 이유로 꽉 막힌 기혈과 단전. 일 년 중 절반 이상을 병상에 누워 있어 무공도 익히지 못한다.

당연히 일반 가문이 아닌 무림 문파로서는 그런 자를 주인으로 옹립할 수가 없었다.

반면에 차예린은 여인이고 측실에서 난 서녀라 해도, 어렸을 때부터 워낙에 출중한 자질과 총명한 머리를 자랑해 창왕의 많은 사랑을 받았다.

덕분에 철기보 내 웬만한 고수들도 그녀를 당해 내지 못했다.

그래서 자연스레 보주의 자리는 차예린에게 주어졌다.

그녀는 내심 그것이 동생에게 미안했다.

출가외인이라, 언젠가는 철기보를 떠나야만 하는 그녀로서는 동생의 자리를 빼앗은 것만 같았다.

더구나 언제나 파리한 안색을 하고서도, 질투는커녕 도리어 누나가 힘들어하지는 않을까 걱정하는 착한 동생이라 더욱 안타까웠다.

혹시 동생이 가진 병을 치료할 방법이 없을까 싶어 사방을 뒤져 수소문해 봤지만, 이미 창왕도 오래전에 손을 놓은 마당이었다.

"누나는 내가 아직 무슨 애인 줄 아나?"

차경산은 뿌루퉁하게 볼을 부풀렸다. 남자가 되어서 여자의 걱정을 받는 게 내심 자존심 상한 모양이다.

차예린은 피식 웃더니 두 검지로 동생의 빵빵한 볼을 눌러 뺑 하고 터뜨렸다.

"이러는데, 그럼 애지. 어른이니?"

차경산이 발끈한다.

"어린애 아니거든요! 그보다 누나, 이것 좀 봐 봐."

"뭔데 그래?"

차경산은 화를 내다 말고 자기 방에서부터 가져온 걸 내밀었다.

책자였다.

어떤 소식을 소설처럼 풀어낸 책자.

"봐 봐! 신인이 이번에는 귀주에 나타났대!"

순간, 차예린의 표정이 살짝 굳었지만, 차경산은 눈치채지 못하고 눈을 반짝였다. 그만큼 잔뜩 들떠 있었다.

"정말 대단하지 않아? 용을 잡질 않나, 병을 낫게 하질 않나, 그런가 하면 물을 샘솟게 하더니, 이번에는 민란까지 막았어! 지금 그거 때문에 난리가 아니야!"

"대단하네."

"응응! 정말 대단한 것 같아! 아니, 정말 대단해! 어떻게 사람이 단 며칠 사이에 그렇게 뛰어다니면서 사건을 척척 해결할 수 있는 거지? 정말 하늘이 내린 구세주라도 되는 걸까? 하아! 한 번만 만나 봤으면……!"

차예린은 적당히 맞장구를 쳤다. 그럴수록 차경산은 눈을 더 크게 반짝인다.

차경산은 누나와 다르게 신인에 대한 소문이라고 하면 끔뻑 죽었다.

중원을 돌파하며 갖가지 혼란을 구하는 영웅.

언제나 골방에 틀어박혀 병마와 싸워야만 했던 차경산으로서는 당연히 동경의 대상이 될 수밖에 없었다.

그럴수록 차예린은 더더욱 신인이니 뭐니 하는 헛소문을 경멸했다.

당장은 동생에게 희망을 줄 수 있을지 모르지만, 나중에 진실을 알게 되었을 때에 받을 낙심은 얼마나 클 것인지.

우우웅.

'또야.'

차경산의 살갗 위로 불그스름한 기운이 언뜻 맺혔다가 사라진다.

차예린의 표정이 살짝 굳었다.

"왜 그래, 누나?"

"아니야. 아무것도."

차경산이 누나의 표정을 읽고 물었지만, 차예린은 바로 표정을 바꾸면서 동생의 머리를 쓰다듬었다. 하지만 시선은 도깨비불처럼 동생의 주변을 맴도는 붉은 기운에 꽂힌다.

차경산에게도 다른 사람에게도 보이지 않는, 오로지 그녀에게만 보이는 이질적인 기운.

'빨리 오셔야 할 텐데.'

차예린은 동생의 순수한 동심이 깨지기 전에 빨리 모든 혼란이 끝나기를 바랐다.

두 남매의 오붓한 시간은 오래가지 못했다.

"아가씨! 아가씨! 큰일이에요!"

갑자기 문이 벌컥 열리더니 시비이자 호위 무사인 취화가 나타났다. 아주 어렸을 때부터 같이 자라 주종 관계라기보다는 자매나 막역한 친구 사이에 가까운 아이였다.

"왜? 무슨 일이 생겼어?"

"마인(魔人)이……! 마인이 나타났어요!"

"뭐?"

차예린의 표정이 딱딱하게 굳는다.

마인은 최근 들어 검마와 마찬가지로 알 수 없는 이유로 주화입마에 빠져 광기를 부리는 미치광이들을 뜻한다. 대게 고수였던 자들이 문제인 데다가 이전보다도 더 강한 힘을 자랑하며, 적아를 가리지 않고 칼을 휘둘러 대는 탓에 제압하는 데 상당히 힘들었다.

벽보에서 '검마와 비슷한 자들' 이란 단어는 그들을 가리키는 말이었다.

보통 지역 문파에서 자체적으로 처리하지만, 최근에는 마인들의 힘이 너무 강해져 철기보에서 직접 나서야만 잡을 수 있었다.

아니, 그런 걸 떠나서 검마에게 창왕을 잃은 철기보에게 마인 축출은 반드시 해야만 하는 사명이었다.

"어디야?"

"백보담이요."

"제길!"

사천 지방에서 손꼽히는 호수다. 하필이면 아름다워서 유랑객들도 많은 곳에 나타날 줄이야.

차경산은 한 발자국 떨어져서 고개를 끄덕였다.

"어서 다녀와, 누나."

"그래."

차예린은 의젓한 동생의 머리를 쓰다듬고는 취화가 챙겨

준 철창과 갑옷을 들고 방을 나섰다.

"백기단을 소집해 줘. 최대한 빨리!"

차예린은 갑주를 갖춰 입고 한 팔에는 아버지가 남기신 철창, 적룡창을 들고 마당으로 나섰다.

철기보는 명성만큼이나 큰 규모를 자랑한다. 하늘을 찌를 듯이 올라선 고루거각들이 숲처럼 가득 늘어서고, 그 아래로 위풍당당한 무사들이 대기한다.

특히 최근 들어 팔왕이 움직인다는 소식이 들리면서 각지에서 무사들이 찾아와 많은 이들로 북적댔다.

하지만 누구도 쉽게 다가설 수 없는 곳이 있으니.

중앙 마당은 정문과 바로 연결되어 있어 보주의 명령이 떨어지면, 즉각 이곳으로 모여 모든 준비를 끝내 놓고 대기를 하고 있어야 한다.

이번에도 명령을 내려 놨으니 당연히 그럴 것이라 생각했다.

하지만,

"……뭐지, 이건?"

마당엔 완전 군장을 갖춘 무사들이 아닌, 평퍼짐한 무복을 입은 고수들이 여유롭게 뒷짐을 선 채로 있었다. 백기단은 뒤편에서 차마 시선을 마주치지 못하고 고개를 떨어뜨린 채였다.

"어딜 그리 급하게 가는 길이시오? 철기보주."

"이게 무슨 짓인가요, 백왕?"

차예린은 딱딱하게 굳은 표정으로 상대를 노려봤다.

구릿빛 피부. 짙은 이목구비. 전체적으로 일반 중원인과는 다른 생김새다. 저 먼 서역에서나 왔을 법한 부리부리한 눈매가 차갑고 표독스럽기만 하다.

"보주께서 위험한 길을 간다 하시기에 빈객이 된 입장에서 마중을 하러 나왔지요."

"……."

차예린은 아랫입술을 질끈 깨물었다.

마중이라고?

손님이 주인에게 잘 다녀오라고 인사를 한단 말인가?

그녀는 서늘한 눈빛으로 녀석의 뒤편에 선 다른 사람들을 노려보았다.

몇몇은 난감하다는 듯이 시선을 슬쩍 돌리고, 뻔뻔한 자들은 어쩔 것이냐는 듯 도리어 콧방귀를 뀐다.

모두 한때 아버지와 함께 무림을 누비던 사람들이다.

그녀가 숙부처럼 따르고 함께 웃었던 자들.

하지만 철기보의 중추라 할 수 있는 이들은 이제 얼굴을 본 지 얼마 되지도 않은 능구렁이에게 홀라당 넘어가 철기보를 통째로 갖다 바치려 하고 있었다.

"왜 이리 말씀이 없으십니까, 보주? 인사를 드린 이 늙은이의 낯이 간지러워질 지경입니다만."

말은 유들유들하게 하지만, 눈빛은 먹이를 노리는 뱀처럼 차갑다.

바로 이자다.

차예린으로 하여금 철기보주로 못 있게 하고, 그들 남매를 호시탐탐 노리는 구렁이 같은 작자가.

몇 달 전 빈객으로 들어왔으나, 이제는 사실상 보주보다도 더한 실권을 누리는 자, 백왕.

팔왕 중 사방의 왕은 동, 서, 남, 북에서 가장 강한 자들을 일컫는다.

이중 백왕은 백(白), 즉, 서쪽에서 가장 강하기로 소문난 자로, 백왕(百王)이라는 동음이의어의 다른 별칭이 있을 정도로 다양한 병기를 다룰 줄 안다.

그중에서도 가장 잘 다루는 것은 창.

하지만 창술에는 창왕이 있어 언제나 이 인자로 굴복해야 했던 그는, 이제 일인자가 되어 창왕의 명성뿐만 아니라 유산까지 집어삼키려 구렁이처럼 철기보에 틀어박혀 있는 중이었다.

아니, 그 정도도 아니다.

백왕은 더 큰 것을 꿈꾼다.

철기보뿐만 아니라, 사천 지방, 그리고 나아가 강호 전체를, 자기 발아래에 두려고 한다.

그래서 검마를 처치한다는 명분하에 철기보를 중심으로 여러 외부 세력과 낭인 무사들을 끌어들여 반검맹을 구성하려는 것이다.

팔왕과 사패를 아래에 둔 거대 연합 조직.

유래 없는 무림맹의 탄생을 두고 이미 생각이 뜨인 호사가들 사이에는 말이 많았다.

그러니 차예린의 실권은 거의 뺏긴 것이나 다름없다.

철기보의 오랜 가신들이 저쪽으로 넘어간 데다, 이제 그녀에게 마지막 남은 힘이었던 새로운 백기단도 저곳에 있다.

명백한 허수아비로 전락하고 만 것이다.

이제 마지막 남은 이 자리도 머지않아 빼앗기겠지.

하지만 차예린은 굴하지 않았다. 아버지가 남기신 유산이다. 동생이 병마를 털고 앉을 때까지 무슨 일이 있어도 지켜야만 했다.

"아닙니다. 아무것도. 저는 일이 있어 먼저 가 보겠습니다."

차예린은 백왕에게 목만 까닥이고 마당을 나섰다. 옆에

서 보고 있던 취화는 백기단과 가신들을 잔뜩 노려보다가 흥! 하는 콧방귀와 함께 그녀의 뒤를 따랐다.

백왕은 눈을 가느다랗게 떠 멀리 사라지는 차예린의 뒷모습을 봤다.

"좋아. 얼마까지 그렇게 도도하게 굴 수 있는지 어디 한번 보자꾸나. 어린 토끼야. 먹히기 전까지 토실토실하게 크렴. 후후후후."

혀로 입술을 날름거린다. 마치 그 모습이 뱀 같다.

백왕은 수하에게 눈빛을 던졌다.

"적왕과 권왕에게 연통을 넣어라. 어디까지 왔는지."

* * *

"백왕의 몸이 단단히 달아올랐나 보군. 하긴 곧 무림이 제 손에 떨어질 것처럼 가까이 있으니."

숲이 우거진 밀림.

그 속에서 어떤 중년인이 구렁이의 눈을 응시한다. 보통 사람들보다 탄탄한 덩치에 새카만 피부는 이질적이기만 하다. 지호가 지나쳤던 귀주 고성에 나타났던 자다.

웬만한 사람보다도 더 큰 구렁이는 눈을 차갑게 반짝이며 이곳이 아닌 다른 곳을 비치고 있었다.

왼쪽 눈에는 백왕을, 오른쪽 눈에는 지호를.

적왕.

남만 밀림의 왕이기도 한 그는 송곳니가 드러나도록 훤히 웃으며 고개를 들었다.

"멍청한 것. 네가 한낱 속세에 눈이 팔려 있는 동안……."

적왕은 하늘을 향해 손아귀를 뻗었다.

잿빛 하늘, 나후성을 움켜쥘 듯이 주먹을 꽉 쥔다.

"나는 저것을 가져가 주마."

* * *

호주로 통하는 초입에 어느 노소(老少)가 들어섰다.

깡마른 체구에 검버섯이 울긋불긋한 초라한 행색의 노승과 깨물어 주고 싶을 정도로 귀엽게 생긴 동자승이었다.

동자승은 노승의 소맷자락을 몇 번이고 잡아당겼다.

"사부님! 사부님! 당과는 언제 사 주실 거예요?"

"이제 다 왔으니 조금만 더 가자꾸나. 도착하면 맘껏 사 주마."

"칫! 벌써 며칠 동안 그 이야기만 하셨다고요!"

동자승은 억울한 듯 뺨을 뿌루퉁하게 부풀렸다.

노승은 그런 제자가 귀여운 나머지 허허, 웃으면서 가만히 머리를 쓰다듬었다. 동자승은 만지지 말라면서 펄쩍 뛰었지만, 노승의 손길을 피할 수는 없었다.

"아미타불. 아미타불. 이번에는 부디 하나로 모일 수 있기를."

호주로 가는 걸음걸이.

노승이 가만히 굴리고 있는 염주에서는 붉은 빛깔이 감돌았다. 모두 다섯 개나 되는 태양의 조각들이다.

그의 법명은 혜가.

단 하나밖에 없는 금강나한이며 속세에서는 그를 권왕이라 불렀다.

그렇게 팔왕이 한 자리에 모이고 있었다.

26장

천계의 사자(使者)

"그만 좀 쫓아오시죠."

"음? 무슨 소린가? 나도 이리로 가는 길이었네만."

모퉁이를 돌아 골목으로 들어선다.

"가던 길 가시죠?"

"내가 어디로 가든 자네가 무슨 상관인가? 내 발이 움직이는 건 순전히 이 늙은이의 자유네만?"

지호는 악착같이 따라오는 노인 때문에 속이 부글부글 끓었다.

"좋습니다! 영감님은 저쪽! 저는 이쪽! 됐죠?"

"알겠네."

지호는 쿵, 쿵, 성난 걸음으로 노인과 다른 길로 사라졌다.

그 뒷모습을 노인이 묘한 눈빛으로 보고 있었다.

그 후 골목 모퉁이로 돌아서 들어가니,

"어이쿠. 또 만났구만."

물가에 배를 띄우니,

"오오오. 자네도 뱃놀이를 왔는가?"

심지어 측간에서도,

"호오. 또 우연이구만."

어딜 가더라도 저 빌어먹을 노인네가 항상 있다.

마치 기다렸다는 것처럼.

"제기라아아아아아알!"

지호는 양손으로 머리를 박박 긁었다.

뒤따라오던 노인이 허허허, 하고 웃는다.

"허허허허. 진정하게. 울화가 쌓이면 쌓일수록 화기가 골에 침입해 자칫 머리가 뭉텅뭉텅 빠질 수 있다네. 젊은 나이이긴 하지만 지금부터 관리를 해 두지 않으면 안 된다네. 이 늙은이를 보게. 이 나이가 되도록 참 탐스럽지 않은가?"

노인은 비단결 같이 곱고 숱이 많은 자신의 머리를 보이며 깐족대기까지 한다. 지호는 속이 부글부글 끓었다.

'아오, 진짜! 이 영감탱이를 한 대 칠 수도 없고!'

벽보를 보면서 잠깐 대화를 나눴던 노인. 하지만 이제는 능글맞고, 짜증 나고, 속을 뒤집게 만드는 노인이다.

지호가 힘내라며 격려를 하고 난 뒤로, 노인은 그게 무슨 말뜻이냐며 계속 귀찮게 굴었다. 지호도 처음에는 아무것도 아니라며 달래다가 나중에는 아예 없는 사람처럼 무시했다.

결국 제 풀에 지쳐서는 널찍이 떨어졌다.

하지만 그러고도 노인은 멀리서 가만히 지호가 하는 꼴을 훔쳐봤다.

무시하려 해도 짜증이 치솟을 수밖에.

그래서 뭐라고 버럭 소리를 질렀더니, 이제는 아예 대놓고 뒤를 쫄래쫄래 따라다닌다. 겉으로는 자기 자유니, 우연이라느니, 되도 않는 말을 지껄이면서.

'참자. 참아. 진짜 주먹 날렸다가 길거리에 눕기라도 하면 답이 없다고!'

자꾸만 '노인 공격' 이 되려는 속마음을 '노인 공경' 으로 몇 번이고 되뇐다.

지호는 비딱하게 고개를 꼬았다.

"정말 우. 연. 이라는 거죠?"

"그렇다니까. 사실 나도 참 공교롭다네. 어찌 이리 가는 곳마다 자네가 있을 수 있는 건지. 허허허허. 아무래도 하늘이 자네와 나 사이에 어떤 운명을 점지해 주려는 모양이야."

외로 꼰 지호의 입술에 비웃음이 번진다.

"좋습니다. 그럼 여기서 떨어지도록 하죠."

"응?"

팟!

지호가 땅을 박차자 모습이 거짓말처럼 사라진다.

노인의 눈이 동그랗게 떠지더니 헉, 하고 헛바람을 들이켰다.

"이런! 어디로 갔지?"

그는 사라진 지호를 찾아 주변을 뒤지기 시작했다.

인근 전각의 지붕 위.

지호는 근처를 헤매는 노인을 보면서 눈살을 좁혔다.

"젠장. 진짜 별 이상한 노인네를 다 보겠네."

지호의 눈이 금색으로 물들었다가 푸른빛에 젖었다가, 또다시 붉은색으로 변하는 등 수많은 색으로 바뀌면서 영롱하게 빛을 발한다.

마치 다양한 빛을 담은 보석처럼 아름답기만 한 눈.

예지안이다.

—납탑도인.

본명은 장전일. 자는 군보, 호는 삼봉. 도명은 원원자. 검과 권에 능하며 진무대제를 모시는 도사로서 세간에 모습을 잘 비치지 않는다. 팔왕 중 청왕.

"팔왕이나 되는 양반이 왜 저러는 거야?"

무림에 대한 견식은 짧아도 도왕과 흑왕을 상대해 본 적이 있어 팔왕이 무림에서 차지하는 비중이 얼마나 대단한지는 잘 알고 있다.

그 정도나 되는 사람이 왜 쫓아다니는지.

혹시 조각이나 절교와 관련이 있어 자신을 따라다니나 싶어 예지안을 열었지만, 아무리 눈을 씻고 봐도 그런 대목이나 의심할 만한 구석 하나 보이지 않았다.

오히려 진무대제라는 유명한 신을 모시는 충실한 신도란다.

"하여간 이놈의 세상은……!"

손오공이나 교룡 때도 느꼈지만 정말 이 세상에는 특이하다 싶은 인간들이 너무 많았다. 정작 당사자들이 이 말을 들으면 지호더러 너도 똑같다고 구박할 테지만, 지호는 절대 그런 사실을 인정하지 않을 것이다.

여하튼 지호는 노인의 목적이 뭐가 되었든 간에 억지로

무시하려 애썼다. 태양의 조각이나 절교와 관련이 없다면 엮이지 않는 게 상책이었다.

노인에 대한 생각을 털어 버리고, 자리에서 일어난다.

예지안으로 마을 일대를 쭉 훑었다.

"그나저나 전혀 보이질 않는단 말이지."

사실 지호는 나루터에서 내린 후로 바로 철기보로 움직이지 않고 호주 일대를 구석구석 돌아다녔다.

강변을 둘러보고, 사람들 사이를 지켜보고, 뭔가를 응시할 때마다 가공되지 않은 너무나 많은 것들이 머릿속에 담긴다.

지금도 마찬가지다.

너무 많은 정보가 담기다 못해 쏟아지는 정도다.

"못난 사람 같으니!"

"사랑해."

"나도 사랑해요."

"으아아아앙! 엄마! 엄마, 죄송해요!"

"야옹이가 사라졌어! 야옹아! 야옹아!"

갖가지 상황들이 주마등처럼 스쳐 지나간다.

그 속에는 갖가지 사연과 상황이 다 담겨 있다. 심지어 사람들의 머릿속 생각까지 읽히기도 한다. 과거, 현재, 미래, 어느 시간대를 막론하고 수많은 정보들이 난잡하게 얽히면서 뇌를 꾹 누른다.

"으으으음."

지호는 지끈거리는 관자놀이를 검지로 꾹 눌렀다. 아무래도 이번에는 여기까진가 보다. 이대로는 정보의 홍수에 자아가 휩쓸릴 것 같아 그대로 예지안을 닫았다.

살짝 열린 전지의 문이 닫히면서 시끄러웠던 머릿속이 거짓말처럼 조용해진다.

하지만 여운은 진하게 남아 현기증이 났다.

지호는 다시 제자리에 엉덩이를 붙이고 앉아 가볍게 공력을 운기했다. 통증이 물로 씻은 듯이 사라진다.

끼이이.

지호의 고통을 읽고 심연에서 청룡이 슬그머니 고개를 내밀며 말을 걸어온다.

—괜찮아?

"어. 괜찮아."

—너무 무리하지 마. 지호가 아프면 나도 아파!

"그래. 알았어. 걱정 마."

—힝. 그래도 또 할 거 같은데…….

지호는 청룡을 살며시 달래면서 쓰게 웃었다.

무의식을 공유하고 있기 때문에 이렇게 달래더라도 청룡은 자신이 다시 지금처럼 예지안을 뜨고 마을을 누빌 것이란 걸 알고 있었다.

태양의 조각을 수거하면 수거할수록 전지의 문도 조금씩 더 크게 열렸다.

덕분에 예지안의 영역도 어느 정도 확장되었다.

미래를 볼 뿐만 아니라, 현상에 맺힌 현재와 과거의 사념을 어느 정도 읽는 게 가능할 정도로.

편의상 예지안이라 부를 뿐, 더 이상 단순한 예지안이 아니게 된 셈이었다.

하지만 그렇기에 받아들이는 정보도 배로 많아졌다.

아직 이렇다 할 격의 변화는 없는데, 수용해야 하는 양은 많아지니 뇌와 영혼이라는 시스템에 금세 과부하가 걸리고 만다.

소프트웨어는 하루가 다르게 계속 발전하는데, 이걸 수용하는 하드웨어가 거기에 한참을 미치지 못하는 것이다.

결국 그때마다 지호는 전원을 내리고 휴식을 취해야 했다.

하지만 지금은 그럴 겨를도 없다.

'아직 조각의 위치를 찾지 못했어.'

호주에 많은 조각들이 있는 건 확실하다. 하지만 이것들이 전부 사방팔방으로 움직이고 있어 정확한 위치 파악이 너무 힘들었다.

조각을 품은 것이 살아 있는 건지, 아니면 다른 이유로 움직이고 있는 건지도 모르기 때문에 막막할 수밖에 없다. 그래서 예지안을 뜨고서 하루 종일 일대를 돌아다닌 것인데.

하지만 보이는 거라고는 자질구레한 사람들의 가십거리에 지나지 않고, 개중에는 격한 감정을 보여 툭툭 튀어 오르는 것들도 있었다.

하루에도 수백 명의 유동 인구를 자랑하고, 천 년이 넘는 역사를 자랑하는 도시이니 얼마나 많은 사념이 묻어 있겠는가.

아직 격이 모자라 그걸 거르는 방법도 터득하지 못했다. 무분별하게 수용하는 수밖에 없어 힘들기만 하다.

무엇보다,

'자아가 강한 사람이 너무 많아.'

보통 사람의 의식이라면 그냥 흐르는 정보의 파도에 담가 흘려버리면 그만이다.

하지만 무사들은 다르다.

그들은 하루하루를 악착같이 살아가는 이들.

서슬 퍼런 칼날 속에서 언제 목숨이 달아날지 모르기 때문에 강인한 정신을 자랑한다.

그러다 보니 무사들, 특히, 고수들이 풍기는 의식은 너무나 단단하고 커서 그냥 흘리기가 힘들었다. 예지안으로 볼 때마다 턱, 턱, 하고 걸렸다.

그런 고수들이 지금 호주엔 너무 많다.

반검맹. 검마를 잡겠답시고 몰려드는 불나방 꼴을 하고서.

“역시 그냥 철기보로 바로 가야 하나? 한데 모이기를 기다려야 할까?”

지호는 엄지와 검지로 두 눈덩이를 가볍게 마사지하며 중얼거렸다.

스스로에게 던지는 질문.

하지만 대답은,

“역시 안 되겠지.”

열 개가 넘는 조각들이 하나로 모였을 때 취한다면, 지호의 입장에서야 편하다. 검마가 곧 이 근방으로 온다면 조각들도 자연스레 그쪽으로 모일 테니까.

하지만 그리 되면 환란이 걷잡을 수 없이 커진다.

하나만 하더라도 처리하는 데 힘이 드는데 열 개가 넘는 것들이 뭉친다면?

생각만 해도 끔찍하다.

결국 고민은 돌고 돌아 제자리였다.

그 전에 취할 수 있을 만큼 취해야겠다는 생각에 다시 자리를 털고 일어났다.

그러다 이쪽을 뚫어져라 응시하는 눈빛을 발견했다.

"어이쿠! 또 여기서 만나는구먼!"

건너편 건물 지붕에서 노인, 납탑도인이 씩 웃는다. 네가 과연 내 손바닥 위를 달아날 수 있을 것 같냐는 듯이.

지호의 낯이 인정사정 볼 것 없이 잔뜩 구겨졌다.

"젠장!"

* * *

저녁 시간.

지호와 납탑도인은 인근 객잔에 탁상을 사이에 두고 서로 마주 앉았다.

이를 바득바득 가는 지호와 다르게 납탑도인은 여전히 허허로운 미소를 짓고 있었다.

"허허허허허. 이런 것도 인연이라면 인연이니, 오늘 저녁은 이 늙은이가 사도록 하지. 아, 참고로 이 객잔은 소면이 아주 참 맛있다네."

돈이 없으니 소면 외에는 사 주지 않겠다는 투다.

지호는 다시 치미는 짜증을 꾹 누르면서 입술 끝을 크게 비틀었다.

“정말 사 주시겠단 말씀이시죠?”

“물론. 선배가 되어 후배에게 그 정도도 못하겠나.”

“알겠습니다. 그럼 사양치 않고 먹도록 하죠. 이모, 여기!”

지호는 큰 소리로 객잔 주인을 부르더니 소면을 시켰다. 그는 대놓고 짜증을 부리면서 음식을 먹었다. 간이 하나도 안 되어 있어 그냥 밍밍한 소면.

하지만 시장이 반찬이라고 요 며칠 새에 조각을 찾으러 다니느라 바쁘게 돌아다녀 끼니도 제대로 못 때웠던 걸 떠올려 보면 며칠 만에 제대로 먹는 식사인지 생각도 나지 않았다.

덕분에 그릇은 단숨에 동났다.

“한 그릇 더 되죠?”

“허허허허. 안 뺏어 먹을 테니 천천히 드시게. 그러다 체하겠어.”

“걱정 마십쇼.”

지호는 여전히 여유로워 보이는 납탑도인에게 씩 웃어 보이고는 손을 들었다.

“이모! 여기 한 그릇 더!”

납탑도인은 이때까지만 해도 여유로웠다.

이때까지만 해도.

하지만,

"이모! 여기 추가!"

그릇이 하나둘씩 늘어나고,

"한 그릇 더!"

탑을 이루는데도 불구하고 쉬지 않고 지호가 시켜 대자, 뒤늦게 뭔가 잘못되었다는 생각이 들기 시작했다.

"그, 그 정도면 양이 차지 않……!"

"아직 멀었어요. 이모 더!"

탑이 쌓였다.

"더더더더더!"

납탑도인의 안색이 하얗게 질린다. 뭔 저런 인간이 다 있냐는 듯이.

하지만 지호는 그렇게 먹고도 끄떡없었다.

'은영이가 먹는 거에 비하면!'

이미 사람이 한 번에 먹을 수 있는 양의 한계가 상상을 초월한다는 것을 직접 느껴 봤기에, 그것을 고스란히 재현하는 건 어렵지 않았다.

무엇보다 예지안을 너무 써서 그런지, 필요한 열량이 너무 많았다.

결국 입꼬리가 찢어지는 건 객잔의 주인이었다.

"아이고, 총각이 보기와 다르게 참 복스럽게 잘 먹네. 아까 전보다 더 많이 말았으니 많이 드셔. 고명도 두어 개 더 얹어 놨어."

"이모의 손맛이 정말 대단하네요."

"호호호호. 말도 참 예쁘게 하지."

지호는 현실에서 단골집 사장을 대할 때와 마찬가지로 사교성 있게 두어 마디를 나누면서 소면을 단숨에 비우며 또 외쳤다.

"이모! 또 한 그릇 더!"

납탑도인은 탁상 위에 탑처럼 올라가는 그릇을 보며 울상이 되었다.

"……자네 뱃속에는 거지라도 사는 겐가?"

"마음대로 시켜 먹으라고 했던 건 영감님이잖습니까?"

"여, 영감님?"

납탑도인의 얼굴이 황당함으로 젖는다. 한평생 청왕이라며 주변 무인들로부터 존경과 경외만을 받아 왔던 그로서는 저런 호칭이 처음이었다.

"아니면 다른 거라도 시킬까요? 계향육수니 침어소개라는 건 딱 봐도 맛있어 보이는데."

"……아니네. 호칭 따위가 무슨 상관이겠나. 그냥 맘껏 드시게."

"그럼 사양치 않고."

때로는 사람이 사양을 하는 버릇도 들여야 하는 것 아닌가, 납탑도인이 작게 불만 섞인 말을 중얼거렸지만, 지호는 듣는 척도 하지 않았다.

결국 지호는 한참 뒤에야 마지막 그릇을 탁상에 얹었다.

"아, 잘 먹었다!"

의자를 반쯤 뒤로 기울이면서 이쑤시개로 이를 쑤시기까지 한다. 사랑니에 끼인 고명 고기가 조금 질겼다.

납탑도인은 금세 바닥을 보일 주머니를 떠올리며 더 울상이 되었다.

조금 약을 올렸다지만, 이렇게 돈 쓰는 걸로 복수를 하다니. 옹졸하지만 그와 같은 가난뱅이에겐 너무 확실한 복수였다.

퉤!

지호는 입에 물고 있던 이쑤시개를 반으로 부러뜨려 뱉고는, 고개를 외로 꼬면서 싸가지 없게 물었다.

"이제 슬슬 얘기 하시죠? 하실 말씀 있으시다면서요?"

납탑도인은 계산을 끝내고 텅 빈 주머니 속을 슬픈 눈빛으로 보다가 가볍게 한숨을 내쉬었다.

그러다 눈빛이 변한다.

마치 아까 전에 장난기 많던 노인은 사라지고 얼굴만 비슷한 다른 사람이 온 것처럼 기질이 완전히 반전했다.

"사실 내가 자네를 괴롭힌 건 사실이네만, 여태 따라다니던 건 정말 그곳이 가던 길이 맞았다는 것을 우선 말해주고 싶네. 그도 그럴 것이……."

"자네나 나나 태양의 조각을 수거하고자 하는 입장에서, 같은 길을 걸을 수밖에 없지 않은가?"

"자네나 나나 태양의 조각을 수거하고자 하는 입장에서, 같은 길을 걸을 수밖에 없지 않은……! 어, 어떻게?"

납탑도인의 눈이 동그랗게 커진다. 지호는 자신과 어투, 내용, 박자까지 한 치도 어긋나지 않고 똑같이 말했다.

그러다 지호의 눈이 삼색으로 빛나는 걸 확인하고는, 허탈하게 웃었다.

"예지안이로군. 처음부터 알고 있었나?"

"대충. 처음부터는 아니고."

지금부터 아주 대단한 내용을 말하려 했던 납탑도인으로서는 이야기의 주도권을 저쪽으로 빼앗긴 것 같아 힘이 쭉 빠졌다.

마치 발가벗겨진 느낌이다.

장난을 친답시고 쳤던 게' 사실 처음부터 상대는 다 간파하고 있었던 것이다.

'역시 제천대성의 후예라는 건가.'

납탑도인은 지호가 겉보기와 다르다는 생각을 하며 웃었다.

"허허허허. 그럼 내가 지금부터 무슨 말을 하려는지도 알고 있겠구먼."

"아뇨. 아직 수준이 그 정도까지는 아니라서."

지호는 팔짱을 끼며 오만한 눈빛으로 물었다.

"그러니까 말해 보십쇼. 무슨 말을 전하러 온 겁니까, 천계의 사자(使者) 씨?"

"사자라? 그래. 어찌 보면 그렇게 말할 수도 있겠구먼. 나는 천계에서의 소식을 자네에게로 전해 주러 온 사람이니."

납탑도인은 개의치 않는다는 듯 유쾌하게 웃으며 말을 이었다.

"여하튼 짐작했다니 이야기는 편해지겠구먼. 하면 정식으로 내 소개부터 하겠네. 본인은 납탑도인. 진무대제를 모시는 사제일세."

지호는 심연 속 청룡에게 속으로 물었다.

'진무대제가 누구야? 꽤 높은 신인 것 같은데.'

지금 전지의 문이 열린 정도로는 알 수 없는 것도 많다. 특히 신과 같은 지고한 존재들에 관해서는.

—강해! 무지무지 강해!

'얼마나?'

—어어어어어어어엄처어어어어어엉!

지호는 자신의 실수를 뒤늦게 깨달았다. 그는 청룡이 말하는 '엄청' 이라는 기준을 생각하다, 문득 자신이 만난 유일한 신을 떠올렸다.

탄탄한 갑주를 두르고, 수십 개의 병기를 짊어지며, 거대한 말 위에서 세상을 오시하던 군신.

'나타 태자와 비교하면?'

—위야!

지호의 눈이 커진다.

나타 태자만 해도 손오공과 비슷한 신격이다. 그런데 그보다도 높다고?

'얼마나 높기에?'

—당연하지. 진무대제는 북극성이야! 모든 별들의 대장. 헤헤헤. 그런데 너무 무서워서 묘성도 한 번씩 피해 다녔었어.

지호는 그제야 알 것 같았다.

북극성은 사시사철 언제나 위치 한 번 옮기는 법 없이 북쪽 정중앙에 놓여 모든 별들의 중심이라 불리는 별.

그런 별의 신격화라면 묘성이나 나후보다도 상전이라고 봐야 한다.

별 중의 별이라.

하지만 그 별은 지금 나후성에 가려져 보이질 않는다. 당연히 이대로 지새다가는 신격이 붕괴될 수도 있으니 많이 초조해진 것이리라.

지호는 다리를 살짝 꼬았다.

진무대제가 아무리 대단하다고 해도 주눅 들 필요는 없다.

자신의 영혼은 한때 신들의 제왕인 옥황상제와도 견주었던 손오공의 것이고, 신위는 북극성에 못지않은 해와 달의 주인이니까.

하물며 진무대제 본인이 아닌, 그를 모시는 한낱 종에 불과한 자라면.

“그래서 전할 말은?”

“지금부터 내가 전할 말은 진무대제만이 아니라, 천계에 있는 모든 신들이 뜻을 모아 자네에게 보내는 전언이라고 생각해 두게.”

“알았으니까 말해 보십쇼.”

납탑도인은 깊게 숨을 몰아쉬면서 천천히 입을 열었다. 지금부터 전할 말은 어쩌면 속세와 선계를 모두 뒤흔드는 결과가 될지도 몰랐다.

“우선 이것부터 봐 주게.”

납탑도인이 손을 활짝 펼친다.

그리고 손바닥 위로 치솟는 붉은 연기.

파스스스.

연기는 한데 뭉쳐 덩어리가 되었다.

그렇게 나타난 조각 2개.

보통 조각과 조금 다른 점이 있다면 조각이 발산하는 뜨거운 연기를 막으려는 듯, 투명한 구체가 주변을 둘러싸고 있었다.

"어떻게……?"

하루 종일 조각을 찾기 위해 돌아다녔던 지호로서는 조각이 떡하니 나타난 사실에 눈이 휘둥그레졌다. 문제는 지금 납탑도인을 봐도 조각을 가지고 있는 것으로 '인식'이 되지 않는다는 것이다.

"아, 선술!"

그러다 뒤늦게 방식을 깨달았다.

선계에는 동주칠마왕과 절교만 있는 게 아니다. 다른 선인들도 여럿 있다. 그들이라면 충분히 조각을 감당할 수 있으리라.

"이것은 전부 이 늙은이가 강호를 떠돌면서 수거한 것들이라네."

납탑도인도 선인 중 한 사람이다.

"힘이 없는 이들이나 조각에 영향을 받지, 우리와 같은 이들에게는 아주 좋은 보패가 된다네. 법력을 키워 주고 경지를 높여 주지."

동그래진 지호의 눈이 착 가라앉았다.

법력을 키워 주는 도구.

힘을 바라는 입장에서는 눈이 돌아갈 수밖에 없다.

그 뜻은,

"선인들이 세상으로 쏟아졌다는 뜻이군요."

"확인해 보겠나?"

"그래도 되겠습니까? 어렵게 찾으셨을 텐데."

"그것이 내가 모시는 분의 뜻이라네."

말로 하는 것보다야 직접 보는 게 훨씬 낫다.

납탑도인의 허락이 떨어지자, 지호는 2개의 조각 위로 손을 얹었다.

그러자 구체가 사라지고 조각은 거짓말처럼 다시 연기로 변해 지호의 손바닥으로 깃들었다.

그리고 열리는 예지안.

화아악!

"해가! 해가 떨어졌다!"

"시건방진 녀석이로다. 감히 윤회의 굴레도 벗어

나지 못한 작자 따위가 신위를 노리다니."

"신인이라?"

"나라고 되지 말란 법이 어디 있나?"

세상 곳곳에 있던 선인들이 하나둘씩 고개를 든다.

평소 속세와는 담을 쌓고 관심도 두지 않았던 그들이지만, 해와 달이 떨어지고 난 뒤로는 눈길을 세상 전반에 퍼뜨렸다.

그러다 지호를 발견했다.

환란을 그치게 하고, 조각을 수거하고, 신이 되려는 그를.

이에 선인들은 질문을 던졌다.

"그 신위, 내가 가져도 되지 않은가?"

현재 천계에는 남은 신위가 거의 없다.

그러던 와중에 자리가 떨어졌다. 보잘것없는 자리가 아닌, 너무나 큰 자리.

해와 달의 주인.

빛을 관장하는 자리는 모든 선인들의 눈을 돌아가게 만들기에 충분했다.

동주칠마왕? 절교?

평소 신이 되려 수양을 쌓는 이들에게 그딴 것들이 눈에 들어올 리 만무하다.

"신이 되어 주마."

선인들의 눈에 탐욕이 어렸다.

선인들이 세상에 쏟아진다.

조각을 찾는 건 어렵지 않았다.

환란이 있는 장소를 찾아 근원지를 찾고, 봉인을 직접 풀어, 그 속에 있는 조각을 가져간다.

그중에는 납탑도인도 있었다.

이러한 갑작스러운 선계의 준동은, 환란으로 시끄러운 하계에 또 다른 악영향을 끼친다.

"이건 내가 발견한 것이다!"

"웃기지 마라. 내 것이다."

"이이익! 그럼 네놈의 것도 같이 가져가 주마!"

선인들 간에 다툼이 벌어진다.

그것은 단순한 싸움이 아니다.

재해와 재해의 충돌이다.

결국 속세의 혼란은 더욱 가중되기만 한다.

이에 하늘에서 하계를 내려다보던 신들은 우려했다.

—이대로는 위험해. 너무.

동주칠마왕과 절교의 전쟁만 해도 하계가 흔들릴 정도로 부담이 크다. 거기에 더해 다른 선인들까지 나타나니 정말 이대로는 하계가 무너질지도 모른다는 위기감이 팽배하기 시작했다.

결국 그들은 뜻을 하나로 모았다.

제대로 된 신을 만들기로.

'이래서 조각들이 움직였던 건가?'

지호는 왜 그렇게 하루 종일 돌아다녔어도 조각을 찾을 수 없었는지 알 것 같았다.

조각은 사라진 게 아니었다.

다른 선인들이 가져간 것이었다.

"……이제 좀 알겠나?"

납탑도인은 지호의 눈이 다시 정상으로 돌아온 것을 확인하고 물었다.

지호는 고개를 끄덕였다. 입술 끝이 살짝 비틀린다. 비웃음이다.

“절교 놈들이 노린 게 이거였군요. 다른 선인들을 움직여 방해를 한다…… 환란보다도 더 큰 충격이 가해질 테니까요.”

거기다 이들은 선술로 조각을 흡수해 숨길 수도 있다.

“그리고 신들은 괜히 애매모호한 이상한 놈들이 분란을 일으킬 바에는 저에게 몰빵을 하기로 결정한 거고요?”

“……신들이 하시는 행사에 몰빵이라는 말이 조금 저어되긴 하네만, 비슷하네. 자네는 최소한의 자격이 있으니.”

지호는 이쪽 세상으로 넘어왔을 때 강림했던 나타 태자를 떠올렸다. 그것은 나타 태자만의 생각이 아니라 모든 신들의 공통된 의견이었던 모양이다.

납탑도인이 말을 덧붙인다.

“그리고 나는 그러한 움직임이 호주에 나타날 것이라 보네.”

지호는 다시 해와 달의 기운으로 예지안을 열었다.

살짝 열린 전지의 문을 따라 앞으로 벌어질 일들이 예견된다. 여태 막혔던 것 중 일부의 단서를 얻었으니 더 보이는 게 있지 않을까 하는 마음에서였다.

하지만 흐릿했던 예지는 살짝 윤곽만 드러날 뿐이다.

각지에서 이쪽으로 바쁘게 움직이는 붉은 조각들. 그들은 하나로 뭉치려 한다.

목표는 가장 많은 조각을 가진 지호.

이곳, 호주는 알고 보니 덫이었다.

지호를 잡기 위한 덫.

'얼마나 될까?'

검마라는 미끼를 던져 두고 지호가 물기만을 기다린다. 보이지 않는 곳에서 숨어 기회를 틈타고 있는 놈들은 꽤 많을 것이다. 신위를 노린다면 그만큼 실력도 있겠지.

납탑도인이 없었으면 외통수를 맞았을지도 모른다는 생각이 들자 마음이 싸늘하게 식는다.

'아무렴 어떨까. 덤빌 테면 덤벼라. 전부 찢어 줄 테니.'

지호가 팔짱을 끼며 입을 연다.

"동의합니다. 하면 준비한 계획이라도 있습니까? 맨손으로 오지는 않았을 것 같은데?"

"그건……!"

납탑도인이 뭐라고 말을 하려던 찰나였다.

우우웅!

갑자기 어디선가 울리는 이상한 느낌에 지호와 납탑도인

이 동시에 고개를 위로 들었다.

"아무래도 이따가 들어야겠네요."

"그러세."

두 사람은 바로 자리에서 일어났다.

*　*　*

거리를 따라 무사들이 어디론가 바쁘게 움직인다.

"빨리 서두르자고!"

"철기보의 실력을 이제야 보게 될 줄이야!"

벽보 앞에서 봤던 사람들이다.

지호와 납탑도인은 그보다 빨리 지붕 위로 달리고 있었다.

발끝을 통, 통, 튕길 때마다 몸이 얼음 위를 미끄러지듯이 빠르게 움직인다. 누가 보면 무게가 없다고 여길 정도였다.

'저토록 뛰어난 경신술이라니.'

납탑도인은 지호보다 한 박자 늦게 달리면서 크게 놀라는 중이었다.

불로장생을 하는 게 선인이라, 겉으로 보이는 것과 실제 나이가 맞지 않는다는 건 알고 있다. 하지만 그가 알기로 지호는 분명 나이가 자신보다도 훨씬 어렸다.

사실 그런 아이가 선인이 된 것도 신기한 일인데, 보이는 재주 또한 대단하다.

자신이 말년에 창안한 제운종은 웬만한 선술보다도 뛰어나다 자신하고 있었다. 그런데 그걸 우습게 여기는 경공술과 숙련도라니.

'역시 제천대성의 후예라는 건가?'

처음 이 말을 진무대제로부터 신탁으로 들었을 때 얼마나 놀랐던지.

천계의 수많은 신과 부처도 제 발아래로 여긴다는 오만한 존재가 후예를 거둬들이다니. 자신도 선도를 닦는 입장으로서 놀랐고, 진무대제 역시 쉽사리 믿기지 않는 눈치였다.

그런데 이렇게 직접 보게 되니 알 것 같다.

얼마나 대단한 존재인지.

그도 그럴 것이, 녀석의 눈에는 해와 달이 담겨 미래를 보고 있지 않은가.

모든 선인들이 꿈에도 그리는 선지자란 뜻이었다.

아마 지금도 지호는 그 눈으로 자신들이 가는 곳에서 벌어질 일과 대강의 결과들을 엿보고 있겠지.

납탑도인의 생각대로 지호는 많은 걸 보고 있었다.

그의 눈에만 보이는 하늘에 길게 그어진 붉은 궤적.

그건 분명 조각의 흔적이다.

궤적을 따라가다 보면 조각이 나오리란 건 쉽게 알 수 있었다.

하지만 선지자라고 해서 모든 게 보이는 건 아니다.

아직 지호는 반쪽짜리였다.

"대체 저기서 무슨 일이 벌어지는 거지?"

지호의 물음에 납탑도인이 고개를 갸웃거린다.

"음? 전부 보이는 게 아닌가?"

"예지안이 만능인 줄 아십니까? 그렇게 쉬웠으면 벌써 로또를 뽑고도 남았지."

"로…… 뭐? 그건 또 뭔가?"

"있습니다. 그런 게. 하여간 저기 있는 게 뭡니까? 사람들은 또 왜 저렇게 모여드는 거고?"

납탑도인은 고개를 갸웃거리다가 대충 납득했다. 확실히 선지자라고 해서 완벽한 것은 아니다. 그랬다면 이 세상은 진즉에 선인들의 것이 되었을 테니.

무엇보다 신조차도 정확한 미래를 알지 못한다.

"마인이 나타난 것이라네."

"마인?"

지호가 고개를 갸웃거린다.

"입마증(入魔症)에 걸린 자들을 뜻한다네."

"그건 또 뭡니까?"

지호의 짜증 섞인 투에 납탑도인은 고개를 절레절레 흔들었다. 아무래도 당분간 저 싸가지 없는 말투를 계속 들어야 할 듯싶었다.

"최근 들어 이 근방에서 기승을 부리는 증상일세. 검마처럼 갑자기 주화입마에 빠져 정신을 놓아 버린 자들이 걸린 병을 뜻하지. 환자들은 마인이라고 하고."

납탑도인의 표정이 딱딱해진다.

"문제는 무고한 인명을 살상할 뿐만 아니라, 저들끼리 뭉쳐 다녀서 여간 곤혹스러운 게 아니야."

"그럼 원인은……?"

납탑도인이 무겁게 고개를 끄덕였다.

"짐작하다시피 태양의 조각이 아닐까 싶네."

"역시."

입마증이란 병이 환란이라면, 증상이 발현될 때까지 잠복해 있는 동안에는 비치지가 않는 것이다. 그러다 지금은 마인이 나타났으니 바로 느낄 수 있는 것이고.

"덕분에 치료법도 없어서 강제로 제압하는 게 전부지. 하지만 그마저도 증상이 심해지면 혼자서 기혈이 꼬여 자멸하기에 어떻게 손쓸 방법이 없다네."

납탑도인의 얼굴엔 씁쓸함이 감돌았다.

갑작스러운 입마증으로 죽은 무인이 어디 한둘이던가. 그 역시 그동안 어떻게 손을 쓸 수가 없어서 많이 답답했다.

그래서 자신이 아는 한도 내에서 입마증에 대한 증상과 결과에 대해 쭉 설명했다.

지호는 조각이 이 주변 어딘가에서 꽤 오랫동안 상주한 것 같다는 느낌에 더 서둘렀다.

팟!

어느덧 두 사람은 붉은 궤적이 떨어지는 장소에 도착했다.

폭이 넓은 강변을 따라 이미 너무 많은 숫자의 무인들이 모여 있었다.

"이런! 접근하기가 힘들겠어."

납탑도인의 얼굴엔 낭패감이 짙었다.

인파가 너무 많은 데다가, 마인은 깊고 넓어 물살이 거센 강물 한가운데에 서 있었다.

마치 송곳처럼 뾰족하게 세워진 돌기둥 위.

마인이 얼굴을 잔뜩 일그러뜨린 한 여인을 인질로 삼고 있었다.

목에 칼을 갖다 댄 채 윽박지른다.

"다들 꺼져! 물러서지 않으면 이 계집의 목숨은 없을 줄 알아!"

마인은 눈에 핏대가 잔뜩 서서 벌겋게 충혈이 되어 있었다. 안색은 황달이 생긴 듯 노랗고, 입술은 시신처럼 파랗다.

하지만 풍기는 기세는 너무나 살벌하다. 언제라도 인질의 목숨을 거둘 수 있다는 강한 의지가 무사들의 접근을 자연스럽게 차단시킨다.

여인은 안색이 하얗게 질려 추위에 떠는 아기 새처럼 바들바들 떨기만 했다.

'바로 손을 쓸까?'

지호는 자신이 개입할 타이밍을 쟀다.

함부로 뛰어들면 인질의 목숨이 위험한 데다가, 아직 정확한 조각의 위치를 찾지 못했다.

분명 마인의 몸 위로 붉은 기운이 감돌면서 어디론가 길게 이어진 게 보이긴 한데, 그게 정확히 어디로 이어지는지가 확인되지 않았다.

마인을 제압하는 건 그리 어렵지 않다.

하지만 자칫 겨우 잡은 조각의 흔적을 놓칠 수 있어 최대한 신중을 기했다.

그래도 여차하면 손을 쓸 요량으로 검지 끝에 화염륜을

작게 압축시켜 탄지를 준비했다.

하지만 그 전에,

쐐애애애액!

갑자기 뭔가가 마인의 면전으로 날아들었다.

"흡!"

마인은 급격히 몸을 틀면서 인질의 목에 갖다 댄 칼을 옆으로 휘둘렀다.

챙!

마인에게 날아온 건 창이었다. 단단하고 길쭉한 철창.

마인은 반동력이 심한지 인상을 잔뜩 찡그렸다. 칼과 함께 손목이 심하게 부르르 떨렸다.

그사이 창은 휘리릭, 허공으로 튕겨 올랐다가 맞은편 강물 쪽으로 떨어졌다.

그것을 아주 가볍게 낚아채는 손길이 있었다.

쏴아아아!

언제부터 거기에 있었던 건지, 거센 물살 위에 나무판자 하나만으로 균형을 잡으며 선 여인은 우아한 자태로 창을 잡아 마인에게로 겨누었다.

"신창선자다!"

"역시! 철기보의 공주님이 나섰어!"

곳곳에서 우레와 같은 함성이 터져 나온다.

하지만 신창선자라 불린 여인, 차예린은 아랑곳하지 않고 수면을 거세게 박찼다.

물살이 거세게 출렁이고, 마치 선녀처럼 그사이를 가로지른다.

쉭!

* * *

'이번에야말로 반드시!'

마인을 맞닥뜨린 차예린의 눈빛이 어느 때보다 강렬하게 빛난다.

마인을 따라 감도는 붉은 기운.

뜨겁고, 텁텁하며, 날카롭다. 때로는 따스한 것 같으면서도 서늘한 기운은 남들에게는 보이지 않으나, 자신에게는 보인다.

다만, 정체를 알 수 없는 저 기운은 입마증의 원인이면서 분명 동생에게도 똑같이 나타나는 증상이었다.

저것의 정체를 알 수만 있다면 원인 모를 동생의 병을 치료하는 것도 무리는 아니리라!

"계집! 이 여자가 어떻게 되어도 좋단 말이냐!"

마인은 차예린이 뿌리는 기세가 대단하자 다급한 마음에

인질의 목에 칼을 더 가까이 갖다 댔다. 칼이 살갗을 파고 들면서 피가 주르륵 흘러내린다.

인질의 안색이 더 창백해졌다.

하지만,

쾅!

차예린은 그딴 협박에는 눈 하나 깜빡하지 않겠다는 듯이 창을 세게 찔러 넣었다. 마인의 목젖을 향해서.

마인은 다시 몸을 틀어 가까스로 공격을 튕겼다.

하지만 철창은 마치 물살을 가로지르는 연어처럼 부드럽게 곡선을 그리면서 단숨에 여섯 번의 점을 찍어 왔다.

철기보가 자랑하는 절기, 육점연격이다.

콰콰콰콰콰콰!

창을 한 번씩 내지를 때마다 공기가 떠밀린다.

거센 파공성과 함께 물살이 치솟고, 그 끝에는 마인의 핏물이 튀어 올랐다.

칼이 부서지고, 옆구리에 구멍이 나고, 인질을 잡은 팔의 어깨가 떨어져 나가는 것은 눈 깜짝할 새였다.

남은 세 번은 각각 허벅지와 배, 그리고 목에 틀어박혀 주먹만 한 바람구멍을 내 버렸다.

"말…… 도 안 되는……! 나는…… 무적…… 이어야 할!"

숨통이 끊어지기 직전, 차예린을 쳐다보는 마인의 눈길

엔 믿기지 않아 하는 투가 역력했다.

하지만 이번에도 차예린은 말없이 창을 내지르는 것으로 대답을 마무리했다.

퍽!

미간이 그대로 부서지면서 나자빠진다.

차예린이 달려들고 마인이 죽기까지, 그야말로 순식간에 벌어진 일이었다.

풍덩!

그리고,

파스스스.

주인을 잃은 붉은 기운이 아지랑이처럼 일어나 수면 위로 솟기 시작했다.

"꺄아아아아악!"

마인의 품에 안겨 있던 인질이 뒤늦게 비명을 질렀다.

하지만 그보다 먼저 차예린이 창을 쥐지 않은 왼팔로 그녀의 허리를 감싸고 돌기둥을 박차 강변 쪽으로 몸을 날렸다.

마인을 죽이고 인질을 구출하기까지, 단호하면서도 깔끔한 동작의 연속들이다.

구경하고 있던 사람들은 하나같이 환호를 질렀다.

"역시 신창선자! 철기보의 보물다워!"

"제이 의 창왕은 또 철기보에서 나오겠구먼!"

차예린은 인질을 무사히 바닥에 내려놓으며 상태를 물었다.

"괜찮으신가요?"

"예? 예……!"

"무사하셔서 다행이군요."

차예린은 처음으로 활짝 미소를 지었다. 그 모습은 마치 한 떨기 초롱꽃이 만개한 것처럼 화사했다.

사람들이 그녀의 무술 실력만큼이나 뛰어난 미모에 놀라는 동안, 차예린과 함께 온 시비이자 호위 무사인 취화가 다급히 두 손에 수건을 가득 들고 부리나케 뛰어왔다.

"에그머니나! 이게 무슨 꼴이람! 어서 닦으세요! 옷도 준비해 뒀으니 어서 갈아입으시고요!"

"그냥 조금 젖은 게 전분데, 뭘."

차예린은 수건을 건네받아 머리를 가볍게 털었다. 수면 위를 뛰어다녔어도 물기가 튀면서 자신도 모르는 새에 잔뜩 젖었나 보다.

"이게 어딜 봐서 조금이에요! 비 맞은 강아지도 아니고!"

취화의 호들갑에 차예린은 피식 웃었다. 지난 의리를 저버리는 다른 철기보의 식구들과 달리 계속 옆을 지켜 주는 그녀가 고맙기만 하다.

차예린은 공력을 운기했다. 열기를 발산하자 축 늘어졌던 옷이 다시 뽀송뽀송해졌다.

“꺄아아아악! 채신머리없이 이게 무슨 짓이에요!”

물기를 털어 낸다고 해도 옷이 완전히 깨끗해지는 건 아니다. 오히려 주름이 진 상태에서 말렸기 때문에 주름만 더 심해졌다.

하지만 차예린은 취화의 잔소리를 한 귀로 듣고 한 귀로 흘리면서 돌기둥쪽으로 시선을 돌렸다.

미소는 어느새 사라지고 딱딱한 눈빛이 남는다.

수면 위로 올라왔던 붉은 기운은 아직도 제자리를 맴돌기만 할 뿐 움직일 생각을 않는다.

스스스.

하지만 곧 불그스름한 그것은 엿가락처럼 길게 늘어나더니 조금씩 어디론가 향한다.

차예린은 최근 들어 몇 번씩이나 똑같은 광경을 목격했다. 마인을 처치할 때마다 칠공을 따라 흘러나오는 붉은 아지랑이.

아지랑이는 언제나 하늘 높이 올랐다가 어디론가 사라진다. 그리고 며칠 뒤엔 거짓말처럼 또 다른 마인이 주변 어디선가 나타나 활개를 친다.

차경산 역시 붉은 기운에 노출되어 있어 입마증에 걸리

는 게 아닌가 싶었지만, 신기하게도 동생은 일 년 가까이 괜찮았다.

그래도 동생의 병환과 관련이 있는 건 확실하다.

'이번에는 놓치지 않아.'

여태 번번이 눈앞에서 놓쳤기 때문에 이번만큼은 절대 놓치지 않겠노라 다짐하며 머리를 닦은 수건을 취화에게 건네면서 아지랑이를 응시했다.

여차하면 바로 튀어 나갈 생각이었다.

하지만 그녀의 예측은 빗나갔다.

여느 때와 다르게 붉은 아지랑이가 허공을 한 바퀴 크게 회전 하더니, 갑자기 반대쪽 강변으로 떨어졌다.

'설마!'

차예린의 안색이 하얗게 질린다.

미처 생각지 못했다.

이 주변에 있는 사람들이 전부 무인이라는 것을.

만약 그중 한 사람에게만 들어가더라도 이 자리에서 또 다른 마인이 나타나는 것이다. 아니, 만약 두세 개 이상으로 분열을 할 수 있다면 피해가 급속도로 확산될 수 있었다.

경고도 통하지 않을 거란 생각에 차예린은 바로 반대쪽 강변으로 뛰어나가려 철창을 쥐었다.

그런데,

"……어?"

움직이다 말고 차예린의 걸음이 흠칫 멈춘다.

쫘아아아아……!

누군가가 양단을 잡고 세게 찢은 것처럼 붉은 아지랑이가 갑자기 찢긴다. 수십 갈래로 쪼개진 파편들은 커다란 와류를 그리면서 어떤 한 사람에게로 떨어졌다.

거기엔 웬 청년 하나가 서 있었다.

지호는 손바닥을 살짝 폈다.

손톱만큼 아주 작은 크기의 붉은 석영.

"그건……?"

"조각의 조각입니다. 원래 있던 곳으로 가도록 만들려고 했는데 실패했어요."

지호는 사실 큰일이 벌어지지 않는 한 마인을 그냥 내버려 두고 지켜볼 생각이었다. 녀석을 둘러싸고 있는 사념을 계속 읽어 들이던 중이었으니 곧 근원을 찾을 수 있으리라 여겼다.

실제로 마인이 품고 있는 것은 태양의 조각을 다시 수십 조각으로 쪼갠 아주 희미한 파편에 지나지 않는다는 것도 읽어서 알고 있었다.

다른 누군가가 고의로 환란을 키우려 개입한 흔적을 찾은 것이다.

하지만 그 '누군가'를 찾으려는 순간에 일이 터지고 말았다.

철기보의 공주라는 사람이 나타나서는 단숨에 마인을 거꾸러뜨린 것이다.

결국 지호는 울며 겨자 먹기로 조각의 조각을 수거할 수밖에 없었다.

그대로 놔뒀다가는 다른 마인이 나타날 수도 있었으니. 특히 조각의 조각이 이번에 노린 타깃은 바로 차예린이었다.

다른 사람들을 구해 준 협객이 위험에 처하게 할 정도로 지호도 막돼먹은 짓은 하지 못했다.

무엇보다 철기보는 앞으로 그가 머물 곳. 그런 곳의 주인을 다치게 해서는 안 된다.

'게다가 나은의 친구라는데 어쩌겠냐고.'

이나은이 철기보를 소개해 주면서 좋은 친구가 있으니 큰 도움이 될 거라고 했던 것을 떠올리니 어쩔 수가 없었다.

'결국 또 다른 마인이 나타날 때까지 기다려야 하나?'

지호가 지끈거리는 머리를 꾹 누르는 중이었다.

갑자기 주변 사람들이 웅성대기 시작한다.

"갑자기 왜 저래?"

"피해!"

무슨 일인가 싶어 고개를 드는데, 갑자기 철창이 이곳으로 세게 날아왔다.

마인을 잡을 때와 똑같은 광경.

아니, 그때보다 훨씬 강한 힘이 실렸다.

쐐애애애액!

납탑도인이 화들짝 놀라 손을 쓰려는데, 그보다 먼저 지호가 한 발자국 앞으로 나섰다.

쥐고 있던 석영을 녹여 오른쪽 눈으로 보내는 것과 동시에 손을 가볍게 뻗어 창을 잡아챘다.

다른 사람들이 봤을 때는 지호가 단숨에 꼬챙이가 되어 나가떨어져도 이상하지 않을 정도로 무시무시한 위력.

하지만,

채앵!

지호는 아주 쉽게 창날과 창대의 중간을 잡았다.

그리고 그 순간, 다시 한 번 예지안이 터졌다.

"흡!"

차예린은 자신도 모르게 헛바람을 들이켰다.

아무렇지 않게 창이 잡힌 것도 문제지만, 삼색(三色)으로 빛나는 눈을 마주한 순간 마치 자신을 이루는 모든 것들이 낱낱이 해체되는 느낌이 들었다.

찰나의 순간.

다시 현실로 돌아올 때까지 차예린이 겪은 찰나는 영원처럼 아주 길었다.

"어떻게……?"

"고, 고수다!"

이를 지켜보고 있던 사람들의 얼굴에 경악이 맺힌다. 납탑도인도 놀란 눈이 되었다가 이내 당연하다는 듯이 고개를 끄덕였다.

지호는 다짜고짜 이쪽을 향해 철창을 던진 원흉에게 인상을 찡그렸다.

"이게 대체 뭐하는 짓……!"

하지만 지호의 말은 길게 이어지지 못했다.

차예린이 다시 이를 악물고 허리에 두르고 있던 혁대를 풀어 채찍처럼 휘둘렀다. 마치 방금 전에 받은 충격을 털어버리려는 것처럼.

차라라랑!

혁대의 끝이 풀리면서 매미 날개처럼 아주 얇고 기다란 칼날이 드러난다. 연검이 예리한 면을 잔혹하게 드러내면서 지호의 목을 갈랐다.

지호는 왼쪽 손날을 바짝 세워 칼날을 쳐 내면서 단숨에 안쪽으로 파고들었다.

그는 짜증이 났다. 이나은의 친구인 데다가 당분간 신세를 질 곳의 주인이라 좋게 이야기를 나누려 해도 도저히 말을 들을 기미가 보이지 않는다.

그렇다면 강제로 말을 들을 수 있게 제압하는 수밖에.

지호의 손바닥이 단숨에 그녀의 목젖을 노리고 왔다.

쉭!

하지만 그 사이로 검 한 자루가 치솟으면서 지호의 손을 튕겨 냈다.

채애애애앵!

지호는 살짝 시큰거리는 손을 털면서 한 발자국 물러섰다.

그사이 차예린은 이를 악물고 널찍이 떨어졌다. 한순간 저승을 구경할 뻔한 그녀의 숨소리는 거칠었다. 이마에는 식은땀이 송골송골 맺혔다.

"뭡니까? 영감님도 한번 해보자는 겁니까?"

지호는 인상을 잔뜩 찡그리면서 검을 날린 납탑도인을 노려본다.

납탑도인은 검을 거두면서 고개를 저었다.

"그게 아니라네. 아무래도 두 사람 사이에 오해가 있는 듯싶어 개입한 것이야."

"오해는 무슨."

"그녀는 조각을 볼 줄 안다네."

"압니다."

납탑도인의 눈이 휘둥그레졌다가 살짝 가늘어진다.

"또 본 게로구먼."

"어쩌다 보니까요. 영감님의 계획에 철기보도 포함되어 있던 겁니까?"

"비슷하네. 그나저나 자네, 그걸 자주 쓰면 좋지 않다네. 천기의 영역을 범하는 일이야. 영혼이 다쳐."

"압니다. 하지만 아직 제어가 뜻대로 되지 않아요."

두 사람은 차예린이 이해하지 못할 대화를 나누다가 시선을 돌렸다. 차예린은 여전히 연검을 꽉 쥐며 지호를 경계하고 있었다.

"이봐요, 아가씨. 아무래도 내가 마인이 된 줄 아나 본데, 지극히 정상이니까 칼 거둬요."

"……이게 어떻게 된 거죠, 아저씨?"

차예린도 뭔가 이상하다고 느꼈는지 납탑도인을 돌아봤다. 두 사람은 창왕 때문에 본래부터 아는 사이였다.

납탑도인은 난감하다는 듯이 뒷머리를 벅벅 긁었다.

그때 주변으로 사람들이 모였다.

"저 청년은 대체 누구야? 신창선자의 창을 맨손으로 잡다니! 어디서 저런 고수가 나타났지?"

"그보다 옆에 있는 노인, 익숙하지 않아?"

"처, 청왕이다! 청왕이 나타났어!"

보는 눈들이 너무 많았다. 특히 무사들은 마인을 쓰러뜨린 차예린과 그녀를 제압하기 직전까지 몰고 간 지호를 호기심이 동한 얼굴로 쳐다보고, 납탑도인을 알아본 사람들은 흥분한 기색으로 소리를 질러 댔다.

결국 납탑도인이 쓰게 웃으면서 말했다.

"여기서 이야기를 하기엔 그러니, 일단 자리부터 옮기세."

27장

신위를 노리는 자들

콰콰콰콰!

거대한 검을 휘둘러 댈 때마다 공간이 찢겨 나간다. 칼바람이 스치고 지난 자리는 마치 태양열을 마구 쬔 것처럼 시커먼 그을음이 남았다.

온통 탄내와 피비린내만이 진동한다. 이미 쑥대밭이 된 마을 곳곳에는 백여 명에 달하는 무사들이 주검이 되어 널브러져 있었다.

"괴…… 물!"

겨우 숨통이 붙은 무사가 고개를 들어 이 참혹한 지옥도를 만들어 낸 원흉을 노려본다.

퍽!

마인은 너무 당연하다는 듯이 들고 있던 검을 휘둘러 남은 목숨을 거뒀다.

"크아아아아아아아!"

마인은 더 이상 분풀이할 상대가 남아 있지 않자 더 내놓으라면서 하늘을 향해 포효를 내질렀다.

검마.

이미 입마증에 남은 이성까지 먹힌 자는 시뻘건 눈을 드러냈다.

녀석이 내뿜는 마기는 태양의 열기를 담고 있어 너무나 뜨겁다. 후폭풍이 쉬지 않고 불어 댔다. 이대로는 재앙만이 닥칠 테지만,

"시끄럽다."

철그럭!

누군가가 검마의 목에 채워진 쇠사슬을 세게 잡아당기자 금세 조용해진다.

쇠사슬의 끝에는 태양의 조각이 두 개씩이나 박혀 검마의 마기를 구속시키고 있었다.

"크르르르르."

검마는 자신에게 개처럼 목줄을 채운 주인을 노려봤지만, 그는 코웃음만 쳤다.

"이만 날뛰었으면 됐다. 돌아가자."

*　　*　　*

신창선자 차예린이 또 한 번 마인을 쓰러뜨렸다는 소식은 사천 지방에 널리 퍼졌다.

사람들은 과연 검마를 잡으려는 협객지사의 단체, 반검맹의 중추인 철기보다운 행보라면서 입을 모아 칭송했다.

어디 그뿐이랴.

이미 백왕이 빈객으로 의탁을 하고 있는 데다가, 청왕이 찾아왔고, 이어서 적왕과 권왕도 곧 당도할 거란 소식은 사람들을 흥분케 하기에 충분했다.

덕분에 수많은 무사들이 구름 떼처럼 철기보로 몰려들었다.

철기보가 세간의 이목을 집중 받느라 정신이 없는 동안, 차예린 역시 정신이 없었다.

"그 말을 지금 저더러 믿으란 건가요?"

철기보로 돌아오고 나서, 납탑도인은 차예린에게 지호에 대해 자신이 아는 범주 내에서 모든 설명을 했다. 지호는 팔짱을 끼고서 고개만 주억거렸고.

차예린은 황당한 나머지 되물었지만, 납탑도인은 무겁게 고개를 끄덕였다.

"사실이네."

"하지만 신인이라니……."

도탄에 빠진 초나라 백성들이 희망을 노래하기 위해 가상으로 지어낸 존재라 믿었건만.

그게 진짜라니.

"하……!"

차예린은 허탈하게 웃으며 의자에 몸을 반쯤 뉘었다.

정말 그런 존재가 있다면, 선인이란 게 정말 실존하는 것이었다면, 어째서 그들은 그토록 강한 힘을 가지고도 속세에 닥친 수많은 환란들을 구해 주지 않는단 말인가.

납탑도인의 말을 의심할 수는 없다.

그는 아버지께서 살아생전 가장 신뢰했던 벗이었으니.

명예나 권력을 탐하지 않고 언제나 초야에 파묻혀 도를 닦고, 때로 위기에 빠진 백성들을 구해 주며 협을 실행하던 분.

철기보를 손에 넣으려 암수를 부리는 백왕을 견제하고자, 갖은 수소문 끝에 어렵사리 모신 분이기에 그의 말이 얼마나 무거운지 잘 안다.

더구나 지호는 아예 대못을 박았다.

"나도 억지로 믿으란 말은 안 해. 다만 손길을 빌려줬으면 싶은데. 안 되면 말고."

지호는 자신이 가지고 있던 신분패를 보였다. 대장군가에서 발급해 준 호패.

사실 그도 심통이 단단히 난 상태였다. 어렵사리 찾은 흔적을 잃은 것도 짜증 나는데, 다짜고짜 공격까지 당했으니.

하지만 차예린의 눈에는 지호의 심통은 들어오지 않고 오로지 호패만 보였다.

대장군가로부터 도와 달란 전언은 받았지만 그게 신인과 연결될 줄이야. 허탈하긴 하지만, 생각을 바꾸면 이 사람 역시 자신의 편이란 뜻이 된다.

청왕과 신인.

이 두 사람이라면?

'철기보를 원래대로 되돌려 놓을 수 있어!'

희망을 엿본 차예린은 이를 악물며 부탁했다.

"저흴 도와주세요."

"내가 왜?"

차예린의 얼굴이 당혹감으로 젖는다.

"하지만……!"

"신인이니까 다 도와줘야 하는 거 아니냐고? 미안하지만, 나도 권력 다툼 같은 것까지 도와줄 정도로 한가하지 않아."

노골적인 거절에 차예린은 아랫입술을 깨물었다.

"그럼……."

협상 따윈 신물 나게 해 봤다. 상대가 혹할 만한 걸 내놔야 한다. 차예린은 온갖 생각이 다 들었지만, 숨을 고르며 손을 가슴에 붙였다.

지금 자신이 내놓을 수 있는 건 없다.

무공?

신인에게 무슨 소용이랴.

세력?

역시 마음만 먹으면 얼마든지 모을 수 있을 것이다.

"그럼……!"

다행히 이쪽에서 가진 게 딱 하나 있긴 하다.

차예린은 스스로가 아름답다는 것을 안다. 강호는 신창선자라는 것 말고도 물고기가 부끄러워 숨을 정도로 아름다운 꽃이라며, 침어화란 별호를 붙여 주기도 했다.

그녀는 몇 번의 망설임 끝에 겨우 입을 뗐다.

"그럼 절 드리겠어요."

남자라면 누구나 혹할 수밖에 없는 제안.

하지만,

"싫은데?"

지호는 눈썹 하나 꿈틀대지 않고 피식 웃었다.

하지만.

그날, 철기보주의 혼인이 발표되었다.

*　　*　　*

마른 수건으로 난초 잎을 닦는 손길이 조심스럽다.

중원 문물의 모든 것이 낯설고 싫었던 백왕이 유일하게 마음에 들어 하는 취미이자 놀이가 난을 기르는 것이다. 정성스레 돌보면 돌볼수록 마음이 차분해졌다.

하지만 그의 흥을 깨는 목소리가 있었다.

두두두, 쾅!

요란한 발소리와 함께 문이 세게 열린다.

"큰일이오! 큰일이 벌어졌소이다, 백왕!"

"혹시 그 소식 들으셨소?"

백왕과 마찬가지로 객청에서 머무는 빈객들이다. 그와 함께 철기보를, 아니, 반검맹을 도모하고자 하는 이들의 얼굴엔 다급함이 잔뜩 어렸다.

하지만 백왕은 그쪽으로 눈길 한 번 주지 않고 난을 닦는데 집중했다.

"무슨 일이기에 그러나?"

다 같은 빈객 신분인데도 불구하고 자연스러운 하대가 흘러나온다. 이미 빈객들은 백왕의 수하였다.

"철기보주가! 그 계집이 혼인을 하겠다 밝혔소!"

툭.

난초 잎이 부러진다.

"이런. 부러졌군."

백왕은 혀를 가볍게 찼다. 조금 황당한 소리를 들었다고 흔들릴 줄이야, 나도 아직 멀었군. 마음을 다스리는 건 아직 어렵다 생각하며 빈객들을 돌아봤다.

"그게 무슨 소린가?"

"그것이……!"

빈객들이 하는 말의 내용은 간단했다.

반검맹의 탄생을 두고 회의가 있던 와중에 차예린이 갑작스레 혼인 발표를 했단다.

"덕분에 지금 객청이고 뭐고 철기보가, 아니, 강호 전체가 들썩이고 있소!"

차예린이 누군가.

죽은 창왕을 대신해 철기보주에 오른 자다. 그녀와 혼인을 할 수 있다는 것은 철기보라는 거대 세력을 손에 쥔다는 뜻이 된다.

어디 그뿐이랴.

차예린의 미모는 이미 강호에서도 널리 화자가 되어 있다. 덕분에 창왕이 있을 시절에도 하루가 멀다 하고 매파들이 문턱을 닳도록 넘나들었다.

하지만 그때마다 차예린은 아직 스스로가 준비되어 있지 않다면서 물렸다.

그러던 차에 갑작스레 발표가 이뤄진 것이다.

"역시 계집인가. 하필 이런 시기에."

백왕은 쯧, 하고 혀를 차다가 생각을 바꿨다.

"아니. 철저한 계산이로군."

비록 창왕이 비명횡사를 해서 그렇지, 시기만 잘 주어졌다면 여인의 몸으로도 무사히 철기보를 이을 수 있었을 거라 평가받는 이가 차예린이다.

그런 여인이 반검맹의 탄생이란 중대사를 코앞에 둔 이때에 아무 생각 없이 혼인을 하겠다는 폭탄을 던질 리가 없다.

"노, 놀라지 않으십니까?"

빈객들이 보기에 백왕은 태연했다. 어디 보도 듣지도 못한 이상한 놈에게 철기보를 빼앗길지도 모르는데도 불구하고.

"놀랄 건 또 뭔가. 계집이 가만히 있지 않으리란 것쯤은 짐작하지 않았나?"

"그, 그건 그렇지만……."

"사실 따지고 보면 창왕의 핏줄치고 여태 너무 조용히 있었지. 그래서 별 보람도 없었는데 이제야 흥이 나는군."

백왕이 피식 웃으며 물었다.

"배우자는 누구라 하는가?"

"그것이…… 청왕의 제자라 합니다."

"음?"

백왕이 고개를 갸웃거린다. 이건 또 뜻밖이다.

"나의 대항마로 청왕을 내세운 것이로군. 확실히 같은 팔왕이 아니면 비교가 안 될 테니까. 하지만 청왕이 속세의 일에 간섭을 할 줄이야. 참 재미있어. 한데, 청왕에게 제자가 있었던가?"

"이번이 무림 초출이라 합니다. 해서 알아낼 수 있는 게 없었습니다."

백왕은 손으로 턱을 쓰다듬었다. 흥미롭다는 듯이.

꺼려하는 기색은 전혀 없다.

아무리 청왕의 이름값이 대단하다고 해도 이미 대세를 거스를 수는 없다. 이쪽의 저울추가 너무 무거우니.

뜻을 같이하기로 한 적왕이나, 꺼려하는 기색이 강하지만 어쩔 수 없이 같은 배를 탄 권왕이 이쪽에 있는 한 반검맹의 탄생은 필연적이다.

무게의 추를 엇비슷하게라도 만들려면 청왕 하나 갖고는 안 된다.

'뒤집을 패로 청왕의 제자라는 녀석이 뭘 갖고 있느냐는 것인데.'

하지만 세상에 팔왕보다 더 강한 패가 어디 있을까.

그래도 만사에 대비하는 게 나쁘진 않다.

"그렇다 하여도 숨겨진 과거가 하나쯤은 있지 않겠나?"

"저희 역시 여러 방면으로 조사를 하고 있습니다만, 이상하게 찾을 수가 없습니다. 마치 하늘에서 툭 떨어진 것처럼."

"음?"

빈객들이 머저리라고 해도 생각이 없는 건 아니다. 제 딴에는 사는 지역에서 콧방귀깨나 뀐다는 자들 중에 아는 사람이 아무도 없다고?

"호오."

백왕은 생각했던 것보다 훨씬 재미있을지도 모른다는 직감이 들었다.

그때 빈객 중 한 사람이 뭔가 고민하는 게 보였다.

"왜 그러나? 할 말이라도 있나?"

"저 그것이 한 가지 의심이 있긴 하온데."

"있는데?"

"아무리 생각해도 말이 되질 않아서……."

백왕이 피식 웃었다.

"아무렴 어떻겠나. 그냥 말해 보게."

빈객은 잠시 머뭇거리다 말했다.

"어깨 광마를 닮은 것 같다는 말이 있습니다."

"광마? 질주광마를 말하는 것인가?"

"예."

질주광마. 제나라에서 불현듯 나타나서 갑자기 사라져 버린 자.

듣기로는 도왕과 흑왕도 꺾었다 알려져 팔왕 위에 일마(一魔)를 둬야 하는 게 아닌가 하는 말까지 나올 정도였다.

물론 지금은 쏙 들어갔지만.

백왕도 호승심이 들어 만나고자 강호를 이 잡듯이 뒤졌지만 흔적조차 찾을 수 없었다. 그런데 그를 닮았다고?

"아닐 걸세."

백왕은 헛웃음을 흘렸다.

"설마하니 팔왕 급 고수가 누구 따까리 짓이나 할까?"

생각만 해도 어이가 없었다.

*　　*　　*

"그래도 명색이 신인이 남의 따까리 노릇이나 해야 하다니. 에휴! 내 신세야."

지호는 짜증이 얼굴로 땅이 꺼져라 한숨을 내쉬었다.

납탑도인은 뭐가 그리 즐거운지 싱글벙글이다.

"하지만 자네도 보지 않았나? 놈들의 모든 계획은 철기보를 중심으로 돌아가고 있다네. 그걸 뒤집기 위해서는 자네가 이 일에 나서 줘야만 해."

"알고 있으니까 이제 그만 좀 재촉해요. 자꾸 잔소리하면 바로 백왕이란 놈, 모가지 잡으러 갑니다?"

"허허허허허."

차예린은 한 발자국 뒤로 서서 두 사람의 대화를 가만히 듣고 있는 중이지만 도저히 적응이 되질 않았다.

마치 백왕의 모가지쯤은 제 주머니에서 꺼낼 수 있는 것처럼 이야기를 한다. 거기다 보인다느니, 계획이라느니, 조각이라느니, 하는 말들은 그녀로서는 도저히 알아들을 수가 없었다.

하지만 이들이 나누는 대화의 향방에 철기보의 운명이 걸렸다는 것만큼은 안다.

분명 철기보주는 자신이건만.

운명의 향방은 다른 사람들의 손아귀에 놀아나야 한다니.

꽈악.

치맛단을 잡는 손길에 힘이 바짝 실린다.

'이미 신호탄은 쏴졌어.'

지호가 싫다고 딱 잘라 거절했을 때, 그녀는 자존심이 바닥을 치는 것을 느꼈다. 하지만 아무 감정도 담겨 있지 않은 지호의 눈을 다시 마주했을 때에는 아무런 생각도 들지 않았다.

그저 자신이 아직도 배가 불렀구나 하는 생각만 났다. 도움을 청해도 모자랄 판국에 자존심을 내세울 생각이나 하다니.

한편으로 역시 하늘은 철기보를 저버렸구나 하는 낙담에 잠겨 있을 때, 지호는 유쾌하게 웃더니 이렇게 말했다.

"거참, 놀리는 재미도 없는 아가씨네. 도와줄 테니까 좀 웃어. 나중에 나은이 알면 나만 볶인다고."

그 말을 들었을 때는 얼마나 마음이 놓이던지.

"뭐야? 서, 설마 우, 우는 거야? 야! 우, 울지 마!"

안도감이 든 나머지 자신도 모르는 사이에 눈물을 흘렸던 모양이다. 아무도 도와주지 않는 삭막한 현실에 아무런 조건도 없이 순수하게 손길을 내밀어 주는 사람은 처음이었던 탓이다.

그때 차예린은 어쩔 줄 몰라 발을 동동 굴리는 지호를 떠올리곤 살짝 웃었다.

'참 이상한 사람.'

만난 지 얼마 되지 않았지만, 지호는 세간에 알려진 신인에 대한 인상과는 너무 달랐다.

분명 소문으로는 하늘이 내린 구세주였건만.

이렇게 보니 웃을 땐 누구보다 크게 웃고, 당황하고, 화낼 줄도 아는 평범하면서도 뭔가 신비로운 사람이다.

그래서 궁금했다.

왜 자신을 도와주는지.

"왜 도와주냐고? 말했잖아. 나은이 친구라서 그런 거라고. 굳이 한 가지 이유를 덧붙이자면…… 아니다. 말하기가 좀 그러네."

그러면서 씩 웃던 모습에선 슬퍼하는 기색이 느껴졌다. 차예린은 그때 이상하게도 가슴이 울컥했다. 억눌렀던 슬픔을 분출할 뻔했다.

여태 잘 드러내지 않고 잘 숨기고 있었건만.

어째서 그때 그런 감정이 들었는지는 아직도 모른다. 다만, 지호가 자신을 잘 이해해 주는 것 같다는 그런 생각이 들었다.

'마치 내 과거를 모두 보기라도 한 것처럼.'

생각이 꼬리에 꼬리를 문다.

'그러고 보니……?'

차예린은 문득 지호와 처음 부딪쳤을 때에 지호의 눈이 삼색으로 빛나던 것을 떠올렸다.

그때 마치 육체와 정신이 낱낱이 분해되는 것 같은 느낌에 잠기지 않았던가.

그때 혹시 자신의 과거를 보기라도 한 게 아닐까?

'설마.'

차예린은 자신이 생각해도 어처구니가 없는 발상에 피식 웃고 말았다. 아무리 신인이 기적을 행사한다지만 상대의 과거를 보는 게 가당키나 하단 말인가.

다만, 지호를 대할 때마다 기분이 묘하게 다 다른 건 확실했다.

어쩔 때는 이상한 사람이고, 또 어쩔 때는 신기한 사람이며, 또 어쩔 때는 속을 알 수 없는 장난꾸러기다.

그녀가 지호에 대한 것으로 이런저런 생각에 잠긴 동안, 지호는 납탑도인과 이야기를 나누다 물었다.

"그나저나 아무도 믿지 못한다면서? 그럼 일을 시작하기 전에 적아부터 확실하게 구분해야 하는 거 아닙니까?"

*　*　*

"아마도 놈들은 적아부터 구분하려 들 테지. 칼을 빼 들었으면 휘두를 곳을 찾아야 하니. 물론 그네들의 생각 따윈 뻔한 뻔자일 테지만."

백왕은 빈객들을 모아 놓은 곳에서 그렇게 말했다.

차갑게 웃으면서.

백왕의 또 다른 별호, 백(百)에는 무기만이 있는 것이 아니다.

"하면 지금은 자중해야……."

"그럴 필요가 뭐 있는가. 이참에 확실하게 보여 주도록 하지."

"하면 어떻게……?"

"시기를 당기세."

"시기라 하시면?"

백왕이 서역인 출신으로서 차별이 심한 중원을 질타할 수 있었던 이유.

"혼인식 날에 반검맹의 탄생을 선포하게."

바로 담대하고 뛰어난 지략에 있었다.

*　　*　　*

“우리의 백왕께서 알아서 선을 그어 주시니, 우리로서는 자비로운 은혜에 참 감사한 일이긴 한데…….”

지호는 자신을 지그시 째려보는 시선을 느끼고 검지로 근원지를 가리켰다.

“쟤는 뭐냐?”

나무 기둥 사이로 자그마한 몸을 숨기고서 이쪽을 노려보는 녀석. 그 눈빛이 분노로 이글거린다는 것쯤은 바보가 아니라도 잘 알 수 있었다.

눈을 활활 태우고 이를 바득바득 가는 모습이 철천지원수를 눈앞에 둔 녀석 같다.

“제 동생이에요. 산아, 뭐해? 어서 이리 오지 않고.”

“…….”

차예린은 다급히 동생에게 이리 오라고 손짓을 했지만, 차경산은 꿈쩍도 않고 지호를 째려볼 뿐이다.

혼인식을 사흘 뒤로 공표하고 난 뒤, 차예린은 동생을 한 번 봐 달라면서 차경산을 데려왔다. 차경산은 지호가 소중한 누이의 약혼자라는 사실을 알고 경기를 일으켰다. 그 뒤로는 쭉 저런 행동을 취하는 중이었다.

납탑도인이 허허롭게 웃었다.

"허허허허. 아무래도 우리 산이가 응큼한 늑대로부터 제 순진한 누이를 보호하려는 것 같구먼."

"재가 그래도……!"

차예린의 얼굴이 살짝 붉어진다. 그녀는 짐짓 화가 난 척 일어나 그쪽으로 쏜살 같이 달려갔다.

"진짜 저런 애들이 있긴 있구나."

지호는 억지로 뒷덜미를 잡고 끌고 오려는 차예린과 아등바등거리며 버티는 차경산을 묘한 시선으로 봤다.

만약 어떤 얼굴 생판 모르는 남자 녀석이 와서 지수를 데리고 간다고 한다면?

'그땐 쌍수를 들고 환영해야지.'

환영을 하다못해 원한다면 지성과 합심해서 축제라도 벌일 거다. 아마 앓던 이를 쏙 뽑아내는 것만큼 속 시원할 테지.

그런데 재네들은 겉으론 티격태격하는 것처럼 보여도 사실은 둘이서 엄청 아낀다. 남매 사이가 저렇게 애틋할 수 있었던 건가 신기할 정도다.

'그런데 왜 조각의 기운이 저 녀석한테 있는 거지?'

차경산은 드디어 뒷덜미를 붙잡힌 채 이쪽으로 질질 끌려

오고 있었다. 놓으라면서 발버둥 치는 꼴이 꼭 망둥이 같다.

녀석의 주변으로 붉은 기운이 감돈다.

차예린이 잡은 마인보다 훨씬 많은 기운.

"차경산이라고 했죠?"

지호는 납탑도인에게 물었다.

"그렇다네."

"어째서 입마증에 걸리지 않았을까요?"

"나도 그 이유를 모르겠단 말일세."

"억지로 기운을 뽑는다면?"

"해가…… 가지 않겠나?"

납탑도인도 충분히 제 실력으로 조각을 찾을 수 있다. 그래도 함부로 건드리지 못하는 이유. 혹시 조각을 수거하는 와중에 어떤 부작용이 생기지 않을까 하는 우려에서였다.

"반 개."

"음?"

"꼬마에게 박힌 조각의 개수입니다. 반면에 아까 전에 잡은 마인은 몇 개일까요?"

"반의 반개쯤?"

"아뇨. 백분의 일입니다."

"……!"

"즉, 그 정도만으로도 웬만한 고수는 찜 쪄 먹을 수 있을 정도로 강한 마인을 양산할 수 있는데, 마인 오십 명을 만들 수 있는 분량을 저 꼬마가 갖고 있다는 겁니다."

"그 말은?"

"누가 강제로 심어 놨단 뜻이겠죠."

순간, 납탑도인의 얼굴이 붉으락푸르락해졌다. 주먹이 부들부들 떨린다.

"역시 백왕인가?"

"아마도요. 그런데 저렇게 박아 넣었는데도 불구하고 몸이 아픈 정도로만 끝난다는 건 이해가 가지 않아요. 그냥 뽑아 버리려니 우려하신 대로 부작용이 생길 것 같고."

이미 조각의 기운은 차경산의 체내에 어떻게 자리를 잘 잡은 상태였다. 그걸 억지로 끄집어내면 기운의 균형이 깨져 버린다. 그럼 그렇지 않아도 좋지 않은 그릇에 균열이 갈 수 있었다.

'그런데 대체 왜 조각의 반을 꼬마한테 박아 놓은 거지? 그냥 마인으로 만들 거였으면 진즉에 기운을 터뜨렸을 텐데?'

도대체 놈들의 꿍꿍이가 짐작이 가질 않는다.

"어떻게…… 방법이 없겠나?"

"있긴 있죠."

"뭔가?"

“나머지 반 개를 찾아서 이쪽으로 딸려 오게 하면 됩니다.”

“그럼 나머지 반 개는?”

“찾아야죠.”

“으으으으음. 어렵구만.”

지호가 피식 웃었다.

“어려울 게 뭐 있습니까? 백왕 잡아다가 두어 대 때리고 나면 알아서 나불거리겠지.”

“허허허허허.”

납탑도인은 자신과 비견된다는 고수를 아무렇지 않게 두들겨 팬다는 말에 그저 웃을 뿐이었다. 슬픈 건 반박을 할 수가 없다는 점이었다.

“어차피 그 백왕을 잡는 건 얼마 후면 얼마든지 할 수 있을 것이고. 예상했던 대로 저놈들이 큰 맞불을 놓은 셈인데, 이제 어쩔 텐가?”

혼인식과 발족식.

두 행사가 같은 날에 진행된다는 소식에 철기보 내에는 벌써 소란이 있기 시작했다.

“어쩌긴요. 찌를 물었으면 알아서 낚아야지.”

놈들이 미끼는 확실히 물었다.

원했던 대로 적아가 극명하게 갈리게 되었고, 발족식이란 무대가 만들어지면서 여태 백왕이 숨겨 뒀던 전력과 배

후도 나올 수밖에 없게 되었다.

지호는 여전히 티격태격하기 바쁜 차예린과 차경산 남매를 보면서 입꼬리를 말아 올렸다.

"원래 낚시란 게 손맛이잖아요?"

*　　*　　*

사흘 뒤.

혼인식 날.

"역시 없네요."

차예린은 씁쓸하게 웃었다. 그래도 '만약' 이란 생각을 했건만. 결과는 예상 그대로였다.

분명 조촐하게 진행되니 찾아와 달라는 청첩장을 보냈지만, 납탑도인과 취화를 제외하고는 하객이 아무도 없었다.

하지만 분명 오늘 아침 철기보를 찾는 사람은 많았다.

그들이 모두 어디로 갔을지는 보지 않아도 뻔하다.

"어떻게 해 줄까?"

슬픔은 잠시. 차예린은 이를 악물었다. 두 눈에는 불꽃이 활활 타올랐다.

"싹 뒤집어 주세요."

"그럼 간만에 스트레스 좀 풀어 볼까?"

지호는 가볍게 어깨를 풀면서 웃었다.

마치 사냥감을 눈앞에 둔 맹수처럼.

*　　*　　*

“경하드립니다.”

“반검맹이란 조직이 앞으로도 무림의 평화와 무궁한 안녕에 길이길이 빛을 낼 수 있길 빌겠습니다.”

한산한 보주전과 다르게 객청을 중심으로 한 철기보 대부분 구역은 수많은 인파들로 북적였다.

두 행사가 같이 있을 거란 소식에 사람들은 당연히 같이 겸하는 것이라 여겼다. 무림 연합의 탄생이니 만큼 의미가 깊을 것이기에.

하지만 정작 그들을 맞은 것은 두 가지 선택지였다.

혼인식이냐 발족식이냐.

신창선자냐 백왕이냐.

사람들은 고민에 잠겼다.

전자는 철기보의 주인이며 사천 지방에서의 영향력이 크다. 반면에 후자는 타국인이면서 팔왕 중에서도 정체가 가장 베일에 싸여 있었다.

하지만 선택은 오래가지 않아 후자 쪽으로 향했다.

철기보는 지는 해이며, 반검맹은 뜨는 해다.

그것도 강호 무림을 비출 커다란 태양.

거기다 철기보의 오랜 인사들도 발족식에 자리를 차지한 것을 확인한 사람들은 신창선자가 끈 떨어진 연이란 걸 알고 백왕 쪽으로 발걸음을 옮겼다.

덕분에 백왕 앞에는 그에게 조금이나마 눈에 띄고자 하는 인파들로 북적댔다.

"감축드립니다!"

"맹주가 되신 기분이 어떠신지요?"

"허어! 이렇게 많은 명사들을 두고 맹주라니. 입조심하시오. 나는 어디까지나 이 뜻깊은 자리를 빛내기 위해 온 것일 뿐이오."

분명 행사 과정 중에는 맹주를 뽑기 위한 선출식이 있을 예정이다. 하지만 바보가 아니고서야 그게 단순히 명분을 얻기 위한 의식이란 걸 모를 리 없었다.

백왕 역시 겉으로는 말실수한 사람을 질책하는 것처럼 보여도 입꼬리는 살짝 말려 올라가 있었다. 만족한다는 뜻이다.

백왕에게 인사를 마치고 난 뒤에 사람들은 시비와 하인들이 안내해 준 자리로 움직였다.

무사의 명성, 배경, 나이를 참작해 정해진 자리라 불만은 있을지언정, 그것을 겉으로 드러낼 배짱을 가진 이는 아무도 없었다.

아니, 엄두도 내지 못했다는 게 옳았다.

백왕을 따라 가장 상석에 배치된 인사들의 면면을 확인하고 나면 바로 입을 다물 수밖에 없으니.

"저 옆에 계신 분, 적왕 아니야?"

"쉿! 입조심해. 괜히 눈 밖에 나면 큰일이 난다고."

"그나저나 정말 소문으로 듣던 것보다 훨씬 겁이 나는군. 다가가질 못하겠어."

바쁘게 사람들을 대접하는 백왕과 다르게 적왕은 심통이 단단히 난 얼굴로 팔짱을 끼고서 앉아 있었다. 다리를 살짝 꼰 자세에서는 위험한 분위기가 풍긴다.

쉬이익.

적왕을 대신해 움직이는 녀석은 따로 있었다.

웬만한 장정의 팔뚝보다도 훨씬 굵은 구렁이가 적왕의 허리를 감고 일어나면서 주변을 경계한다. 시뻘건 혀를 날름거린다.

사람들은 적왕과 잠깐이나마 대화나 나눌 수 있을까 싶어 근방에 다가갔다가도, 구렁이의 흉측한 눈과 마주하고 나면 자기도 모르게 뒷걸음질을 쳤다.

적왕이 다루는 구렁이는 보통 구렁이가 아니라 알려져

있다.

칠색단혼사.

무지개의 일곱 색깔을 지닌 화려한 모양새지만, 사실 저 머나먼 남만 밀림 지대에서 제왕으로 군림한다는 녀석이다. 내뿜는 독은 한 방울만으로도 황소를 죽이고, 때로는 새끼 코끼리도 꿀꺽 삼킨다는 녀석.

실제로 적왕과 대적했던 자들 중 대다수가 그와 부딪치기도 전에 칠보단혼사에게 중독되거나 먹혀서 죽은 것을 감안한다면, 단순한 미물이라 하기 어려웠다.

녀석은 영물이다.

또 어디 그뿐인가.

적왕 옆에는 다른 의미로 다가가기 힘든 한 노인이 염주를 굴리며 조용히 눈을 감은 채 앉아 있었다.

허름한 가사를 입고 삐죽삐죽 잔머리가 솟았다.

겉으로 보기엔 그냥 길거리에서 쉽게 볼 수 있는 탁발승으로만 보인다.

하지만 사람들은 혹시 노승의 명상을 방해할까 싶어 주변을 다닐 때는 절대 큰 소리를 내지 않았다. 걸을 때조차 까치발을 들어 조심스레 다녔다.

"권왕까지 오다니. 팔왕 중 세 분을 이 자리에서 모두 뵈었다고 하면 아무도 안 믿을 거야."

"왜 아니겠는가? 게다가 권왕께서 때때로 명상에 잠기시는 이유가 석가여래께서 계시를 내리시는 것 때문이란 말이 있던데. 대체 무슨 생각을 하고 계실까!"

청왕 납탑도인과 마찬가지로 무림을 떠돌며 불쌍한 처지의 사람들을 도와주고 불우한 일을 그냥 지나치지 못한다는 권왕, 혜가는 많은 이들의 존경을 받기에 충분했다.

하지만 모두가 같은 마음인 건 아니었다.

귀엽게 생긴 동자승이 다람쥐처럼 입 안에 당과를 넣고 오물거리면서 노승의 소맷자락을 잡아당겼다.

"사부님. 사부님."

계속되는 채근에도 혜가는 묵묵부답이었다. 사람들은 말려야 하는 게 아닌가 싶었지만, 혜가가 말년에 거둔 제자라 밝혀 어떻게 달랠 수가 없었다.

"사부니이이이이임!"

"으으음. 왜 그러느냐?"

혜가는 게슴츠레 눈을 뜨며 동자승을 봤다.

"사부님, 자요?"

"허허허허. 잠이라니. 부처님의 말씀을 되짚어 보고 있었던 것일 뿐이란다."

"입가에 침 묻었어요!"

"허허허허허허. 이건 침이 아니라 부처님께서 중생들을

위해 흘린 눈물이란다."

혜가는 되도 않는 말을 지껄이며 아무렇지도 않은 척 재빨리 손등으로 입가를 훔쳤다.

"그래. 한데, 왜 부른 게냐?"

"심심해요. 놀아 주세요!"

혜가는 칭얼거리는 막내 제자의 머리를 쓰다듬었다.

"허허허허."

"또 이런 식으로 어물쩍 넘기지 말고요오오오!"

"허허허허허허허!"

혜가는 피식피식 웃음이 나왔다.

너무나 귀여운 아이가 아닌가.

—본래부터 이곳에 땅이 있어 씨를 뿌려 꽃이 핀다지만, 원래 씨는 없던 것이니 꽃도 역시 피는 것이 아니로다. 그대는 씨를 심는가? 꽃을 틔우려는가?

어느 날, 면벽참선을 하던 중에 관세음보살께서 나타나 내리신 계시(啓示).

혜가는 그 말뜻을 해석하고자 석 달 동안 식음을 전폐하고 매달리다 결국 제자와 함께 세상으로 나왔다.

아직도 계시의 정확한 뜻은 모른다.

하지만 이 아둔한 머리로 관세음보살의 깊으신 뜻을 조금이나마 유추해 보자면, 자신이 할 일은 씨를 심는 것이고 꽃은 후대의 아이들이라는 점이었다.

제 딴에는 애늙은이인 척 구는 막내 제자도 보통 또래의 아이들처럼 떼를 쓰고 놀기를 좋아하는 아이다. 문제는 그것이 지극히 당연한 일인데도 지금 세상은 그게 너무 힘들다는 점이었다.

도처에 부모를 잃은 고아들이 넘쳐나고, 배가 고파 사람을 잡아먹기까지 하는 일이 당연한 세상.

이 아이가 어른이 되었을 때에는 더 이상 그런 일이 없게 만드는 일.

그것이 꽃이라 여겼다.

그리고 자신이 심을 씨앗은 반검맹으로 택했다.

설사 그것이 백왕이라는 간웅에게 힘을 실어 주어 새로운 혼란을 야기할지라도, 환란을 조금이라도 희석시킬 수만 있다면 무엇이든지 할 수 있었다.

때마침 웅성거리는 소리와 함께 백왕이 만인 앞에서 저벅저벅, 단상에 오르고 있었다.

만약 저자가 원하던 씨앗이 되지 못한다면?

'이 한 몸 업보를 짊어지어 지옥으로 가 수많은 중생들을 구할 수만 있다면야.'

부처를 만나면 부처를 죽여야 하는 법.

그는 마구니로 타락하는 한이 있더라도 스스로 조각을 모아 환란을 종식시킬 생각이었다.

혜가가 이런저런 생각을 가지고서 작은 기도와 함께 눈을 뜰 무렵,

"귀빈들 모두 공사다망하면서도 제 시간을 내주면서까지 자리를 뜻 깊게 빛내 주어 감사드리오."

드디어 발족식이 시작되었다.

"너무 소란스럽게 있지 말고 옆에 앉아 있으려무나."

"힝."

동자승은 뺨을 뿌루퉁하게 부풀리면서 어기적어기적 혜가 옆에 앉았다.

주변에 어른만 많고 제 또래는 보이지도 않으니 심심하기만 하다. 절간 생활이 갑갑하니 바깥나들이를 해 보지 않겠냐는 꼬드김에 넘어간 게 죄라면 죄였다.

백왕은 단상에서 은은하게 사자후를 담아 말을 이어 나갔다. 윙윙 울리는 목소리가 마치 옆에서 떠들어 대는 것처럼 멀리까지 구석구석 울린다.

"오늘날, 해와 달이 사라지는 믿기지 않은 사건이 발생하면서 수많은 백성들이 도탄에 빠지게 되었소. 하지만 관부와 조정은 이를 제대로 대처하지 못하고 휘둘리기만 하

면서 귀빈 내외분들을 포함한 수많은 무림의 인사들은 우려의 뜻을 표하지 않을 수 없게 되었소이다…….”

혜가는 툴툴대는 제자의 머리를 쓰다듬으면서 백왕의 연설을 가만히 듣기만 했다. 그러다 살짝 눈살을 좁혔다.

'때에 따라서는 조정을 부정하는 언사가 될지도 모르겠구나. 역시 백왕은 더 큰 것을 보는 것인가?'

쇠락하는 진나라는 절대 반검맹을 당하지 못한다.

사람이 힘을 가지게 되면 더 큰 곳을 노리는 것은 당연한 일인 걸까.

'아미타불. 결국 머나먼 정토로 떠나게 되면 손에서 놓아야만 하는 보잘것없는 것들인 것을. 어찌 풍진에 그토록 목을 매단단 말인가?'

혜가는 백왕의 눈을 따라 번뜩이는 욕망을 읽고 씁쓸하게 웃었다. 아마 그것은 백왕과 뜻을 같이 한 이들도 크게 다르지 않으리라.

"……그러던 차에 검마와 같은 자가 나타나 백성들을 누란의 위기로 몰아넣으니, 어찌 무림에서 작게나마 명성을 얻는 입장이 되어 가만히 있을 수 있겠소이까? 이에 소인을 포함한 세 명의 왕이 한데 뜻을 모으고, 감사하게도 철기보가 이것을 지지해 줌에 따라…….”

검마를 잡겠다는 것은 단순한 명분에 지나지 않는다.

세를 집약시키려는 명분.

"……해서 부족하지만 본인이 잠시나마 맹주 직을 맡게 되었소이다. 혹 이번 맹의 결성에 대해 이의나 의문이 있는 분이 계시다면 고견을 듣고자 하오. 이 자리는 신분과 배경을 막론하고 모두가 허심탄회하게 이야기를 나눌 수 있는 장이 되었으면 하오이다."

백왕이 웃는다. 정말 자애롭고 푸근하게 느껴진다.

하지만 정말 허심탄회하게 이야기하기 위해 나설 사람은 아무도 없었다. 앞으로 무림의 제왕이 될 게 분명한 백왕에게 찍히고 싶은 이는 없을 테니.

백왕의 입꼬리가 더 크게 벌어지며 송곳니가 살짝 드러났다.

이제 되었다.

모두가 무언으로 긍정을 표한다.

고향을 떠나 아무도 없는 이곳으로 흘러올 때까지.

언제나 외지인으로만 살아야 했던 그는 드디어 처음으로 만인이 보는 앞에서 지존의 자리에 오를 수 있게 되었다.

다만, 걸리는 점이 있다면 여태 철기보주와 청왕 쪽이 너무 조용하다는 것이었지만, 더 이상 대세는 거스를 수 없었다.

'꼬리를 말고 도망쳤나 보군.'

백왕은 생각보다 심심하면서도 즐거운 결과에 만족하면서 서서히 입을 열었다.

"하면 모두의 뜻이 한데 모인 것으로 알고 미천하게나마 본인이……!"

"우린 동의한 적 없는데?"

백왕의 사자후 따윈 모기 울음소리만큼 작다고 느껴질 정도로 어마어마한 소리가 하늘에서 쩌렁쩌렁하게 퍼져 나간다.

우르르!

"으윽!"

"대체 뭐지……?"

사람들은 저마다 귀를 막으며 고통에 차 얼굴을 찡그렸다. 소리가 들린 뒤쪽으로 고개를 돌린다.

거기엔 지호가 껄렁대며 걸어오고 있었다.

그 뒤를 따라 혼인식 준비를 위해 화려한 치장을 해 어느 때보다도 아름다운 차예린과 영 못마땅해하는 표정이 가득한 차경산, 그리고 허허허, 너털웃음만 흘려 대는 납탑도인이 걸어왔다.

"청왕!"

"철기보주, 이게 대체 무슨 소란이오!"

그들을 알아본 사람들의 표정이 일그러진다. 몇몇은 부끄러운 나머지 시선을 슬쩍 돌리기도 했다.

"야, 이 사람들 보게? 집주인 허락도 없이 이게 뭔 짓들이야? 어쭈? 이건 또 뭐야? 꽃? 아예 작정을 하고 자리를 깔았구먼. 쯧쯧쯧! 다들 방 안 빼?"

지호는 화려하기 짝이 없는 발족식 자리를 둘러보면서 기도 안 찬다는 표정으로 콧방귀를 꼈다.

명사들의 표정이 딱딱하게 굳는다. 예의를 중시하는 그들의 입장에서 지호의 태도는 절대 용납 못할 행동이다.

"청왕, 이게 무슨 짓이냐 묻지 않소!"

가장 앞줄에 앉아 있던 이가 벌떡 일어나 소리친다.

선우경단. 명색이 철기보의 장로이면서도 가장 먼저 백왕에게로 갈아타 철기보를 팔아 치웠던 자였다.

그는 턱수염을 부르르 떨면서 윽박을 질렀다.

납탑도인은 죽은 창왕과 오랜 벗이었던 탓에 장로들과 면식이 있었다. 어깨를 으쓱거린다.

"내게 물으셔도 어찌 대답할 도리가 없다오. 보다시피 제자 녀석이 저렇게 천방지축이라."

"청왕!"

"아, 시끄러워 죽겠네. 이보쇼, 영감님."

지호가 선우경단 앞에 선다.

“여, 영감?”

선우경단의 얼굴이 분노로 붉으락푸르락해진다.

“그럼 그 나이에 형님 소리를 듣고 싶어요? 이야, 양심도 없네.”

“이노오오오옴!”

지호는 검지로 귓구멍을 막으면서 인상을 찡그렸다.

“나이 드셔서 귀가 잘 안 들리는 건 알겠는데, 죄송하지만 새파랗게 젊은 저는 생생하게 잘 들리거든요? 목소리 좀 낮추죠?”

“네놈이 죽고 싶어서 환장했……!”

“에이. 척 봐도 내가 영감님보다는 더 오래 살겠구먼.”

풉! 웃는 소리가 여기저기서 들린다.

뒤쪽에 있는 차예린과 차경산도 억지로 웃음을 참는 모습이 보였다.

입심으로 당할 녀석이 아니다. 선우경단은 이대로 있다가는 자존심이 바닥에 떨어지겠다는 생각에 지호를 무시하고 다시 납탑도인을 돌아봤다.

“청왕, 이 제자라는 놈을 치우시오. 당장 그러지 않으면 치도곤을 치를 것이오! 이 자리가 어떤 자리인데 감히……!”

"이 자리가 어떤 자리인데?"

갑자기 공기의 흐름이 바뀐다. 사람들의 표정이 굳어진다. 선우경단은 턱밑이 막혀 오는 걸 느끼며 목소리가 들린 쪽으로 시선을 돌렸다.

그 순간,

꽈아악!

손바닥이 단숨에 선우경단의 목젖을 틀어쥔다.

"컥!"

분명 느릿한 손동작인데도 불구하고 이상하게 선우경단은 몸을 움직일 수가 없었다.

선우경단의 발이 허공에 붕 뜬다.

그가 놓으라며 발버둥을 치지만, 지호는 꿈쩍도 않았다. 숨을 못 쉬면서 안색이 시퍼렇게 변한다.

좌중은 아주 잠깐 경악에 잠기고 말았다.

선우경단이 누구던가!

제아무리 행동거지가 경박하고 백왕에게 꼬리를 흔들어 대서 '개'라고 불린다지만, 가진 바 실력만 따진다면 철기보 내에서도 세 손가락 안에 꼽힌다고 알려진 자다.

그런 자가 단순히 기백에 눌려 붙잡혔다. 팔왕과 비교해도 크게 뒤지지 않는다는 고수가.

"여긴 차 씨네 집이지, 당신네들 놀이터가 아냐. 그런데 뭐? 반검맹? 말은 똑바로 해. 강호의 도의니 뭐니 지껄여 대면서 권력 놀음을 하고 싶은 거지. 너네들이 하는 짓은 그냥 강도짓이야. 강도짓. 뒷동네 양아치 새끼들이랑 다를 게 없다고."

지호가 짓는 웃음은 어딘지 모르게 차가웠다.

"놈! 그 손, 놓지 못하겠느냐!"

몇몇 장로들이 정신을 차리고 자리에서 일어나 소리를 지른다.

지호는 그쪽으로 시선을 돌렸다.

"그렇게 바란다면야."

그 말과 함께,

"못할 것도 없지."

콰아앙!

선우경단을 그대로 땅바닥에 내리꽂았다.

단단한 대리석 바닥이 뭉개진다. 그 위로 선우경단이 피떡이 된 몰골로 대가리를 처박았다. 코뼈가 내려앉고 이가 우수수 빠진다. 얼굴은 피범벅이 되어 눈자위가 뒤집혔다.

그것이 도화선이 되었다.

"선우 장로!"

"감히 장로님께 손을 대다니!"

"이곳이 어느 자리인 줄 아느냐!"

쉬시시시식!

자리 곳곳에서 장로며 명사들이 팔걸이를 팔로 툭 치면서 허공으로 치솟는다. 그들은 선우경단이 입은 화를 자신의 일처럼 여기고 있었다.

장차 무림을 지배할 조직의 발족식이다.

작은 소란이면 모르되, 여기서 더 커지게 되면 앞으로 세간의 인식에 부정적인 영향을 끼칠 수 있었다.

무엇보다 상대는 철기보주의 남편이자 청왕의 제자라지 않은가! 민중이 가진 차예린과 납탑도인에 대한 선망은 무시할 수가 없는 수준이었다.

처리하려면 발 빠르게 처리해야 한다.

명사들에 이어 만약의 사태에 대비해 경계를 서고 있던 무사들까지 움직인다. 철기보 소속의 무사들뿐만 아니라, 여러 명사들이 대동한 호위들까지 검을 뽑아 지호를 베고자 했다.

족히 백여 개는 넘을 거센 칼바람이 사방에서 한껏 불어닥친다.

그런데도 지호는 여유롭게 휘파람을 불었다.

휘이익!

"이야, 이젠 아예 막나가자는 거네?"

그러면서 피식, 웃는다.

"뭐, 바라던 바지만."

그 순간,

쐐애애애애액!

백여 개의 칼바람과 그림자가 지호를 덮치고,

화아악!

어디선가 뜨거운 열풍과 함께 칼바람 사이로 황금빛 광채가 터져 나왔다.

콰르르르르르르릉!

굉음과 함께 뇌전이 사방으로 폭사한다. 샛노란 뇌기가 그물망처럼 퍼져 만선이 된 배처럼 무사들을 모두 묶어 버리고, 후끈한 후폭풍이 장내를 휩쓴다.

무사, 명사, 고수, 어느 누구 하나 가릴 것 없이 비명을 질렀으나, 굉음에 파묻혀 들리지도 않는다.

그들은 마치 가을철에 떨어지는 낙엽처럼 마구 바닥을 나뒹굴었다. 그들이 구른 자리에는 시꺼먼 그을음이 남고, 그 위로 노란 뇌기가 튀었다.

콰르릉! 콰릉! 콰르르르르르……!

무사들이 나가떨어진 뒤에도 뇌기는 그칠 줄 모르고 계속 이어진다.

어느 누구 하나 일어날 기미를 보이지 않는다. 감전되어 몸을 떨기만 할 뿐이다. 숨통이 끊어진 사람도 더러 있는 듯했다.

굉음이 사라지고, 적막이 내려앉는다.

오로지 지호만이 심심하다는 듯 고개를 외로 꼴 뿐.

"뭐야? 이게 끝이야?"

"……."

"……."

하지만 어느 누구도 답변을 하지 못했다.

그만큼 좌중이 받은 충격은 컸다.

나서는데 몇 박자 늦거나, 느긋한 마음으로 만용을 부리는 지호를 구경하려던 이들은 금붕어처럼 입을 벙긋거리기만 했다.

오만한 자세. 껄렁이는 말투. 세상을 불사르는 열 폭풍과 눈을 멀게 만드는 뇌전. 과연 뒤에서 관망하는 납탑도인이 나서도 가능할까 싶은 팔왕 급의 고수.

그리고…… 황금색으로 빛나는 눈.

사람들의 머릿속에 공통적으로 떠오르는 이름이 있었다.

일 년 전에 폭풍처럼 나타났다가 사라진 자. 제나라의 무림을 쑥대밭으로 만들고, 홀로 오호문을 궤멸시킨 고수. 도왕과 흑왕마저 꺾었다는 이.

이후 소식 한 자 들리지 않던 자가, 이곳에 다시 나타나 버렸다.

"지, 질주광마!"

"광마다! 광마가 나타났다!"

경악은 이제 불신이 아닌 혼란으로 변한다.

지호는 한쪽 입꼬리를 말아 올리면서 단상 위에서 표정이 딱딱하게 굳은 백왕에게로 손가락을 까닥거렸다.

"어이, 코쟁이."

백왕의 눈썹이 꿈틀거린다. 서역 출신인 그가 중원으로 와서 가장 많이 듣던 소리. 하지만 그렇게 말했던 놈들은 모두 모가지가 잘려 나갔었다.

그런데 또 그렇게 말하는 놈이 나타날 줄이야.

물론 지호는 그딴 걸 배려할 성격이 절대 아니다.

"모가지 아프니까 이제 그만 좀 내려오지?"

으드득!

백왕이 으스러져라 이를 간다.

"네놈이…… 죽고 싶은 게로구나."

참는 데도 한계가 있는 법이다.

하물며 자신이 지난 일 년 동안 겨우겨우 공을 들여 만들어 놓은 반석이 통째로 흔들리고 있는데 어찌 참을 수 있을까.

하지만 백왕은 곧바로 나서지 않았다.

'놈은 절대 내 아래가 아니다!'

인정하기 싫지만 훨씬 위였다.

그러나 이미 많은 사람들이 보는 앞에서 망신살을 뻗쳤으니, 수습하기 위해서라도 백왕은 지호를 압도적으로 때려눕힐 필요가 있었다.

'그렇다면!'

그는 지체하지 않고 품에서 붉은 석영을 꺼냈다.

새끼손톱만 한 크기의 아주 작은 조각.

"먹는 건 자유다만, 명심하는 게 좋을 거야. 검마와 같은 꼴이 될 수 있으니까. 천하의 백왕이 그런 꼴이 되면 그것도 참 볼만하겠지만 말이야."

이것을 준 자는 석영을 먹으면 전설 속 선인들을 능가할 힘을 얻을 수 있지만, 감당하지 못하면 마인과 같은 꼴이 될 거라 경고했다.

하지만 백왕은 자신을 믿었다.

자신이 누군가?

서역의 왕족이자, 무림의 제왕이 될 사람이다.

병신 같은 검마와 같은 꼴이 될 리 없잖은가.

백왕은 지호의 눈빛이 살짝 변했다는 것도 눈치채지 못

하고 조각을 입 안에 털어 넣었다.

와그작.

잘게 씹어 먹자 뜨거운 열기가 온몸 가득히 퍼진다.

"흡!"

무한한 공력이 휘몰아쳤다.

'과연 검마를 있게 한 힘이로다!'

눈이 시뻘겋게 달아오른다.

마성이 단숨에 이성을 반쯤 잡아먹으면서 진득한 살기가 퍼져 나왔다.

그나마 싸움판에 끼어들지 않았던 사람들의 안색이 살짝 변한 것을, 백왕은 눈치채지 못했다. 아니, 알았지만 신경 쓰지 않았다.

지금은 질주광마를 죽여야 한다는 생각만 가득했다!

크르르르.

짐승처럼 송곳니를 잔뜩 드러내며 울부짖는다.

백왕은 이미 마인이 되어 있었다.

"놈! 네놈과 철기보주의 머리통을 같이 잘라 성벽에다 걸어 주마!"

쾅!

백왕은 단상을 으스러져라 세게 박찼다.

몸이 탄환처럼 튕겨 나가 허공으로 치솟는다.

동시에 발치에 뒹굴던 사람 키만 한 크기의 궤짝도 똑같이 떠올랐다.

츄츄츄츄츄츗!

백왕의 손짓에 따라 궤짝이 변화를 시도한다.

궤짝 끝에 다섯 개의 홈이 깊게 파이더니 다양한 무기가 잔뜩 쏟아졌다. 곤, 비수, 도끼, 검, 도 등 일관성이라고는 하나도 찾을 수 없는 것들.

하지만 백왕은 아주 능숙하게 양손으로 검과 도를 잡아 손잡이를 한데 맞물렸다. 철컥, 하는 소리와 함께 하나로 연결되니 창이 된다. 그 위에 곤을 덧씌우며, 창날 부근에 비수와 도끼를 잡아 끄트머리에 단다.

괴상망측한 형태의 길쭉한 무기.

하지만 이것이야말로 백왕이 자랑하는 백여 가지의 병기술을 한데 취합한 백병귀였다.

백왕은 질주광마가 결코 자신의 아래가 아니란 걸 알았다. 그러니 평생을 공들여 만든 절기로 단숨에 찍어 누를 셈이었다.

쐐애애애애액!

때마침 지호 역시 땅을 으스러져라 박차며 백왕에게로 쇄도했다.

하지만 아무런 무기도 손에 들지 않고 있어 마치 서슬 퍼런 칼날이 살아 있는 처형대에 스스로 걸어 들어가는 것처럼 보일 정도였다.

묵직한 도끼날이 지호의 정수리를 찍으려는 찰나,

"멍청하긴."

지호는 싸늘한 조소와 함께 주먹을 너무나 가볍게 날렸다.

콰아아아아아앙!

하지만 실린 힘은 절대 가볍지 않았다.

금강석(다이아몬드)보다도 더 단단하다고 자부했던 백병귀가 잘게 부서져 폭죽처럼 사방으로 튀어 나간다. 칼날에 맺혀 있던 태양의 열기는 너무나 싸늘하게 식어 버렸다.

도무지 믿기지 않는다는 표정으로 백왕의 낯이 일그러진다.

그가 시야에서 마지막으로 본 것은, 부서진 잔해 사이로 파고들어와 무릎으로 제 명치를 찍어 누르는 지호의 모습이었다.

퍼어어어억!

늑골과 흉골이 통째로 으스러지면서 내장이 파열된다. 칠공으로 피가 잔뜩 쏟아진다.

백왕은 뒤집힌 눈자위로 끝까지 이럴 수는 없다는 표정을 짓다가 고개가 그대로 넘어갔다.

무림의 제왕을 꿈꾸던 자의 허망한 말로였다.

그리고,

파스스스스.

차예린이 마인을 상대했을 때와 마찬가지로, 칠공을 따라 붉은 연기가 흘러나온다.

"찾았다."

지호가 찾은 건 태양의 조각만이 아니다.

바로 숨겨진 다른 조각 '들'의 '모든' 흔적이었다.

*　　*　　*

"우선 신위를 쟁탈하고자 하는 선인은 한둘이 아니라는 것을 미리 말해 둠세. 그들의 목적은 단 하나. 조각을 모두 모아 스스로가 태양의 신이 되길 바라고 있다네."

납탑도인은 자신과 천계의 신들이 세운 계획의 개요를 설명하면서 그렇게 말했다.

"하지만 선인들은 골치가 아팠어. 제천대성의 후예이자 동주칠마왕을 배경으로 둔 자네는 선인들에게도 너무 부담스러웠지. 또 어디 그뿐인가? 절교가 한참 나대고 있으니 몸을 최대한 사릴 필요가 있었다네."

"하지만 선인들은 어떻게든 신이 되고 싶었어. 몰래 조각을 수거하는 것도 하루 이틀일 뿐. 계속할 수는 없는 노릇이니. 그래서 의견을 하나로 도출했다네."

"하나의 조직을 만들자고 한 것이지."

"그 조직이 바로 반검맹."

"그리고 하나로 모인 김에 조각을 찾기 훨씬 수월하도록 아예 체재를 만들기로 했다네. 물론 적당한 명분으로 포장해 인간들을 모았지."

"하지만 여전히 골칫거리가 있었어. 뭐냐고? 말하지 않았나. 저들이 되도 않은 조직을 만든 건 바로 자네 때문이라고."

"맞네. 반검맹의 목적은 조각을 찾는 것이네만,

사실 최종 목표는…….”

“바로 자네를 치는 것이라네.”

생각해 보면 참 우스운 일이다. 기본적으로 백 년 이상 살았을 사람들이, 일반 사람들에게는 전설 속 동경의 대상이나 다름없는 이들이, 제 욕심 하나 채우고자 이십여 년밖에 살지 않은 자신을 잡으려 한다는 것이.

아무리 깨달음이 높고 정신 수양이 깊어도 결국 인간의 탈은 벗지 못하는 걸까?

반검맹.

분명 검마를 잡는다는 명분으로 만든 조직은, 사실 선인들이 흑막 뒤에서 세상을 뜻대로 주무르고자 만든 꼭두각시에 지나지 않았다.

편하게 자리에 앉아 인간들을 움직여 조각을 찾게 하고, 나아가서는 신위에 가장 가깝고 조각도 많이 가진 지호를 끌어들이기 위해 만든 꼭두각시.

절교만 해도 머리가 아파 죽을 지경이건만.

어째서 이런 놈들까지 신경 써야 되는 거지?

‘빌어먹을 놈들.’

지호는 그게 짜증이 났다.

스스로 나설 용기는 쥐뿔도 없으면서 제 욕심만 탐하는 이기적인 녀석들이.

그러면서도 뭐?

선인이라고?

지랄!

오냐.

너희들이 그렇게 나온다면 나도 가만히 당하고 있지는 않는다.

정말 제대로 뒤집어 줄 테니 한번 해보자!

그래서 지호는 사흘 동안 꾹꾹 눌렀다.

하루하루가 천금과 같은 그에게는 아주 소중한 시간이었지만, 더 큰 것을 위해 억지로 눌러야 했다.

놈들이 원하는 대로 내버려 둔다. 조직을 구성하건 말건 간에, 함정을 만들건 말건 간에 가만히 지켜본다.

그리고 녀석들이 한 자리에 모인 지금.

'터뜨린다!'

이미 흔적도 찾지 않았는가.

화아아악!

오른쪽 눈 위로 붉은빛을 틔운다.

해의 기운을 쫓아, 곳곳에 숨은 흔적들을 찾아.

지호는 눈앞에 놓인 백왕의 조각을 바로 수거하지 않았

다. 대신에 있는 힘껏 뇌벽세를 터뜨려 조각을 그대로 후려쳤다.

"저, 저런!"

"미친!"

자리에 앉아 있던 이들 중 지호가 뭘 하려는 건지 알아본 이들은 놀란 마음에 벌떡 자리에서 일어났다.

하지만 그 전에 이미 조각은 으깨지고 말았다.

파아아아아아앙!

조각이 잘게 부서진다.

커다란 환란을 일으킬 만큼 엄청난 힘의 덩어리가 폭발하면서 사방으로 엄청난 열 폭풍이 불어닥친다.

잿빛 하늘이 이대로 불살라지는 것은 아닐까 싶을 정도로 커다란 불길이 하늘 가득히 퍼진다.

콰콰콰콰콰콰콰! 화르르르르르륵!

열팽창 때문에 대기가 그대로 떠밀린다. 불똥이 소나기가 되어 후두둑 아래로 떨어진다.

이미 발족식이 있던 객청은, 아니, 철기보는 쑥대밭이 되고 말았다.

어마어마한 열 폭풍이 휩쓸고 지나가면서 전각이 통째로 으스러지고, 그 위로 진한 그을음이 남아 버린다. 대기가 아지랑이처럼 출렁이며, 곳곳에서 싹을 틔운 불씨가 금세 번져서 장원을 송두리째 태워 먹었다.

*　　*　　*

"도망쳐!"

"역시 질주광마인가!"

사절단은 질주광마가 오호문에 이어 이번에는 철기보를 망가뜨리려 한다면서 부리나케 달아나기 시작했다. 몇몇은 이미 지호에게 당해 쓰러진 동료와 어른들을 업느라 정신이 없었다.

혼란이 가득한 객청.

이미 발족식은 파탄이 난 지 오래였다.

"따…… 뜻해."

차경산은 다른 사람들과 다르게 하늘을 황홀하게 젖은 눈으로 쳐다봤다.

납탑도인이 부적을 뿌려 그들을 열기로부터 보호해 주고 있다지만, 차경산은 왠지 모르게 하늘에 퍼지는 불기둥과 열 폭풍이 가깝게만 느껴졌다.

건드리면 쏙 하고 빨려 들어갈 것처럼.

차예린과 납탑도인은 그런 차경산을 안타까운 시선으로 지켜봤다.

그때였다.

"보주! 대체 이게 무슨 짓이오! 당장 이것을 멈추지 못하겠소이까!"

혼란을 겨우 수습한 장로들이 이쪽으로 달려온다. 그들은 이미 옷깃이 흐트러지고 머리칼과 수염이 그을려 종전에 거드름을 피우던 것과는 전혀 상반된 몰골이었다.

차예린이 싸늘하게 웃는다.

"뭘 말인가요?"

"철기보가 무너지고 있지 않소이까!"

"그게 뭐가 잘못 되었나요?"

"대체 뭔 소리를 하는 게요! 삼백 년의 역사가 어린 곳이외다! 돌아가신 창왕의 넋이 깃든 곳을 정녕 망가뜨리려 하……!"

"네놈들의 더러운 입 따위로 함부로 아버지의 이름을 더럽히지 마라!"

"……!"

장로들의 안색이 딱딱하게 굳는다.

차예린은 서슬 퍼런 기세를 드러내고 있었다. 마인을 사냥할 때처럼. 창을 꽉 쥐며 당장에라도 네놈들의 목을 날려 버리겠다는 듯이.

"그리도 아버지와 보의 안위를 생각했다는 작자들이 함

부로 보를 다른 자들에게 넘기려 했는가!"

장로들은 입을 꾹 다물었다. 무슨 변명이라도 하고 싶었지만 할 수가 없었다.

그만큼 차예린의 기세가 너무 거셌다.

마치 죽은 창왕을 떠올리게 할 만큼.

"그래서 내가 직접 부탁하였다! 보에 묻은 더러운 것들을 씻기 위해서! 설사 하나도 남지 않는다 하여도 후회치 않는다. 멍청하게 근본도 모르는 자들의 주구 노릇을 할 바에는, 차라리 없어지는 게 나을 수도 있으니."

"무슨……?"

주구?

단순히 백왕의 개 노릇을 한다는 의미가 아닌 걸 깨달은 장로들은 무슨 소리냐고 물으려 했다.

하지만 차예린은 말할 기회를 주지 않았다.

"연기 그만하고 나오시는 게 어떨까? 이 안에도 분명 있을 텐데?"

그 말이 끝나기 무섭게,

츄츄츄츄츄츄츄!

갑자기 불길 가득한 하늘에서 뭔가가 유성우처럼 아주 기다란 궤적을 그리며 떨어지기 시작했다. 지호가 부순 조각의 조각이 형태를 유지하기 위해서 더 큰 조각이 있는 곳으로 움직이는 것이다.

그리고 그 조각이 있는 곳에는,

“제길!”

선인이 숨어 있었다.

“저, 저, 저……!”

“어찌 저 아이가!”

장로들 중에서 가장 말이 없던 막내 장로가 갑자기 하늘 높이 치솟는다. 조각의 조각은 마치 자석처럼 딸려와 그에게로 향하고 있었다.

믿기지 않는다는 표정을 짓는 다른 장로를 뒤로하고, 막내 장로의 얼굴은 잔뜩 일그러져 있었다.

때를 기다렸다가 지호를 칠 생각이었던 그로서는 전혀 생각지도 못한 방식으로 정체가 발각될 줄 몰랐기에 짜증이 단단히 났다.

당장에라도 차예린의 목을 날려 버리고 싶었다.

“네놈들 때문에……!”

하지만 아래쪽에서 그를 올려다보던 차예린은 냉소를 날렸다.

“우리 걱정보단 자기 안위부터 걱정하는 게 어떨까?”

“……!”

무슨 말인가 싶어 고개를 든다.

그와 더불어 주변에 치솟은 선인들 모두가 고개를 하늘로 들었다.

그들은 막내 장로와 마찬가지로 허드렛일을 하던 하인이거나, 명사로 참여한 자거나, 이름 모를 무사거나 했던 사람들이다.

모두 적게는 하나, 많게는 세 개 이상씩 조각을 가진 선인들.

하지만 선인들의 안색이 단번에 하얗게 질렸다.

"내려라."

어디선가 울려 퍼진 신의 목소리와 함께,

콰르르르르르르르릉!

불기둥과 열 폭풍이 뒤범벅이 되어 붉게 물든 하늘 곳곳에 구멍이 숭숭 뚫리면서 눈이 멀 정도로 샛노란 수십 개의 벼락이 그들의 머리 위로 떨어졌다.

십여 명의 선인들은 화들짝 놀라면서 재빨리 가진 바 재주를 모두 털었다.

어떤 선인은 기다란 검을 뽑아 허공에다 내긋고, 부적을 던져 방패로 쓰는 사람이 있는가 하면, 허공을 박차 도망치기를 시도하는 자들도 있었다.

하지만 벼락은 하늘과 땅 사이에 존재하는 가장 빠르고 강한 힘.

더구나 여의봉의 기운까지 깃들었다면 두말할 나위가 없다.

벼락은 단숨에 선인들이 부리던 재주와 보패를 박살 내 버렸다.

콰콰콰콰쾅!

"컥!"

"크아아악!"

하늘 곳곳에서 선인들이 비명을 지른다.

몸이 철저하게 망가진 그들은 피를 잔뜩 뿌리면서 지상으로 힘없이 추락한다. 버티지 못하고 절명한 자들도 있었다.

도피를 시도한 자들도 별반 다르지 않았다.

이미 그들이 갖고 있던 조각이 피뢰침 역할을 한다. 벼락은 도리어 방향을 꺾어 녀석이 있는 쪽으로 같이 떨어졌다.

어떻게 운 좋게 피했어도 벼락은 한 번만 떨어지는 게 아니었다.

쿠르르르르릉!

몇 번씩이고 벼락은 선인들의 머리맡으로 떨어지고,

쿠쿠쿠쿠쿠쿠!

그때마다 선인들은 피를 토하면서 바닥을 잔뜩 굴러야만 했다.

이미 지호는 금오도라는 절교의 본단도 혼자서 무너뜨렸던 적이 있다.

제아무리 지금의 선인들이 절교의 허섭스레기 같은 선인들과는 비교도 할 수 없을 정도로 수양이 깊고 조각까지 갖고 있어 강하다고 한들, 지호 역시 조각을 3할 이상 가지면서 그만큼 신위에 가까워졌던 것이다.

결국 샛노란 섬광이 하늘을 말끔히 씻은 뒤에는, 엄청난 폭풍과 뜨거운 열기가 언제 있었냐는 듯이 아주 조용했다.

하지만 불벼락이 스치고 지나간 자리는 절대 그렇지 않았다.

사패의 위용을 한껏 드러내던 화려한 전각군은 모두 박살이 나 아무렇게나 나뒹굴고, 아까 전까지만 해도 수백 명의 인사들을 포용하던 바닥은 처참하게 으깨져 을씨년스러운 분위기를 자아낸다.

가까스로 몸을 숨겨 재앙을 피할 수 있었던 사람들은 하나둘씩 밖으로 나와 도무지 믿기지 않는 참상에 침음을 흘려야만 했다.

도처에 보이는 것이라고는 붉은 불씨와 노란 뇌기, 그리고 시커먼 화상을 잔뜩 입고 뒹구는 선인들뿐.

하지만 그들도 여태 쌓았던 수양이 겨우 숨통을 쥐고 있을 뿐.

오히려 고통이 그들을 더 괴롭게 만들었다.

“마, 말도 안 되는……!”

“신……인!”

선인들은 눈꺼풀을 파르르 떨었다.

그들은 이제야 자신들이 얼마나 헛된 야망을 품었는지를 알 것 같았다.

잿빛 하늘을 등지고 오만하게 이쪽을 내려다보는 자.

황금색 광망은 화려한 보석처럼 때론 붉게 보이기도 하고 푸르게 보이기도 한다.

말 그대로 저 자는 신인이다.

신이 되려는 인간.

그런 이에게서 조각을 빼앗으려 했다니.

이 얼마나 멍청한 짓이냔 말이다.

하지만 그들의 후회는 오래가지 않았다.

이참에 모두 끝내려는 듯, 지호는 녀석들이 가지고 있는 조각들을 모두 수거하기 위해 다시 주먹을 쥐며 아래쪽으로 내리쳤다.

이제는 언령을 따로 내뱉을 필요도 없었다.

쿠쿠쿠쿠!

의지에 따라 벼락이 다시금 떨어진다.

* * *

"이대론 모두 죽겠군."

폐허가 되어 버린 자리 한가운데.

혜가는 염주를 쉴 새 없이 돌리며 참담한 얼굴로 하늘을 쳐다봤다. 품에는 막내 제자가 추위에 떠는 아기 새처럼 파르르 떨고 있었다.

하지만 적왕은 뭐가 그리 재미나는지 평소 무뚝뚝했던 때와 다르게 몇 번이고 피식, 바람 빠지는 소리를 냈다.

"이것이…… 이것이 당신네들이 바라던 것이었소?"

"글쎄."

"대체 언제부터 시해선이 동네 파락호처럼 이깟 더럽고 치졸한 암수나 쓰는 작자들이 되었단 말이오!"

흔히 선인은 크게 두 가지로 분류된다.

시해선과 비선.

이중 시해선은 불로불사를 찾아 스스로 선인이 된 자들로, 한 차례 죽음이라는 의식을 통해 육체의 껍질을 벗어 윤회의 굴레에서 벗어난다.

이들은 대부분 사람으로서의 탐욕이 남아 있어 천계에

오르고자 하는 갈망이 아주 크다.

반면에 비선은 다르다.

신을 모시는 도사가 등선을 하거나, 부처를 따르는 승려가 열반에 이르러 닿은 비선은 속세에 대한 갈망이 없고 허허로운 기질이 강하다.

즉, 이곳에 모인 선인들은 대부분 시해선에 해당했다.

적왕은 그중에서도 시해선들이 한자리에 모일 수 있게 자리를 마련한 자였고.

혜가는 조금 달랐다.

그는 비선과 비슷한 계통이면서도 다르다. 이미 신위가 예정되어 있으나, 아직 깨달음이 부족해 격을 얻지 못한 경우였다.

그렇기에 혜가는 부단히도 노력했다. 조각을 모으는 것도 그러한 일환 중 하나로 생각한 것이었는데.

하지만 지호가 나타나면서 뭔가 자신이 생각했던 것과는 많이 다르다는 것을 깨달았다.

씨앗이라 생각했던 반검맹이, 사실은 한낱 파락호 집단에 지나지 않을 줄이야!

반검맹은 단순히 조각을 찾기 위한 곳만이 아니었다. 조각을 가진 자의 것도 빼앗기 위해 있는 곳이었다.

쉬이익.

그때 혜가의 발 주변을 맴돌던 구렁이가 벌떡 몸을 일으키면서 혀를 날름거린다. 푸른빛으로 반짝이는 눈은 혜가를 응시하지만, 또한, 혜가가 아닌 다른 뭔가를 같이 보고 있었다.

예지안이다.

아마 혜가, 자신이 놓인 미래를 보고 있으리라.

"하지만 그렇다고 저들을 저렇게 죽게 내버려 둘 수는 없지 않은가?"

혜가는 팔짱을 끼며 비소를 흘리는 적왕을 한껏 노려봤다. 아마 적왕은 자신이 절대 빠져나올 수 없게 늪에 빠질 때까지 기다렸던 모양이다.

만약 정말 그런 것이라면,

"승아야."

녀석은 성공했다.

"사, 사부님?"

동자승이 눈물로 촉촉하게 젖은 눈동자를 위로 든다. 언제나 애늙은이인 척하던 모습은 사라지고 겁에 잔뜩 질린 모습이다.

혜가는 살며시 미소를 지었다.

"잠시 몸을 피해 있겠느냐? 저분들이라면 널 보호해 줄 게다."

혜가는 차예린 등이 있는 곳을 가리켰다. 협객인 차예린과 납탑도인이라면 적이라 해도 어린아이를 모른 척하지 않으리라.

동자승은 뭐라 말을 하려다 입을 꾹 다물었다. 가지 말라고 말하고 싶은 눈치였지만, 나이에 비해 성숙한 제자는 사부가 뭘 하려는지를 알았다.

"꼭…… 돌아오셔야 해요."

"걱정 말아라."

"꼭이에요! 꼭!"

"이 사부가 언제 거짓말 하는 것을 본 적이 있더냐?"

당과를 사 주겠다고 했을 때와 똑같은 미소.

동자승은 고개를 끄덕이더니 뒤도 돌아보지 않고 차예린 등이 있는 곳으로 뛰었다.

혜가는 제자가 무사한 것을 확인하고는 고개를 번쩍 들었다.

때마침 새로운 벼락이 떨어지고 있었다.

그는 뒤도 돌아보지 않고 손에 들고 있던 염주를 그쪽으로 힘차게 던지며 몸을 날렸다.

적왕은 그런 혜가를 보면서 차갑게 웃었다.

"네가 본 것을 그대로 재현해 보자꾸나."

구렁이가 주인의 말에 따라 몸을 지면에 착 붙이더니 아주 느릿하게 움직이기 시작했다.

길바닥에는 먹을거리가 너무 많았다.

조각을 품은 것들이.

너무나 많이.

*　　*　　*

「시주께서는 부디 손속을 거두어 주시면 아니 되겠소이까?」

선인들의 시야가 샛노란 섬광으로 가득 차 이제 모든 것이 끝났다고 여긴 순간, 어디서 묵직한 중저음의 목소리가 울려 퍼진다.

그것은 신의 목소리와 닮은 것 같으면서도 조금 달랐다.

신의 목소리가 위엄으로 가득해 고개를 저절로 숙이게 만든다면, 이 목소리는 따스함으로 가득해 마음이 저절로 씻겨 가는 것 같았다.

그리고,

번쩍!

혜가가 던졌던 염주의 줄이 끊어진다.

동시에 튀어 오르는 수십 개의 구슬.

위이이이잉!

서로 다른 구슬이 번쩍이더니 허공 가득히 퍼진다.

새하얀 빛무리가 마치 날개처럼 쓰러진 선인들 위로 퍼져 나가며 거대한 하나의 형상이 되었다.

족히 4미터는 넘을 어마어마한 크기가 된 형상은 무시무시한 얼굴에 탄탄한 갑주를 두른 거인이었다.

머리 뒤쪽에는 커다란 원형의 두광이 불꽃을 토해 내고, 양손에는 길쭉한 금강저를 들고서 부리부리한 눈으로 하늘을 쳐다본다.

잡귀와 사기가 사찰로 흘러 들어가지 못하게 산문을 수호한다는 이대 야차, 금강역사.

그중에서 오른쪽을 맡는다는 나라연금강이 현신했다.

나라연금강은 하늘을 향해 금강저를 휘둘렀다.

콰콰콰콰콰콰!

선인들을 잡으려 했던 벼락은 단숨에 짓이겨져 사방으로 흩어진다.

나라연금강은 선인들을 해하는 것을 절대 허락지 않겠다는 듯이 부릅뜬 눈으로 지호를 응시했다. 범어의 첫 글자인 '아' 하고 살짝 벌린 입에서 심어가 흘러나온다.

「어찌 신의 길을 걷는다는 이가 이리도 쉽게 살생을 하려 든단 말이오? 노한 마음을 가라앉히시구려. 그런 마음으로는 아무것도 이뤄지지 않소.」

하늘 위.

지호는 인상을 살짝 찡그렸다. 진실을 꿰뚫는 화안금정은 나라연금강의 정체가 분명 앞줄에 있던 자, 권왕 혜가라는 것을 비치고 있었다.

—혜가.

소림사의 주지이자, 선종의 대사(大師). 권왕. 관세음보살의 덕이 닿은 나라연금강의 화신. 금강저를 통해 불길과 벼락을 다룬다.

'나라연? 어떻게 된 거지? 천계는 내 편을 드는 게 아니었나?'

선인들의 조각을 수거할 생각이었던 지호로서는 이해가 가지 않는 일이었다.

분명 납탑도인은 진무대제를 비롯한 천계의 신들이 큰 혼란을 피하기 위해 자신에게로 뜻을 모아 주기로 결정했다고 했다.

비록 신과 부처가 다르다지만, 크게 다른 것도 아니기에 당연히 부처 쪽은 신경 쓰지도 않고 있었다.

그런데 이렇게 방해를 하고 나설 줄이야.

더구나 혜가의 두광을 따라 타오르는 불길.

그건 분명 조각에서 나온 불길이었다. 그것도 다섯 개나 되는.

"자비를 논한다는 불제자가 환란을 관장하는 놈들과 한데 붙어먹는 건 괜찮은 짓이고?"

지호는 머릿속에 든 의문을 지웠다.

화안금정과 예지안으로도 알 수 없다고 어렵게 생각할 건 없었다. 천계에서도 편이 갈렸거나, 다른 꿍꿍이가 있어 자신을 방해한다고 해도 달라지는 건 없다.

길을 막는다면 치우고, 조각이 있다면 가져간다.

단지 그뿐이다.

「다르오. 이들은 시주와 마찬가지로 환란을 관장하는 것이 아닌 수습하고자 모였소. 동기는 불순하다 할지 몰라도, 그대 역시 다르다고 할 수 없을 것이외다.」

"그럴지도 모르지."

「하면 살생을 멈추시겠소이까?」

"너희들이 가진 조각을 모두 내놓는다면."

혜가는 고개를 저었다.

「그럴 수는 없소이다.」

혜가가 봤을 때, 힘이 있다 하여 함부로 남의 것을 강탈하려 할 뿐만 아니라 죽이려고까지 하는 지호는 절대 신이 되어서는 안 될 자였다. 이런 함정을 판 적왕 일당과 한 치도 다를 게 없었다.

'……라고 생각하고 있단 말이지?'

피식.

지호는 웃음이 절로 나왔다.

결국 이야기가 통하지 않는다면,

"밀어붙이는 수밖에!"

콰아아아아아앙!

지호가 허공을 세게 박찬다. 그 자리로 대기가 부서질 듯이 눌리면서 불똥이 튄다. 반탄력과 함께 공간을 단숨에 가로질러 혜가와 충돌한다.

쿠우우우우우웅!

혜가가 금강저를 번쩍 들면서 주먹과 충돌한다.

충격파가 얼마나 대단한지 지반이 그대로 내려앉으면서 조각이 부서질 때와 비슷한 열 폭풍이 불어닥친다. 먼지구름도 덩달아 위로 자욱하게 퍼졌다.

그 순간, 혜가가 먼지구름을 뚫고 나왔다.

지호의 일격은 생각했던 것 이상으로 대단해서 그는 단숨에 땅에 깊은 고랑을 만들면서 100미터는 넘게 주르륵 미끄러진 후에야 멈출 수 있었다.

하지만 지호는 내민 주먹을 멈출 생각이 없는지 더 세게 몸을 밀어붙인다. 기세가 대기를 찢어발기면서 유리를 손톱으로 긁는 듯한 끔찍한 소리가 퍼진다.

덕분에 그렇지 않아도 흉측한 나라연금강의 얼굴이 더 처참하게 일그러진다.

우우우우우우웅!

주먹을 가까스로 막은 금강저는 살짝 금이 가 있었다.

이마저도 불가에서 힘이 가장 강하다는 야차왕, 금강역사이기에 겨우 버틴 것이지, 조금만 격이 떨어졌어도 단번에 나가떨어질 뻔했다.

하지만 지호 역시 이대로 끝낼 생각이 없었기에 몸을 반대로 돌리면서 퇴법(발뒤꿈치)으로 혜가를 세게 후려 찼다.

콰아아아아아아앙!

더 큰 충격파가 터지면서 혜가의 왼쪽 어깨가 으스러진다.

금강저를 든 왼팔이 찢겨 허공으로 튀어 올랐다.

혜가는 가까스로 몸을 뒤로 뺀 덕분에 왼팔 하나로 겨우 숨통을 돌릴 수 있었다. 하지만 그는 고통을 느끼지 않는 건지 전혀 고통스러운 기색이 없었다.

다만, 표정이 더 세게 일그러질 뿐.

그는 오른손을 허공에 뻗었다. 스르르, 왼팔이 흔들리면서 사라지고 대신에 금강저가 툭 떨어지며 오른손으로 빨려 들어왔다.

그리고 세계 아래로 내려친다.

쾅!

아래쪽에 있던 지호는 오른팔을 들어 금강저를 막았다. 동시에 옆으로 흘리면서 몸을 앞쪽으로 날린다.

쾅! 쾅! 콰콰콰쾅!

지호는 뇌벽세와 화염륜을 펼치면서 잇달아 주먹을 날리며 혜가를 몰아붙였다.

혜가는 뒤로 쭉 물러나면서 오른손을 바쁘게 놀렸다.

금강저가 쉥, 쉥, 하고 허공을 가로지를 때마다 불꽃과 뇌기가 튀어 오른다. 피해는 계속 누적되어 금강저에 난 균열도 시간이 갈수록 벌어졌다.

하지만 혜가는 금강저의 수명 따윈 전혀 신경 쓰지 않는 듯, 몸을 팽이처럼 돌리면서 세차게 휘둘렀다. 대기가 세차게 긁히면서 마찰열과 함께 화염과 뇌전이 같이 번뜩인다.

콰르르르르르르……!

시뻘건 화염과 샛노란 뇌전이 땅에다 강한 충격을 잇달아 먹이면서 퍼져 나간다.

지호는 오른팔에 화염, 왼팔에 뇌전을 두르고, 혜가는 금강저의 양끝에 각각 화염과 뇌전을 발랐다.

두 사람 모두 비슷하면서도 이질적인 힘을 다루는 탓에 충격파는 어마어마해서, 이미 지호와 혜가가 지나간 자리는 쑥대밭이 되다 못해 폐허가 될 지경이었다.

그런데도 사람들은 도망칠 생각을 못하고 멍하니 둘의 충돌을 지켜봤다.

헛소문으로 취급했던 신인의 등장과 함께 전설로만 전해지던 금강역사가 바로 권왕이라는 사실에 얼이 빠질 지경이었다.

여태 보잘것없는 힘으로 고수라며 어깨에 힘을 주고 다녔던 것이 부끄러워질 지경이었다.

그러면서도 신화 속에서나 등장할 대결을 한 치라도 놓칠까 싶어 멍하니 지켜본다. 하지만 그들의 안력으로는 전투를 감상하기는커녕 따라가기도 벅찰 지경이었다.

콰콰콰콰콰콰!

그동안 지호는 쉴 새 없이 혜가를 몰아붙였다.

주먹을 날릴 때마다 금강저의 균열은 커지고, 발길질을 할 때마다 입고 있던 갑옷이 부서지며 파편이 사방으로 튀어 오른다.

불가를 수호한다는 금강역사였지만, 한쪽 팔을 잃고 갑옷이 산산조각 나며 피투성이가 된 모습은 처참하기 이를 데가 없었다.

하지만 이미 승기를 잡았는데도 지호는 몰아붙이는 걸 멈추지 않았다.

아무리 밀린다 해도 금강역사는 금강역사.

특히 나라연은 수많은 야차들 중에서도 왕이라 불리는 자. 인도에서는 세상을 창조한 비슈누가 가진 여러 얼굴 중 하나라 일컬어질 만큼 강하다.

지금도 금강저를 쳐 내고 갑옷을 찰 때마다 손발이 시큰하다. 공력에도 무리가 가는 게 느껴진다.

그렇다면 승기를 잡았을 때 최대한 빨리 승부를 봐야만 했다.

쿠쿠쿠쿠쿠쿠쿠!

지호는 손등으로 금강저를 쳤다. 불꽃과 불꽃이 폭발한다.

혜가는 이번에도 겨우겨우 금강저로 공격을 막아 한참이나 떠밀렸다. 이미 금강저는 금방이라도 부서질 듯이 존재가 위태로웠다.

하지만 그건 혜가도 마찬가지.

지호는 이참에 아예 승부를 볼 생각이었다.

파바바바박!

어깨를 곧추세우며 단숨에 간격을 좁힌다. 가속력과 폭발력이 한데 실리고, 어깨 끝에 화염륜과 뇌벽세를 한데 응축시키면서 단숨에 뾰족한 송곳이 된다.

콰아아아아아아앙!

위력은 대단했다.

송곳은 단숨에 남은 금강저를 부수는 것으로도 모자라 흉갑을 으깼다. 지호의 단단한 어깨는 단숨에 혜가의 명치를 찍으며 늑골을 단숨에 부숴 버렸다.

"쿨럭……!"

혜가의 벌어진 입술을 따라 피 화살이 토해진다.

하지만 그는 지호의 의도와는 다르게 승부를 낼 생각이 전혀 없었다.

부서진 금강저의 끝을 지호 쪽으로 재빨리 겨눈다.

콰지직!

금강저의 남은 부분이 마저 부서진다 싶더니,

콰콰콰콰콰콰콰!

폭죽처럼 터졌다.

파편이 고스란히 지호를 덮쳤다.

지호는 재빨리 발로 땅바닥을 세게 그어 피어 올린 마찰열로 방어막을 만들었다. 화염륜이 볼록 렌즈처럼 둥그스름하게 일어나 방패 역할을 했지만, 파편을 모두 막아 내지는 못했다.

파편 수십 개가 그대로 살갗에 꽂힌다. 게다가 충격파도 대단해서 지호는 족히 40미터는 떠밀리고 말았다.

시야를 가리는 뿌연 안개, 체내로 파고든 금강저의 뇌기,

빠른 시간에 너무 많은 피를 흘려 도는 현기증까지. 거기다 언제 혜가가 재차 공격을 가할지 모른다는 생각에 파편을 뽑을 생각도 하지 못하고 진각부터 밟았다.

콰앙!

발목이 들어갈 정도로 지면이 깊게 뚫린 후에야 겨우 밀리던 몸이 멈춘다.

동시에 공력을 있는 힘껏 돌려 일만 팔천 개의 모공을 따라 날숨을 토해 냈다. 체내에 박혀 있던 파편들이 우수수 떨어지면서 상처를 따라 핏물이 쏟아진다.

지호는 순간 현기증이 돌았지만 이를 악물고 화안금정을 더 크게 틔워 아직 가시지 않은 모래 안개 너머에 있는 혜가를 직시했다.

동시에 왼쪽 눈에서 달의 힘을 개방해 곧이어 있을지 모를 공세에 대비해 예지안을 발동했다.

"후우…… 후우…… 후우……!"

불행인지 다행인지, 혜가는 방금 전 공격이 남은 기력을 쥐어짠 것이었던 듯 당장 달려들 기운이 없어 보였다.

살짝 벌린 입을 따라 거친 단내가 흘러나오고, 격렬한 에너지 소비로 시뻘겋게 달아오른 체구에서는 새하얀 수증기가 뿜어져 나온다.

하지만 무지개다리처럼 머리 위로 둥근 호선을 그리는

두광에서는 불꽃이 가라앉지 않고 여전히 그대로 타오르고 있었다.

아니, 시간이 갈수록 더 거세게 타올랐다.

화르르륵!

나라연금강이 가진 마지막 기력을 쏟아 내려는 건지, 불길은 걷잡을 수 없이 크게 번지더니 곧 혜가의 몸뚱이 전체를 감쌌다.

그리고 새순처럼 돋아나는 왼팔.

마치 떨어진 부품을 다시 결합한 것처럼 말끔해진 왼팔은 상처 하나 없이 깨끗했다.

불길은 이어서 어깨를 타고 몸을 한 바퀴 크게 돌았다. 불꽃이 닿을 때마다 핏물이 증발해 사라지고 상처가 저절로 아문다.

그렇게 불길이 몸을 감싸다 마지막으로 오른손에 맺혔을 때, 불길은 길쭉한 모양이 되면서 붉은색에서 황금색으로 변하다, 불꽃이 가셨을 때에는 새로운 금강저만이 남았다.

마치 되돌려 감기라도 한 것처럼 혜가는 처음 모습을 드러냈던 그대로였다.

근육은 빳빳하고, 입에서도 단내가 나오지 않는다.

두 눈에서도 힘이 넘쳐흐른다.

다른 점이 있다면 큼지막한 눈동자가 두광의 불꽃처럼

붉다는 것.

그리고 녀석을 따라 은은하게 흘러나오는 기운은 불가에서 자랑하는 법력이 아닌, 마인들이 풍기던 마기였다.

그것도 기존보다 몇 배로 증폭된 거센 마기.

'조각을 썼어!'

지호는 이유를 깨닫고 침음을 흘렸다.

때마침 둘 사이를 가로지르던 먼지구름이 걷히면서 위풍당당한 나라연금강의 모습이 다시 드러났다.

녀석은 지호의 눈빛을 읽은 듯 심어로 말했다.

「이걸…… 쓰고 싶지는 않았소만…… 시주를 막기 위해서는…… 어쩔 수 없구려……!」

목소리는 이전과 다르게 따뜻하거나 평온하지 않았다. 뭔가 억누르는 느낌이 강하다.

혜가는 스스로 마인의 길에 들어섰다. 마성은 검마나 백왕 같은 자들도 먹힐 만큼 거세다. 당연히 들끓는 마성을 억누르고 이성을 유지하려면 막대한 정신력이 소모될 수밖에 없다.

하지만 혜가는 관세음보살의 애정을 받을 만큼 뛰어난 수양으로 마성을 누르면서 들고 있던 금강저를 역수로 쥐며 그대로 지면에다 박았다.

「내가…… 지옥에 가지 않는다면…… 누가 갈 텐가!」

콰아앙!

금강저의 끝이 마치 두부를 가르듯 쉽게 땅을 파고든다.

혜가가 찌른 곳은 바로 땅속의 정기가 순환하는 지맥. 그것도 용맥이라 불릴 만큼 정기가 충만한 곳이었다.

자극을 받은 용맥이 일어나면서 삽시간에 철기보를 둘러싸고 있던 땅 전체에 균열이 벌어진다.

쿠쿠쿠쿠쿠쿠!

균열을 따라 불길이 치솟았다.

태양의 열기를 담은 불길.

용암처럼 쉴 새 없이 쏟아지는 불길은 지호를 잡기 위해 주변을 뱅글뱅글 맴돈다.

지호는 불길에 휩쓸릴세라, 재빨리 땅을 으스러져라 밟으면서 허공으로 치솟았다.

그 뒤를 따라 수십 개의 불기둥도 덩달아 솟구친다.

단숨에 족히 십여 미터는 몸을 늘린 불기둥은 꽈배기처럼 한데 칭칭 감기면서 거대한 용의 형상을 갖췄다.

화룡은 지호를 찢어발기기 위해 아가리를 크게 젖혔다.

콰콰콰콰콰쾅!

지호는 허공에서 잇달아 주먹을 내질렀다.

대기가 떠밀리는 듯한 착각과 함께 뇌벽세와 화염륜이 화룡을 수없이 난타한다.

그때마다 화룡은 깡통처럼 형체가 일그러지거나 부서졌지만 곧 다시 몸을 복구하면서 지호를 쫓았다.

쐐애애애애애액!

지호는 전력을 다해 근두운을 펼쳐 허공을 계속 미끄러졌다. 하지만 화룡은 혜가가 금강저를 휘두르는 방향에 따라 종횡무진 하늘을 누볐다.

쫓고 쫓기는 추격전은 바쁘게 이어지며 하늘을 시커먼 매연과 붉은 불꽃으로 화려하게 장식하다, 결국 화룡이 지호를 집어삼키는 것으로 일단락되었다.

하지만,

콰아아아아아앙!

화룡의 이빨 사이로 뇌기가 번뜩이면서 커다란 폭발과 함께 머리통이 그대로 날아갔다.

그 자리엔 지호가 있었다.

그러나 누적된 상처가 적지 않은지, 피투성이가 된 그의 표정은 살짝 일그러져 있었다.

더구나 사방으로 흩어진 불길은 다시 형상을 갖추면서 여섯 마리의 화룡으로 변했다.

한꺼번에 벌린 아가리에서 이번엔 불길이 토해졌다.

태양의 불길이다.

화아아악!

지호는 이대로 안 되겠다는 생각에 공력을 왼쪽 눈으로 몽땅 쏟아부었다.

예지안을 거두고 달의 힘을 한껏 개방한다.

쩌어어어어어엉!

“얼어라!”

왼쪽 눈을 따라 푸른빛이 번뜩이면서 지호를 따라 추운 한파가 불어닥친다.

칼바람을 동반한 눈보라는 단숨에 불길을 잠재우는 것으로도 모자라 화룡을 구성하고 있던 불기둥 전체를 단숨에 꽁꽁 얼려 버렸다.

지호는 여섯 개의 얼음 동상을 향해 손을 뻗었다가 그대로 힘껏 오므렸다.

콰직! 쿠쿠쿠쿠쿠……!

얼음 동상은 삽시간에 부서져 조각조각 나뉘어 지상으로 추락했다.

새하얀 가루가 사방으로 흩날리고 녹은 물방울이 비가 되어 떨어진다.

하지만 혜가는 여기서 끝낼 생각이 없는지 다시 금강저를 휘둘러 더 많은 화룡을 일으켰다.

이미 상당한 마기와 법력이 소진되었을 텐데도 불구하고, 그는 남은 생명력마저 모두 불사르려는 듯 주체할 줄 모르고 기운을 뿌려 댔다.

시뻘겋게 충혈된 두 눈은 탁기로 가득 차고, 두광을 가득 메우던 붉은 불길은 까맣게 물들었다.

「내가…… 내가……!」

이윽고 마지막 남은 이성 한 조각은,

"크르르르르르."

짐승의 울부짖음으로 변했다.

불가에 귀의해 이성을 가졌다던 야차가 다시금 괴물의 본성을 드러낸다. 톱니처럼 자글자글한 이빨이 흉측하게 빛난다.

입마증!

결국 혜가는 버티고 버티다 못해 마성에 완전히 잡아먹히고 말았다.

반면에 수십 마리로 불어난 화룡은 더욱 크게 요동을 쳐 댔다. 녀석들은 떨어지던 얼음 조각을 모두 녹이면서 맹렬하게 몸을 뻗었다.

콰콰콰콰콰콰!

지호는 다시 달의 힘을 방출할 생각으로 다가오는 화룡들에게로 왼손을 뻗었다.

하지만 그의 의도가 닿기도 전에,

파바바바바밧!

쉬쉬쉬쉬쉬쉭!

조각이 잠들어 있던 오른쪽 눈이 살짝 뜨이면서 예지안을 발동했다. 무언가가 사방에서 날아오고 있노라고 경고를 해 댄다.

결국 지호는 달의 힘을 화룡들이 아닌 제 주변에다 풀어놓았다.

쩌거거거거걱, 콰아아아아앙!

단숨에 지호를 따라 흐르던 수증기가 응결되면서 두터운 얼음벽을 만들어 냈다. 지호 모르게 접근하던 십여 개의 칼바람은 제 목적을 달성하지 못하고 얼음벽과 함께 부서져 흩어졌다.

화룡 역시 더 두텁게 쌓인 얼음 방벽을 뚫지 못하고 같이 부서진다.

사방으로 흩날리는 얼음 가루.

그사이로 지호는 화안금정을 들어 재빨리 주변을 둘러보았다.

혜가를 상대하느라 정신이 팔린 동안, 이미 그의 주변은 뜨겁게 타오르는 마기로 온통 둘러싸여 있었다.

"해의 주인……!"

"너의 조각을……!"

"가져가겠다……!"

마인.

지호가 이미 한 번 쓰러뜨렸던 십여 명의 선인들이 혜가와 마찬가지로 조각의 마성에 사로잡혀 이쪽으로 칼을 겨누고 있었다.

그 모습이 한 치의 오차도 없이 너무나 똑같았다.

마치 줄에 매달린 꼭두각시 인형처럼.

그뿐만이 아니다.

구우우우우우!

어디선가 구슬픈 귀곡성이 잔뜩 울려 퍼지더니 부서진 지면을 부수고 무언가가 치솟는다.

"크아아아아앙!"

짐승처럼 크게 포효를 내지르는 그것은 마기를 갑주처럼 온통 칭칭 감고 있어 형체를 알아보기가 힘들었다.

하지만 마기 곳곳으로 비집고 나온 살갗이며 체형, 들고 있는 검, 그리고 시퍼런 두 눈은 그의 정체가 무엇인지 적나라하게 드러내는 증거였다.

"거, 검마다!"

"검마가 나타났다!"

"어, 어떻게 검마가 철기보에 있을 수 있는 거지……?"

지호와 혜가의 경천동지할 싸움을 지켜보느라 미처 철기보를 떠나지 못했던 사람들은 검마의 등장을 보고 경악을 내지르고 말았다.

검마를 쓰러뜨리기 위한 명분으로 모인 그들이었기에, 무림제일적이라는 검마의 등장은 충격으로 다가올 수밖에 없었다.

몇몇은 혜가와 선인들이 입마중에 사로잡히는 것을 보고 불안한 위기감을 느껴 자리를 벗어나려고도 했다.

"제, 젠장! 여기는 사람이 있을 곳이 아니야!"

"빨리! 빨리 피해야 해!"

하지만,

ㅊㅊㅊㅊ!

이상하게 커다란 방벽이 앞을 가로막았다.

"이, 이게 뭐야?"

"으아아아악!"

그들은 방벽을 뛰어 넘으려다 말고 기겁하고 말았다.

방벽이 살아서 꿈틀거리고 있었다.

그건 수백만 개의 비늘로 꿈틀거리는 뱀이었다. 적왕이 평상시 애지중지하며 데리고 다니던 애완동물, 구렁이가 수백 배로 몸집을 불린 채로 똬리를 틀고 있었던 것이다.

구렁이가 이쪽으로 도망쳐 온 사람들의 기척을 읽고 대가리를 돌린다. 세모난 구렁이의 대가리 위에는 적왕이 가부좌를 틀고 앉아 웃고 있었다.

"어딜 가시려고?"

카아아아악!

구렁이는 아가리를 젖혀 그들이 비명을 지를 새도 없이 삼켜 버리고 아주 높이 몸을 일으켰다.

장장 13미터는 될 엄청난 몸집.

적왕은 지호와 눈높이를 맞추고 팔짱을 낀 채로 크게 웃었다.

"하하하하하하하하! 이리 허망하게 사로잡힌 기분이 어떠신가, 광마? 아니, 제천대성의 후예여!"

지호의 예지안을 따라 적왕의 정보가 읽힌다.

—파사. 적왕.

일만 년 묵은 구렁이, 화천대망을 다루고, 보패 속박쇄를 사용한다. 동정호 부근에서 속박쇄로 죄 없는 양민들을 잡아 노예로 부린다.

예지안의 정보대로 적왕, 파사의 손목에는 보일 듯 말 듯 희끄무레한 사슬 같은 것이 감겨 있었다.

사슬은 여러 갈래로 나뉘어 사방으로 뻗어져 나가는데, 그 끝에는 혜가와 검마를 비롯해 마인이 된 십여 명의 선인들이 모두 주렁주렁 매달려 있었다.

저것이 바로 보패 속박쇄이리라.

"그걸로 여태 마인들을 다뤘던 건가?"

지호는 처음 맞닥뜨렸던 마인을 떠올렸다.

비록 차예린에 의해 죽어 흔적을 놓치긴 했지만, 녀석에겐 분명 희미하게 실 같은 무언가가 연결되어 있었다. 그것이 속박쇄였다면?

아니나 다를까.

"세상에는 멍청한 놈들이 많지. 자신이 감당할 수 없는 힘인데도 불구하고 그릇을 모르고 까불거리는 것들이 천지에 태반이야. 나는 그런 놈들을 잡아다 목줄만 걸었던 것이고."

파사는 여태 조각이 있는 곳들을 찾았지만 직접 그걸 가지지는 않았다.

대신에 다른 선인들이 그곳을 찾도록 유도를 하거나, 조각을 잘라 여러 고수들에게 나눠 주어 입마증이 확산될 수 있도록 만들었다.

그러면서 하나둘씩 속박쇄를 걸어 여러 권속들을 만들어 둔 다음, 흑막 뒤에서 천천히 계획을 짜 맞췄다.

반검맹을 만들고, 지호가 그곳으로 찾아올 수 있도록.

그런 것들이 가능했던 이유?

"이 놈이 내게 있어 참으로 다행이라 해야겠지."

파사는 미소를 띤 채 아주 소중하다는 듯이 구렁이의 머리를 쓰다듬었다.

구렁이가 기분 좋다는 듯이 눈을 살짝 감는다. 하지만 오른쪽 눈은 여전히 크게 뜨인 채 지호를, 아니, 지호를 둘러싼 무언가를 직시하고 있었다.

지호의 미래다.

예지안.

파사 역시 지호와 비슷한 능력을 갖고 있었던 것이다.

"그리고…… 이제 네놈도 이들과 다르지 않을 것이다!"

파사는 차갑게 웃으면서 손에 쥐고 있던 속박쇄를 크게 잡아당겼다.

크아아아아아앙!

마인들이 다시 날뛰기 시작한다. 주인인 파사의 지시에 따라 지호를 잡기 위해.

"이렇게 금강역사도 잡았는데 신인이라고 못할까? 이참에 진무대제의 사제까지 잡을 수 있다면 참으로 금상첨화가 아니겠나!"

파바바바바밧!

마인들이 일제히 허공을 미끄러진다.

조각의 마기와 함께 생명력을 불사르며 원래 가졌던 힘 이상을 발휘한다. 그 속에는 혜가도 같이 섞여 크게 금강저를 휘둘렀다.

불꽃과 벼락이 튀고, 강풍이 불어닥친다.

파사는 지호를 옥죄어 가는 꼭두각시 인형들을 구경하면서 득의만만한 미소를 떴다.

이것으로 지호까지 잡는다면 대다수의 조각들이 이 손에 들어온다.

그런다면 꿈에나 그리던 신의 자리도 절대 무리는 아니리라!

어디 그뿐인가?

이대로 기세를 몰아서 철기보에 갇힌 여러 고수들까지 속박해 버린다면, 세상을 다스리는 것도 절대 무리는 아니다.

저 위대하다는 천계의 신들도 해내지 못한 것을 해내는 것이다!

파사의 두 눈동자가 탐욕으로 일렁인다.

구렁이 역시 제 주인의 웃음만큼 기분 좋게 웃는 그때,

피식.

"웃어?"

파사의 미간이 저절로 좁아진다. 제 목숨이 간당간당한데 왜 웃는 거지?

하지만 지호는 수많은 공세가 달려오는 위기 상황에서도 웃음을 그칠 줄 몰랐다.

그러더니 여태 진지한 분위기는 온데간데없이 고개를 외

로 꼬았다. 처음 발족식을 파토 내러 왔을 때와 똑같은 껄렁한 태도다.

"너, 낚시가 제일 재미있을 때가 언젠지 아냐?"

"뭔 헛소리를 하는 것이냐?"

공포에 질려 미치기라도 한 것일까?

"손맛이 짜릿할 때야."

하지만 지호의 웃음이 더욱 짙어졌다.

"바로 지금처럼 월척을 낚았을 때."

"……!"

무언가 이상하다고 느낀 순간,

촤륵. 촤르르륵.

갑자기 지호의 두 눈이 보석안이 되어 삼색 광망을 빛내더니 살갗 위로 용의 비늘을 잔뜩 드러냈다. 미소로 살짝 벌어진 입술 사이로 드러난 송곳니가 유달리 날카로웠다.

파사는 그제야 지호의 또 다른 정체를 깨달았다.

반인반룡!

그는 신인이기 이전에 용인(龍人)이었던 것이다.

여태 철기보에 오고 나서부터 단 한 번도 이 모습을 드러낸 적이 없었다!

그 순간, 파사의 눈에 예지가 맺혔다.

여태 몇 번이고 돌려 봐도 볼 수 없었던 새로운 예지가.

"아, 안 돼애애애애앳!"

새하얗게 질린 파사의 비명이 끝나기 무섭게,

쐐애애애애애액!

지호가 도리어 마인들에게로 몸을 날린다. 공간이 갈라지는 소리와 함께 양손을 마치 매의 발톱처럼 구부리며 그대로 내그었다.

쉬시시시시시싯!

열 개의 단층이 아무렇게나 마구잡이로 그어진다.

공간에 난 상처는 아주 날카롭게 벼린 칼과 같아서 선상(線上)에 있던 것들이 모조리 잘려 나갔다.

마인들의 목, 사지, 속박쇄는 물론, 구렁이의 길쭉한 몸집까지, 전부.

콰드드드드드득.

수십 개로 조각난 육편들이 후두둑 아래로 떨어진다.

그리고 그 사이로, 지호의 오른손이 먹이를 낚아채는 매처럼 단숨에 파사의 목젖을 틀어쥐고서 지상으로 추락했다.

콰아아아아아앙!

파사는 선우경단과 마찬가지로 지면에 얼굴부터 틀어박혀 피 떡이 되고 말았다. 낙상 때문에 뼈와 근육이 모조리 뭉개지고 내출혈로 내장이 터진다.

형체조차 알아볼 수 없을 만큼 망가진 녀석은 꺼억, 꺼억, 겨우 숨만 몰아쉬었다.

지호는 그 위에서 여전히 녀석의 목덜미를 잡고 있었다. 찬란한 비늘에 가려 이전에 입었던 상처들은 거짓말처럼 모두 아물었다.

화안금정이 요요하게 빛난다.

"어…… 떻게……?"

파사는 도무지 믿기지 않는다는 얼굴로 숨을 헐떡이며 겨우 물었다. 시신경은 멀어 직접 볼 수는 없지만, 겨우 남은 예지안은 지호를 비치고 있었다.

"네가 가르쳐 줬잖아? 숨기는 방법."

"……!"

파사는 지호의 예지안에 자신이 걸려들지 않도록 숨겼던 방식을, 도리어 지호가 읽어 들였다는 사실을 깨달았다.

이미 지호는 숨긴다 해도 그 너머에 있는 것까지 읽을 수 있을 만큼 예지안의 영역을 확대한 것이다.

그만큼 선지자의 범주에 한 발자국 더 다가갔단 뜻.

아아, 그런 것이라면 이쪽도 할 말이 없다.

패배는 너무나 당연한 것이었다.

그렇게 파사의 정신이 조금씩 꺼질 무렵, 불현듯 아주 흐릿하게나마 뭔가가 보였다.

지호와 지호를 둘러싼 것들. 그가 앞으로 맞게 될 미래.

아니, 어쩌면 과거라 해야 할지도 모르는 것들. 씨줄처럼 수없이 얽힌 운명의 굴레 속에 갇힌 불쌍한 존재. 혹은 손오공.

그리고…… 지호의 근본(根本).

'하하하하하! 그래! 이런 것이라면……! 억울하지는 않구나……!'

파사는 그 생각을 끝으로 다시 윤회의 굴레 속으로 떨어지고 말았다.

"……뭐지?"

지호는 숨통이 끊어진 파사의 목에서 손을 거두다 말고 살짝 인상을 찡그렸다.

분명 파사의 예지안에 뭔가가 맺혔던 것 같은데?

어렴풋이 그것이 자신을 둘러싼 뭔가라는 걸 알았다.

화안금정으로 확인해 볼까 싶었지만, 금세 정신을 돌려야 했다.

죽은 검마와 마인들의 시신 위로 붉은 연기가 솟고 있었다.

지호는 그쪽으로 손을 뻗었다.

족히 30여 개는 될 조각들이 지호에게로 깃든다.

찰칵, 찰칵, 오른쪽 눈 안에서 조각들이 하나로 맞물리는 기분 좋은 소리와 함께 자신을 둘러싼 전지의 영역이 한 층 더 넓어졌다는 것을 깨달았다.

그리고 나후의 핵 역시 드디어 절반 이상이 부서졌다.

전신에 충만한 힘을 느끼며 시선을 다른 곳으로 돌린다.

구렁이 때문에 미쳐 빠져나가지 못하거나, 신인의 강림을 지켜보기 위해 남아 있던 사람들은 화안금정과 마주치자마자 몸을 움찔 떨었다.

"어, 어떡하지?"

"그래도 은인이 아니신가……!"

그들도 바보가 아니고서야 파사가 파 놓은 함정에 꼭두각시로 전락할 뻔했던 걸 지호가 구해 주었단 사실을 모를 리가 없다.

하지만 마냥 기뻐할 수만도 없었다. 사실 생각해 보면 그들은 지호와 적대 관계였으니.

"그, 그래도 봐주지 않으실까?"

혹시 지호가 신인의 넓은 아량으로 용서해 주지 않을까 하는 기대를 가졌지만,

"자자, 이제 마무리 계산은 해야지?"

지호는 그렇게 속이 넓은 사람이 아니었다.

씨익 하고 웃는 모습에 사람들의 안색은 더 하얗게 질렸다. 겉으로 장난꾸러기 같이 웃어도 방금 전까지 선인들을 단번에 도륙 냈던 무서운 작자다.

"너."

"예? 저, 저요?"

"그래. 너."

"옙!"

지목 당한 놈이 허리를 쭈뼛 세웠다. 용서해 주지 않을까 하고 중얼거렸던 녀석이다.

"거기 놈들이랑 다 같이 내일 아침까지 여기 싹 정리해 놔. 난 피곤하니 좀 쉬러 가야겠다. 한 놈이라도 튀면 뒈진다?"

"예! 알겠습니다!"

우렁찬 대답에 지호는 늘어져라 하품을 해 대면서 차예린 등이 있는 쪽으로 걸어갔다. 눈물이 글썽글썽 맺힌 차예린을 보니 피로도 같이 풀리는 것 같았다.

자기도 모르게 바람 빠지는 소리를 내다가, 문득 다른 생각에 잠겼다.

'역시 이번에도 없었어.'

절교의 행방은 여전히 오리무중이다.

대체 녀석들은 뭘 하려는 걸까?

지호는 더더욱 남은 조각을 찾는 데 박차를 가해야겠다고 생각했다.

'이제 남은 조각은 다섯 개.'

* * *

"이제 남은 일수는 닷새."

음장생은 쇠사슬에 묶여 여전히 눈을 감고 있는 손오공을 보면서 피식 웃었다.

"오늘은 광마가 철기보에서 꽤 활약을 크게 했다더군. 덕분에 조각도 꽤 많이 가져갔어. 하지만 어쩌나? 제 놈이 가는 길은 아직 멀기만 한 것을. 넌 어찌 생각하나, 제천대성?"

음장생은 매일 손오공이 있는 곳을 찾아와 지호가 한 일들을 말해 줬다.

손오공을 위해서 그런 게 아니다.

점차 이곳으로 가까워지는 지호의 신화를 듣고 손오공이 희망을 가지기를 바랐기 때문이다.

그래야 희망이 절망으로 바뀌었을 때, 받는 충격은 그만큼 클 테니까!

"……."

하지만 손오공은 미동도 하지 않는다. 대꾸도 하지 않는다. 그냥 무시만 한다. 석상처럼 눈을 감은 채로 열흘 동안 가만히 있었다.

그런 모습이 더더욱 음장생의 속을 박박 긁어 놨다. 그는 마음에 들지 않는다는 듯 인상을 찡그렸다가 홱 하고 자리를 벗어났다.

음장생이 나가고 그렇게 얼마나 있었을까.

어둠과 적막이 내려앉은 곳으로 한 쌍의 금색 도깨비불이 켜졌다. 화안금정. 손오공이 눈을 떴다.

"하여간 말만 더럽게 많은 새끼. 어째 옛날이나 지금이나 애새끼들이 성장하는 게 없어요, 성장하는 게."

손오공은 음장생이 나간 곳을 보며 혀를 차다가 앞쪽으로 시선을 돌렸다.

"너희들은 그렇게 생각 안 하냐?"

우끼끼! 우끼!

갑자기 땅에서 솟아나 방방 날뛰는 자그마한 하얀 원숭이들.

바로 손오공의 분신들이었다.

"자, 그럼 이제 어떻게 깽판을 쳐야 잘 쳤다고 소문이 나려나?"

으흐흐흐, 음침하게 웃어 대는 손오공의 미소는 잠자리의 날개를 뜯으려는 악동의 웃음처럼 천진난만했다.

〈다음 권에 계속〉